凡人修仙传 2

精修典藏版

忘语 著

图书在版编目（CIP）数据

凡人修仙传. 2 / 忘语著. -- 杭州：浙江文艺出版社，2025.5. -- ISBN 978-7-5339-7888-4

Ⅰ. I247.5

中国国家版本馆CIP数据核字第2025A0G618号

策　　划	许龙桃　王晶琳　周海鸣	封面设计	仙境 WONDERLAND Book design
统　　筹	周海鸣　何晓博	版式设计	吕翡翠
责任编辑	张　可	责任校对	唐　娇
营销编辑	宋佳音	责任印制	吴春娟

凡人修仙传2

忘语　著

出版发行	浙江文艺出版社
地　　址	杭州市环城北路177号
邮　　编	310003
电　　话	0571-85176953（总编办） 0571-85152727（市场部）
制　　版	浙江新华图文制作有限公司
印　　刷	浙江新华数码印务有限公司
开　　本	710毫米×1000毫米　1/16
字　　数	241千字
印　　张	16.5
插　　页	2
版　　次	2025年5月第1版
印　　次	2025年5月第1次印刷
书　　号	ISBN 978-7-5339-7888-4
定　　价	49.00元

版权所有　侵权必究

目录

第一章—001
魔名赫起

第六章—136
制符之道

第二章—031
蓝衣人

第七章—161
不速之客

第三章—057
惊　变

第八章—186
两年后

第四章—084
墨凤舞

第九章—215
血禁试炼

第五章—110
灵石与灵符

第十章—240
恶　斗

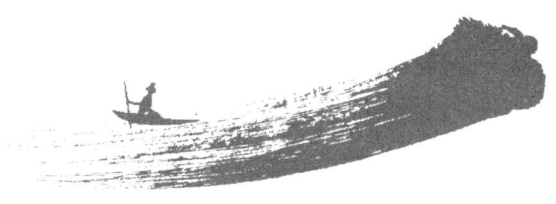

第一章
魔名赫起

韩立抬起头向场外望去,只见不论是七玄门、野狼帮还是其他帮派的人,个个都怛然失色,用充满畏惧的眼神看着自己。

要知道不管是收取飞剑、击杀金光上人,还是眨眼之间就把包括贾天龙在内的数十名高手化为灰烬,这些举动都表明,韩立不但是与金光上人一样的仙家高人,而且还手段冷酷,不是什么仁慈和善之辈。

因此他的目光所到之处,所有人都纷纷低头躲避,无人敢与其对视,此时的韩立真称得上是人见人怕。

"还不快滚,难道还想待在山上,让我也送你们一程吗?"韩立忽然冲着野狼帮方向,冷冷地说道。

他的声音并不算太大,但落入山峰上数千人的耳中却犹如晴天霹雳,让他们立即恐慌起来。

"快跑啊!再不走,他可能又要烧人了!"不知是谁先喊了这一嗓子。

顿时,野狼帮和其他中小帮派的人轰的一下乱成了一团,他们全都争先恐后地向山峰下奔去,黑压压的人群把下山的那条小路给挤得水泄不通,一路上

也不知踏死践伤了多少人。

片刻之后,整座落日峰上变得空旷起来,除了七玄门的弟子外,就再无其他帮派之人。

王绝楚这时又惊又喜,没想到本门的危机就这样解除了,而且还把贾天龙给活生生灭掉了。不过,他也有几分忐忑不安。他知道,既然韩立能不费吹灰之力帮七玄门渡过此劫,那么凭借其神术,也可轻易地把七玄门打压下去,甚至可以让七玄门处境变得还不如此时的野狼帮。

王绝楚想到这里,本来已放下的心又提了起来,目光也不由得朝场中央望去。

"咦!韩神医呢?"王绝楚这一看,吃惊不小!

现在他心目中的高人兼不定因素韩立,早已不见了踪影。

"有谁看见韩大夫了?"王绝楚急忙向左右问道。

"不知道。"

"没注意。"

…………

几乎所有人都摇头说不知。这也难怪,所有人都被韩立大烧活人的手段给镇住,又有谁敢紧盯着这位煞星不放?而且凭着那种神出鬼没的身法,对方想要玩失踪,那还不是轻轻松松。

"不要找了,我刚才看到此人混在下山的人群中,已下了落日峰。"这时,气色好了许多的灰衣人,突然开口说道。

"下山了,他会去哪?"王绝楚神情复杂地苦笑了一下,喃喃自语着。

当他环视四周的时候,视线意外地落在了一个人身上。

王绝楚的眼睛突然间亮起来,嘴角也微微弯起,露出了一种老奸巨猾的表情。

此刻,因好友忽然变成世外高人而异常兴奋的厉飞雨,正和张袖儿说着相关的话,并不知晓有人把主意打到了他的身上。

就这样，野狼帮和其他帮派的人飞快撤出了彩霞山，并马不停蹄地连夜逃出了七玄门的地界。而以王绝楚为首的七玄门高层，因为本身也实力大损，并未派人追杀。

在今后的好长一段时间里，七玄门和野狼帮双方都偃旗息鼓，休养起来。

这次七玄门和野狼帮一波三折的大战，不久就在这数千里的土地上传了开来，成为本地一段带有仙魔色彩的传说，不仅被黑白两道的人纷纷谈起，就连普通人都津津乐道。

在故事中，这场大战一开始是会剑芒的绝世剑客和会驾驭飞剑的剑仙对决高下。结果剑仙的飞剑神妙莫测，比剑客的剑芒技高一筹，大败绝世剑客而胜。而这时，大反派火魔忽然现身，他不但趁双方元气大伤之时杀死了试图除魔的剑仙，并且魔性大发，一把火烧死了在场近千名帮派中人，而野狼帮的帮主不幸也在其中。最后火魔因杀劫太重，触犯了天威，被天上的神仙用仙雷当场劈死，尸骨无存，所以最后不见了踪迹。

当韩立在神手谷住处，从厉飞雨口中听到了这个自己被彻底妖魔化的传言后，愕然地站在原地，半晌无语。而厉飞雨早已乐得捧腹大笑，半天都直不起腰来。

此时已是死斗结束后的第五天中午。

那日晚上，韩立趁着混乱悄悄地随着人流下了落日峰，找到曲魂后，和其一起回到了谷内。

韩立一回来就在谷口处挂出了闭门谢客、不愿见任何人的牌子，把连夜就想来拜见他的几位七玄门高层拒之门外。

当然凭着韩立此时的威名，这几人不敢有任何不满，更不敢私自进谷，只好等了一段时间后，灰溜溜地原路返回了。

在此之后的数天内，韩立用那道画着小剑的符箓，开始了驱物术的练习。

因为他知道，留给自己的时间并不多了。所以这些天来，每日天没亮，韩立就用驱物术把那道符箓化为一道灰芒，在谷内不停地盘旋飞舞，直到全身的

法力耗尽为止。然后就静静地闭目调息，让法力缓缓恢复。等法力一回升到正常水准，就再次驱动符箓，练习起来。

这种枯燥单调的训练一直持续了三天，直到他认为已初步掌握了驱物术的实际运用要领后，才正式结束。

韩立在实际操纵灰芒飞舞时发现，用驱物术驱动那符箓所化的灰芒虽然锋利无比，可随他的手势飞起攻敌，但施展时仍有一些不小的限制。

首先，驱动这个灰芒实在是太费法力了！

像韩立这样修炼长春功到了第八层的人，使用完整版的火弹术，可以连续不断地施展上百次，但驱使灰芒时，法力只能持续短短的一刻钟，就荡然无存了。

现在想起来，当初金光上人并不是不想一开始就使用灰芒，只是他的法力太有限了，能驱使这符箓的时间恐怕是少得可怜。

这也解释了当初韩立夺取此物时，为何遭受的抵抗那么微弱。对方很可能在先前驱动灰芒时，法力就已耗费了大半，再与韩立这个法力原本就远胜于他的对手相遇，自然是土崩瓦解，被其轻易得手。

其次，灰芒飞起伤人的距离有一定的限制。灰芒只能在以韩立为中心的二十丈内，才能操纵自如。出了此范围后，它就会迟钝僵化，时而失灵；当飞出去三十丈以外后，灰芒就会彻底变回符箓原形，跌落地面。

如果说以上两个缺点，韩立认为当自己法力精进后，应该会渐渐改善，那么最后一个问题，则是符箓本身的致命缺陷。

韩立在使用符箓几次后就发觉，这符纸上所画的灰色小剑散发的寒光正随着符箓使用次数的增加而慢慢变弱，似乎其寿命正在渐渐缩短。也就是说，这符箓有一定的使用次数和时间的限制，当其次数用完之后，也就是这符箓灵性尽失、寿终正寝之日。

这也是韩立在稍微学会驱使灰芒以后就立刻停止练习的原因之一。毕竟他还想把这么厉害的东西留在关键的时刻再使用。说不定此物会在以后的某次危机中，挽救他的一条小命。

同理，韩立认为那张可化金色光罩的金符，应该也有同样的限制，只是他暂时不知道使用口诀，只好把它妥善藏好，以备后用。

而那个三角形的令牌和那本秦氏族谱，韩立在休息时也作了研究，可惜没有什么收获。

就这样到了第五天，韩立刚把不见客的牌子摘下，厉飞雨就屁颠屁颠地闯了进来，并且一见到韩立，就把他被妖魔化的传言讲给了他听。

这些传言让韩立哭笑不得。他只能板着脸，没有好气地看着厉飞雨，看着对方堂而皇之地取笑着自己。

厉飞雨终于停止了大笑，慢慢收敛起了笑容，开始用郑重的口吻对韩立说道："想必我到这里来的原因，你也应该猜到几分了吧！"

"嗯！不就是那几位大人物放心不下我，让你来探探我的口风吗！"韩立无所谓地淡淡说道。

"嘿嘿！你知道就好。"厉飞雨如释重负地长舒了一口气。

"不过，你打算让我这位好友，如何向那些家伙交差啊？要知道，他们为了收买我，已许诺把我这个外刃堂副堂主，给扶正了。"厉飞雨随即又嬉皮笑脸起来。

韩立皱了下眉头，想了想后，喃喃自语道："看来不和王大门主那些人见上一面，把一些事情给说清楚，他们是不会安心的。"

"这样吧，你回去和王门主说，明天中午，我会亲自去落日峰拜见他，让他不必心急。"韩立微笑着说道。

"好的！有你这句话，我就可以交差了。"厉飞雨耸了耸肩，一副不置可否的样子。

接下来，韩立和厉飞雨胡侃了一会儿，甚至韩立还近距离表演了火弹术给这位好友大开了一次眼界，让其羡慕了好半天。

接着没多久，厉飞雨就告辞离开了神手谷，回去向王绝楚等人复命去了。

韩立站在屋门口，望着厉飞雨远去的背影，出神了老半天，突然间他神秘地笑了一下，然后看起来十分高兴地进屋关了门。

第二天早上，天刚蒙蒙亮，韩立神不知鬼不觉地上了落日峰，接着悄悄潜入了王绝楚的房内。

当王绝楚醒来，见到自己床前直直站立着的人影时，脸色变得要多难看有多难看。但他还是硬挤出了一些笑容来，有些不自然地问道：

"韩大夫怎么来了，有失远迎，还望见谅！不过，不是说好午时才会面吗，阁下怎么这么早就来了？"

韩立冷冷地看了王绝楚一眼，这一眼让王绝楚浑身汗毛耸立，脸上犹如刀割一样的难受。

韩立见对方流露出了一丝惊恐之色，心中不禁有些得意。他看王绝楚的这一眼，是施加了天眼术后才有的特殊效果，这是他前些天研究才发现的天眼术新用途，可以用天眼对普通人造成精神上的震慑，使其心慌意乱，与江湖上流传的奇功摄魂术倒有些类似。

"没什么，我只是忽然觉得，早上来的话，可能大家头脑清醒一些，不会做出什么让对方不愉快的事。"韩立脸上看不出丝毫的表情，语气却似乎有些不善。

王绝楚一听这话，心里不由得咯噔一下，暗自打起鼓来。

昨天他和其他高层接到了厉飞雨说的韩立将在第二天午时来落日峰的消息后，其中有些人马上就以对方过于危险、不好控制为由，提出了要在会面时做些手脚，趁机杀死韩立的提议。

但这个提议遭到了另外一部分人的竭力反对。他们认为此举太过危险，失败后容易遭受韩立的反噬，认为应该先和韩立谈过以后，再从长计议。

其实所有人都心知肚明，说韩立太过危险只不过是个借口而已，实际上还是某些人想要图谋人家的修炼法门，打算从这位韩大夫身上捞取好处罢了。即使那些反对下手的人恐怕也抱有相同的念头，只不过他们采用的手法比较温和、隐蔽而已。

这两方人当着王绝楚的面吵得面红耳赤，一直到快散会前谁也没有说服对方，还在喋喋不休地争执着。

最后，还是那位幸存下来的师叔看不下去了，他冷冷地说了一句话，让众人立刻安静了下来。

"你们杀掉这位韩大夫，难道就不怕其长辈找上门来吗？"师叔的这句话，如同一桶凉水，立即浇醒了头脑发热的高层们。

"是啊！对方如此年轻，就这般厉害！肯定还有神仙之流的长辈在后面，如果贸然害死对方，当其长辈找上门来时，岂不是所有人都会死无葬身之地吗！"

在明白过来害这位韩大夫也就是害自己时，原先主张下毒手的人统统改变了口风，即便还有一两个利欲熏心之人仍试图坚持，但以温和方式对待韩立的意见还是被大多数人接受了。

现在王绝楚听到韩立突然说了这么一句意味深长的话来，自然有些心虚，以为对方神通广大，不知从何处得知了昨天争执的内容，所以才对他加以警示。

不过，王绝楚作为一门之主毕竟已多年，其城府和阅历都非比寻常，他很快就摆脱了天眼术造成的影响，神色恢复了正常。

"韩神医为何口出此言？本门上上下下可都是对阁下感激不尽的。"王绝楚在心里合计了一下后，还是决定先探探对方的口风再说。

"可我怎么听说，好像有人要对我不利啊！"韩立冷笑了一下，淡淡地说道。

王绝楚一听，先是一惊，但看到韩立并没有要发怒的迹象，随后又稍微放下心来。对方既然没用愤怒的语气来说此话，而且独自一人来见他，这说明对方可能只是听到些风声，并未详知会议的内容，看来还有挽回双方关系的余地。

"韩神医可能有些误会了，昨日本门的确出了几个忘恩负义的败类。但阁下请放心，这几人早已被拿下严加看管了。要知道本门大多数人对韩大夫还是心存感激的，绝不会做出亲者痛、仇者快的事情来。"王绝楚暗自掂量一番后，大义凛然地说出以上的话来。

韩立听后，心中冷笑不止。自从暴露了实力，帮助七玄门渡过此劫后，他便一直用鸟尽弓藏、过河拆桥的典故来提醒自己要谨慎小心。别以为对别人有恩，对方就一定会感激自己，要知道人心是最难测的。对这些自认是大人物的人来说，只要有足够的利益，忘恩负义、六亲不认只是家常便饭而已。

这也是韩立回谷后就闭门不见外人的原因之一。他有意让这些高层冷静一下，别让贪欲之火把理智都烧得一干二净。

让厉飞雨捎带了与高层们会面的口信后，韩立就没打算按时去见这些人。

要知道，即使他现在实力比起普通江湖人要高得多，但如果对方用些见不得人的手段的话，那么就有太多的方法能置他于死地了。

因此，为了安全起见，他特意提前了半日，偷偷地独自一人先来会一会这位王大门主。而刚才他只不过稍微试探了一下对方，这位王大门主就露出了马脚，看来这些七玄门大人物真的考虑过要对自己动手。

不过这也无所谓了，不管对方是真动手，还是只是想一下，他都不会为此而动怒。因为和这位七玄门第一人做完交易后，他就会远走高飞，再也不会和他们有什么交集。

"废话我就不说了，不瞒王门主，我与阁下见过此面后，就会离开此地，远走他乡，很可能永不再回彩霞山了。而在离开之前，我想和门主做一笔对双方都有好处的交易。"韩立直视着王绝楚一会儿后，忽然神秘地说道。

"交易？"王绝楚听到对方要离开，先是一愣，但随后又听到对方要和他做交易，又纳闷起来。

"我和这位韩神医，有什么交易可做？"他心中不禁有些七上八下。

…………

中午时分，到了原先约好的见面时间时，韩立并没有出现在落日峰主殿，反而是王绝楚精神抖擞地最后一个踏入会场。

王大门主当场宣布，不用再等候对方了，因为韩立已经离开了彩霞山，不知所终，估计会离开镜州，甚至越国，所以一切的麻烦都迎刃而解了。

在场的人闻听此言后，全都瞪大了双眼，面面相觑，整个会场鸦雀无声。

"人都已经走了，那还打个什么狗屁主意！该干吗干吗去吧！"这些人无奈地想道。

韩立离开彩霞山不久，王绝楚就宣布把厉飞雨收为关门弟子，还让他坐上了外刃堂堂主之位，从此对他宠信有加。而且数年后的某次，韩立的三叔一不小心犯了个大错，触动了门规，本应有性命之虞，也被王绝楚力排众议，给保了下来。

而王绝楚呢，在以后的帮派争斗中，因遭遇劲敌，曾数次身受重伤，奄奄一息。每当所有人都以为其将命不久矣时，他都靠着一个玉瓶中的药丸，奇迹般地活了下来，很快又活蹦乱跳起来。这件事引起了他人的眼热，向他问起此药名称和来历，但王绝楚一直支支吾吾，不肯明说。当然，想去讨要此药丸的人，自然是无功而返。

直到多年以后，王绝楚去世之时，他才留下了药丸的名称——养精丹，这时玉瓶内的药丸只剩下三颗了。但就这三颗药丸，还是引起了一番血雨腥风，给王绝楚的后人带来了不少的麻烦。不过这是以后的事了，现在先不提。

厉飞雨此时正拿着几个小瓶和一张字条呆呆地出神，他早上刚从张袖儿那里回来时，屋内就多了这些东西。

字条是韩立所留，上面写得很简单，只是告诉厉飞雨，他已经离开了七玄门，可能永远也不会回来了；而这瓶中的药是精心调配过的，应该可以延长一些他的寿命，希望他不要拒绝。

署名处画了一张韩立的笑脸，笑脸旁边，则附上了一句祝厉飞雨和张袖儿早日成亲、多生贵子的话。

厉飞雨发了一阵呆后，突然间跑出了屋子，冲上了离他最近的一座小山峰的峰顶。

在峰顶上，厉飞雨急切地朝着七玄门山门方向望去，只见入目之处一片葱绿，哪里还看得见丝毫人影。在一动也不动地待了半天之后，厉飞雨叹了一口

气，终于一脸落寞地低声道："希望你保重！有缘再见！"

然后厉飞雨慢慢地走下了山峰，其缓缓而行的背影，显得孤单而忧郁。

这时，一辆马车行驶在古道之上，正一路东去。

韩立和曲魂正坐在马车上，这四轮篷车虽然空间不小，但现在只坐着他们二人。因为韩立花了三两银子，把整辆马车都租了下来。

这辆木制的马车外表看上去有些破，显得非常陈旧，但里面倒收拾得颇为干净，而且拉车的两匹马也正当壮龄，跑起来很是矫健，把车子拉得飞快。

韩立就是看中了这两点，才肯花三两银子包下此车。要知道，平常这样的马车一连忙上几天，也就不过能挣到一两多银子罢了。

驾车的车夫是一个很普通的黑瘦中年人，并不善言谈。除非韩立主动去问，否则他是不会开口说话的。这一点也让韩立感到很满意。

要知道，他身边带着的曲魂身材高大异常，还头戴斗篷遮住了面目，看起来神神秘秘的，要是换了个多嘴的人问起来，一番应付下来，还是麻烦得很。

在韩立肩头上，站着那只黄羽毛的云翅鸟，这个灵性十足的小东西，半闭着眼睛，看来正在休憩中。

坐在车厢另一端的曲魂，肩上扛了一个大大的包裹，里面除了一些换洗的衣服外，就全都是些金银和瓶瓶罐罐之类分量不轻的物品。

至于从墨大夫那里得到的法器和信件书籍之类的小巧东西，因为关系重大，韩立怕丢失了，所以贴身携带。

现在韩立安静地坐在车内，听着木制车轮发出的"嘎吱嘎吱"声，神色平静无波，并没有因为离开七玄门而伤感。

要说唯一让韩立感到不舍的，也只有厉飞雨这位知交了。不过想必对方应该已经收到自己的留言，见到自己给他配制的秘药了。希望这些药能够见效，可让好友多享受一下大好人生。

韩立想到这里，伸展了一下身子，把背部靠在车壁上，开始了假寐。这辆马车的目的地，他已交代过车夫，正是他出生的那个山边小村。

虽然知道不可能，但他还是希望自己再次睁开眼，就能够看到双亲和兄弟姐妹的面容。

已经离开父母这么多年，记忆中他们的面容都有些模糊了。所以韩立在远走他乡之前，一定要回乡亲眼看一下双亲不可，否则他永远无法安心离去。

"不知小妹怎么样了，现在应该十六七岁，是个大姑娘家了吧！上次收到家里来信时，好像提到她已许配好了人家，下过聘礼了。"韩立在蒙眬入睡前，脑中浮现出了一个矮小瘦弱的身影，这个身影一直跟在他的身后，奶声奶气地"四哥哥""四哥哥"叫个不停。

"时间过得可真快啊！"

韩立终于在一片温馨的气氛中沉沉睡去。他这次睡得非常安稳，非常踏实，犹如小时候父母在一旁守护、驱赶蚊虫时那样，睡得那么香甜。

五天之后，韩立沿着黄土路，终于远远望见了熟悉无比的小山村。

矮矮的泥巴墙，一排排的稻草堆，还有那坑坑洼洼的小路，这曾让韩立那么魂萦梦绕的一切，如今都真实地出现在了眼前。

韩立压住了心中激动，他让车夫把马车远远停在了村外，曲魂也留在车上没下来，自己则快步向村口走去，越接近村子，他的心跳得就越发地厉害。

这种情不自禁的感觉，韩立好久都没感受过了！

韩立一步步走进了村子。

一踏入村口，他就听到一阵欢天喜地的乐器声，并且沿着村中的小路走过去，一个村民也没瞧见。

韩立心中一动，这种场面还有声音，他小时候最熟悉不过了，这分明是某户人家在办喜事，村里人都前去庆祝或凑热闹了。

韩立提起精神，把灵识缓缓放了出去，结果发现村里的老老小小果然都聚集在了某一处，只是他们聚集的位置怎么那么眼熟——这不是自己家吗？

韩立吃惊不小。

"难道是……"韩立隐约地猜到了什么。

他加快了脚步,迅速绕过几户房屋,转过几个弯,眼前忽然一亮。

只见数百名村民都围在了一个土院子前。

院内有数间看起来比附近屋子要好上许多的瓦房,在院子和瓦房的门前两侧,都贴上了大大的"喜"字。院门前还有一小队乐手,正在吹吹打打,好不热闹。

而这些村民或站或蹲,甚至还有些不讲究的,干脆坐在了地上。他们三五成群,有的交头接耳,有的扯着嗓子争论着什么,还有的用羡慕的眼神不停地往院内瞅去。

在村民中还有许多小孩,他们围着大人嬉闹追逐着。

看到这熟悉的一幕,韩立心中一阵恍惚。似乎在这一瞬间,他又回到了以前,又化身成了孩童中的一员,和他们一同追逐打闹着。

"啧啧!韩家四丫头真有福气,听说男方是城里的一位秀才公,那可是大有学问的读书人家。"

"可不是吗,过去还是做正室,一下子就成了有身份的秀才夫人!"

"听说韩家捎带的嫁妆多得吓人,有数十两雪花银呢!"

"可真有钱啊!"

…………

村民们嘈杂的议论声,把韩立从失神中惊醒。

"韩家四丫头,那不是小妹吗!难道今天真的是小妹的出阁之日?"韩立一阵说不清的情感涌了上来,翻腾不止。

也不知出于什么心理,韩立几步躲到了附近的一棵大树后,死死盯着院门不动。

突然间,远处传来了一声大喊:"花车来了!新郎官来接新娘子了!"

闻听此言,村民们一阵骚动,刹那间人声鼎沸。

"新娘子出来喽!"

"新媳妇要出来喽!快来看啊!"

……………

小孩子也不甘示弱地叫嚷着。韩立精神一振，望向院门的眼神热切起来。

"嘎吱"，木制的院门打开了，从里面走出来了男男女女十几个人。他们簇拥着一位身披花红嫁衣的少女。

这少女下巴尖尖，相貌清秀，约十六七岁的年纪，此时一脸的羞涩。

韩立睁大了双眼，仔细观察着少女的面容，想从中找出一些记忆中的小妹的影子。

除了在少女眉目眼角间找到了一丝昔日的熟悉之感外，其他的地方就再也无法让韩立与印象中的小妹联想到一起。

"咳！女大十八变，这句话讲得可真有道理！"韩立苦笑了一下，然后开始把目光往她身边的人扫去。

"这个胖子是三叔，一眼就看出来了，还和以前一样胖！"

"这边的黑大个，是大哥韩铁，他身边紧挨的女人应该就是大嫂了！"

……………

韩立一边挨个点名，一边嘴里嘀嘀咕咕起来，似乎这样能让他轻松一些。

当他的眼神落在一男一女两位白发苍苍的老人身上时，韩立停止了言语。

他呆呆站在树后，一动不动，神色变得复杂至极。

其中有高兴，有怯懦，还有一点点茫然。

父母苍老的程度远远超出了韩立的预料。他记得自己上山时，母亲还是乌黑的头发，但如今已两鬓灰白，而父亲本来笔直的腰杆，现在也弓了起来。

韩立默然无语，头脑晕乎乎的，如同一团糨糊。下面发生的一切，他都不知晓了。

等到他清醒过来时，小妹已坐上一辆披满了红绸缎的彩车，远远而去了。在彩车旁边，紧跟着一位骑着青色大马的书生。

韩立使劲地看了一眼远去的彩车，又回头注视了一下人群里的双亲，随后闭上了双眼。

当把父母和几位至亲的面容深深刻印在心底后,韩立一转身,脸上猛然露出了坚毅之色,接着大踏步向村口走去。

韩立知道,当他再次走出村口时,他与这些人的交集,今生可能就到此为止了。他很清楚,自从修炼了长春功,知道了修仙者的存在后,他要走的便是一条和普通人完全不同的道路。

不管以后是福是祸、是吉是凶,他都不会后悔自己的选择!

岚州是越国十三州中面积第八大的州府,但论富足程度却仅排在辛州之后,位列第二。它地处越国南部,土地肥沃,所辖域内又有数不清的水道,再加上一向风调雨顺,所以极其适合种植稻谷,是全国首屈一指的产粮大区。

而位于岚州中部的嘉元城,虽不是岚州府城,但却是货真价实的岚州第一大城。贯穿越国南北的乡鲁大运河就从此城中心穿过,再加上另外几条水陆干道也汇经此地,因此交通极为发达,可称得上是水运枢纽、商贸要道。每年从此经过的商户、旅人更是数不胜数,极大带动了此地的经贸活动,所以嘉元城成为岚州第一大城,并不是一件稀奇的事。

在嘉元城,大小车行、码头、船户极其繁多,遍布全城各处。从事这些行当的车夫、苦力、船工更是多如牛毛,孙二狗就是其中一个在码头谋生的人。

孙二狗人如其名,长得斜眉歪目,一副歪瓜裂枣的痞子模样,不过因为擅长察言观色、溜须拍马,倒让他在码头上混成了一个帮派小头目,手下管着数十名苦力脚夫,靠帮过往商客搬运货物和行李为生。

因此当今日一早孙二狗来到这小码头时,他的几名手下急忙凑了过来,恭敬地称呼道:

"二爷早!"

"二爷来了!"

…………

孙二狗听到这些称呼,不禁有些飘飘然,毕竟能被人称呼一声"爷",这说

明他在此地也算是个有身份的人物。因此他摆足了架子，从鼻子里哼了一下，就算是回应了这些手下的问候。

"什么二爷，不就是二狗吗？"

"就是，还是只两条腿的狗，人模狗样的狗！"

"哈哈！哈哈！……"

…………

一阵冷嘲热讽的讥笑声，毫不掩饰地传进了孙二狗的耳中。

孙二狗听闻之后，脸色蓦地沉了下来，好好的心情也瞬间被破坏了。

他慢慢转过头，往站在码头另一边的数十人望去，目光落在了一个膀大腰圆的黑大汉身上，眼中闪过几分忌恨之色。

要说这嘉元城最让孙二狗痛恨的人，这黑大汉绝对能排在前三名。假如有人告诉他，用他全部家财能换取这名黑大汉彻底从世间消失，孙二狗也会毫不迟疑地答应下来。当然，他因为吃喝嫖赌，所谓的全部家财其实也没有多少。

这黑大汉原名叫什么早已无人知晓，码头的人要么称呼其"黑爷"，要么直呼其绰号"黑熊"。他是另一个小帮会"铁拳会"的头目，和孙二狗在其帮会"四平帮"的地位差不了多少，因此也被派来码头管理着另一批苦力。

一山尚且不容二虎，何况这个小小的码头。因此两帮人从一开始就不太对付，在经过几次争夺客商的冲突后，他们之间的关系就更加恶劣了。现在互相之间见了面，两帮人不是讥笑怒骂，就是推搡排挤，就差没有大打出手了。

手下尚且如此，那就更别说此间生意的最大获益者，孙二狗和黑熊了。二人更是互相瞅着对方极不顺眼。但作为有点地位和身份的帮会小头目，他们知道二人所在的铁拳会和四平帮是同盟帮派，正联合对抗另一个较大的帮派"毒龙帮"。因此二人虽然都想将对方逐出此地，独占此码头，但也只能暂时强行忍耐克制。不过他们自身积压的不满和怒火，通过手下们的口头冲突发泄出来，这倒成了二人每天早上的例行事项。

这不，孙二狗的手下没等他示意，就有几个伶牙俐齿的人，毫不客气地反

击起来。

"你知道兽类中最笨的是什么吗?"

"熊啊!"

"熊当中最笨的是什么熊?"

"当然是黑熊喽!"

"哈哈……"

原本听着自己手下嘲讽对方,露出一脸得意之色的黑熊,听到这些话后,腾的一下脸就黑了下来。而孙二狗则笑了起来,他满意地拍了拍这几名手下的肩膀,以示鼓励。

黑熊的手下不甘示弱,各种污秽不堪的言辞成串地喷了出来。孙二狗那边自然不会客气,大家都是大老爷们,谁怕谁啊!自然是什么不好听,什么难听,就拣什么加以反击。

作为他们头头的孙二狗和黑熊,则坐在一旁冷眼观战,他们可是有点身份的人,自然不能加入这泼妇般的骂架中。

正当两拨人吵得口干舌燥、唾沫横飞之际,忽然,孙二狗的一名手下惊呼了一声:"有船靠过来了!"

这句话立刻让骂得起劲的近百名大汉,忽的一下,全都收了声,同时扭头朝河边望去。毕竟白花花的银子可比一时间的口头痛快要诱人得多。

但当大汉们看清楚靠上码头的那条船时,却有些失望起来,那只是一条小船,看情形顶多只能坐下三五名客商的样子,根本不是什么大生意上门。

这也难怪,这个码头又破又小,而且位置还很偏僻,一般情况下当然不会有什么大船来到此处。只有商贸旺季时才会有在其他码头靠不上岸的大船,不得已在此处登岸。

这只小船在码头停住之后,从船上下来两个人。一个是个看起来十七八岁,相貌普通的年轻人,另一个则是名比普通人高出两头还要多的巨汉。

年轻人身穿普通青衫,肩上停着一只黄色小鸟,刚下船就东张西望,一副

乡下人刚进城的模样。而那个巨汉则头戴斗篷，身穿绿袍，瞧不清其面目，打扮得有些诡异。巨汉紧跟在年轻人身后，寸步不离，一副下人仆从的样子。

这年轻人和巨汉正是一连赶了三个月的路，才刚到墨大夫家乡的韩立和曲魂。

韩立从故里出发，面向东南而行，直奔岚州而来。

一路上，他既有跟别人合伙搭伴，共同穿越城区闹市之时，也有因想抄近路，单独行走在荒山野地之刻，倒也没有什么大的危险发生。唯一的一次意外，还是在某处野外露宿时，碰到了几只饿红了眼的野狼，结果它们却成了韩立的肚中晚餐。

这一路上，他风尘仆仆，一连穿越了其他两州，才千辛万苦地来到岚州。

一进岚州地界，韩立就对这里四通八达的水道大为震惊。要知道，他原来所在的越州可大半都是荒山野岭，以丘陵山地居多，不要说运河、大湖，就连像样的小河都没有多少，吃水也以水井小溪为主。

因此，韩立对穿梭在水道上的各色船只大感兴趣，最后在好奇心驱使下，他还是包下了这只小船，初次尝到了顺流而下的滋味。

十几天后，韩立一路顺风地来到了墨大夫信中提到的嘉元城，踩上了这个不起眼的码头。

这个码头给韩立的第一眼印象，就是太烂了。

整个码头全部都用简易的木板搭制而成，不但地方狭小简陋，而且东一处西一角地堆得到处是烂筐子、破袋子，显得脏乱无比。而在码头上搭建的两座竹棚内，各站着数十名精壮的汉子，这些汉子上半身要么光着膀子，要么只穿一件短裤，全都透露着一股彪悍的味道。

现在这些汉子全都一动不动地注视着他和曲魂，有些人眼里还露出了热切的目光。

韩立愣了一下，但随即微微一笑。

在离开小船上码头前，撑船的船夫就热心地提醒过他，在嘉元城这个地方

的码头有个不成文的规定，不管上岸的客商携带的物品多少，都要花钱雇本码头的至少一名苦力帮忙提拿东西。如若不然，就会遭到这些苦力脚夫的不善对待，甚至被毒打一顿也说不定。

韩立初到此地，并没有破坏他人行规的想法，因此他很老实地招呼了一声：

"我要雇脚夫，有没有人来啊！"

孙二狗这时已收回了目光。通过刚才的一番审视，他心里已认定这个刚下船的年轻人多半是某个土财主家的少爷，而那个巨汉肯定是有点笨力气的保镖。这样的组合，每年都会在嘉元城出现许多，他们来此地是为了开下眼界，花点小钱，然后好回去炫耀一番罢了，因此没有什么好在意的。

不过这样的人也最爱打肿脸充胖子，是不错的冤大头，只要稍微恭维他们几句好听的，这些乡巴佬除了会付说好的搬运工钱外，一般还会额外给不少的赏钱，所以对被雇上的个人来说，还是门油水很足的生意。

但是，这次的生意是轮不到他们这边了。因为按他和黑熊事先约定好的，双方轮流接上门的买卖，谁也不许争抢，生意的大小好坏也全靠两边人的运气，而他们昨天刚接过一笔，所以这次该归对面黑熊的人去接了。

想到这里，孙二狗望了对面一眼，只见黑熊对着四周的手下低声说了几句，随后一个汉子兴高采烈地跑出了人群，向那年轻人冲去。

"不行，你一个人搬不了，最好再叫一个人来。"韩立看着眼前这个十分壮实的汉子，又瞅了一眼曲魂身上的超大包裹，轻轻地摇了摇头。

"这位少爷，这么点东西，我一只手就拎起来了，不用再找人了。"汉子可不愿再有其他人来分自己的赏钱，再说他也不认为那个包裹自己会搬不动，除非里面全是石头。

说完，这个汉子走到曲魂跟前，不由分说就要抢过包裹。

韩立叹了口气，这包裹里可有数千两白银，还有其他杂七杂八的东西，分量可着实不轻，根本不是普通人能承受得了的。

但他看到此人如此热情，无奈之下只好示意曲魂把包裹交给此人，不要与

他争抢。

果然,这个壮汉一接过包裹,立刻脸色大变,他费力地背在身上没走上几步,就已面红耳赤,气喘吁吁,他只好羞愧地把包裹放下,回去又叫来了一人。

韩立见两个人终于可以抬起包裹,这才满意地点点头,快步离开了码头,沿着道路向城里走去。

韩立并不知道,他终因江湖经验不足,让两双贪婪的眼睛给盯上,即将惹上一些不该惹的麻烦。

孙二狗看着那年轻人渐渐远去的背影,终于收回了垂涎欲滴的目光,他压住心中的惊喜,不禁转头和对面的黑熊对视了一眼。他很清楚,包裹里藏着的巨大财富肯定也瞒不过对方的双眼。

果然,黑熊也是面带惊喜,他犹豫了一下后,还是冲孙二狗使了个眼色。孙二狗立即心领神会地与其走到了附近的一个垃圾堆后面。在这么大一笔钱财的诱惑下,就算是有杀父夺妻之恨,孙二狗也会和对方合作一把,毕竟"人为财死,鸟为食亡"。

"五五分账!"孙二狗低声地直奔主题。

"三七分,这本来就是我们这边的生意。"黑熊毫不客气地一口拒绝。

"四六分,不能再少了,你应该知道,你这个理由根本站不住脚。"孙二狗阴着脸,一针见血地说道。

"这……"黑熊犹豫了起来,显然还是舍不得让出这一成利益来。

"哼!你再想一会儿,恐怕其他帮派的人就盯上这只肥羊了。"哼了一声后,孙二狗冷冷地道。

"好吧!就这么定了,我们击掌为誓。"黑熊明显被此话说服了,终于应允了下来。

"啪!啪!啪!"孙二狗和黑熊各自在手上吐了一口唾沫后,击了三掌,暂时结成盟约。

"好了,我们快追上对方,别让这小子跑到人多的地方去了。"孙二狗急忙

催促道。

"嘿嘿！你放心好了，我让那两名手下带他们走了黑水巷了，现在赶去，正好堵住他们。"黑熊突然露出了与他相貌不相称的奸笑。

"这太好了，好心计啊，老弟！"孙二狗表面上露出了惊喜之色，心里却一凛，暗自对黑熊加强了几分提防之心。

一走出码头，韩立就让两名脚夫走在前面，让他们把自己领到一处就近的客栈去，打算先好好歇息一下，再考虑其他的事情。

两个汉子满口答应着，领着韩立他们向城里走去，可一路之上七拐八转，走了好一会儿，还是没有见到客栈的影子。

韩立虽然仍跟在两个脚夫身后，可见到所走的路口越来越偏僻，遇见的人越来越少，微微皱起了眉头。

他即使没有在大城市住宿过的经验，可也知道，客栈不可能建在这种僻静的地段，这里哪会有什么客人上门。

因此当被带到一处十分肮脏、黑乎乎的巷子内时，韩立苦笑了起来，觉得自己应该立即拿下二人拷打一番，看看他们到底有何企图。

就在韩立想要出手之际，前面的巷子深处突然闪出了十几个大汉，这些人看起来有些眼熟，好像在码头都曾看见过。

这些汉子手持各种铁棒、尖刀，此刻正不怀好意地注视着韩立和曲魂，而那两个抬着包裹的脚夫也猛然间冲进了人群内，转过头来冲着韩立嘿嘿奸笑着。

韩立叹了口气，看来不用拷打也已经知道对方的目的了，没想到刚踏上墨大夫的故里，就碰上了谋财害命的把戏。

"小子，别怪我们心狠，谁让你带着这么多银子的，要怪就怪你命不好！"一个粗粗的声音从身后传了过来。

韩立转过身子一看，身后也出现了七八个壮汉，为首的二人，一个黑黝黝的，膀大腰圆，一个瘦瘦的，歪头鼠目，正是黑熊和孙二狗。

像这种谋财害命的勾当，此二人也不是头一次做。他们都明白，只要把这活干得干净利索，不留下一个活口，像这种不是本地人的失踪案，即使有人去报案，官府也根本不会去理会。毕竟此地每年的失踪人口太多了，不可能费力一一去寻找。

所以黑熊说完之后，便不再迟疑，冲那十几个汉子使了个眼色，那些人便挥舞着手中凶器，恶狠狠地向困在中间的韩立和曲魂冲了上来。

韩立看着这些大汉嗜血的凶狠样子，眼中不禁闪过一丝杀机，他瞧出这些人干这种事情不止一次了，否则不会个个身上都带着一股血腥味。

"杀了他们，不用留手！"韩立冷冷地向曲魂命令道。

曲魂一听，低声吼了几声，吼声中夹带着一丝兴奋，猛然蹿了出去，一下子冲进了迎面而来的人群中。

"呼"的一下，他一拳打出，快如闪电，打在了一个大汉的头颅上，那个大汉立刻犹如沙袋一样斜着飞到了石墙之上。

而这时，一把尖刀和一根粗粗的铁棒，趁此间隙同时落向了曲魂的背后。

曲魂头也没回，另一手往身后一挥，画了个半圈，"砰""砰"两声，那两个汉子的兵器刚与其手臂一接触，便飞向了空中，而两人的虎口鲜血淋漓。

紧接着曲魂单腿撑地，另一只脚如同镰刀一般，向后飞快地横扫了出去，那两个汉子立即被踢中腰腹，横飞出一丈多远，摔在地上一动不动。

其他人看到这一幕，全都倒吸了一口凉气，围在曲魂身边的汉子更是露出了惧色，犹豫不敢上前。

可即使他们停了手，曲魂却毫不客气地左右开弓，又击碎了身侧两人的脑瓜，没有韩立的命令，他是不会主动停手的。

孙二狗和黑熊的脸色很难看，很明显，他们看走了眼，这个大个子不是普通的保镖，竟然十分棘手。

"杀了这巨汉，每人赏银二十两！"孙二狗心里有了不祥的预感，急忙冲身边的几个"高手"许诺了重赏。

剩余的大汉们一听此言，脸上都露出了喜色。这些人都只是懂些拳脚皮毛

的粗浅武夫，自然看不出他们和曲魂的天壤之别，还以为对方只是力气大些、身手稍好些而已，因此并没有什么惧意，现在在这笔重赏的刺激下，纷纷向曲魂冲了过去。

黑熊听了孙二狗的话后，脸上的肌肉抽动了一下，便沉着脸一言不发，只是目光飘忽不定地在韩立身上瞟来瞟去。

黑熊此时，正在心里暗暗叫苦不迭。

他和孙二狗不同，他能坐到现在的位置，可全是自己敢拼敢杀、真刀真枪换来的，所以他不但有一身勉强能进入三流好手行列的功夫在身，而且眼力也非常好。

因此当他一看到曲魂出手时，心便咯噔了一下，沉到了底。他一眼就看出曲魂身手之高，即使他们帮主亲自出手，也不一定能有胜算，更别说他们这些阿猫阿狗了。但他也不敢转身逃跑，因为很明显这个巨汉还没有使出全力，如果看出自己想逃的话，恐怕自己死得反而更早。

为了能够活命，看来只有打那个土里土气的年轻人的主意了。很显然，这年轻人身份比巨汉高得多，只有把此人挟为人质，才有可能逃出生天。至于那笔银子的主意，他是说什么也不敢再打了，能有这么厉害的保镖在身边，哪可能是什么土财主的少爷，分明是某世家大族公子哥，乔装改扮出来闲逛了。今天能保住小命，就算他有神佛保佑了，如果再带上这么重的包裹，那是想也别想的事！

黑熊想到此处，便趁着那几个手下也冲了上去之际，向孙二狗递了个眼色后，便悄悄向场中靠去。

韩立正背对着黑熊，面向打斗的人群站立着，黑熊虽然把脚步放得极为轻微，但怎么可能瞒过韩立的耳目。

所以当黑熊离韩立只有数步远，准备凶神恶煞般地猛扑过来时，韩立身子轻轻动了一下，整个人突然诡异地变成了面朝黑熊而立，望着冲过来的黑熊微然一笑。

黑熊大吃一惊，但人已扑了上去，根本无法后退，无奈之下，只好大喝一声，伸出两只长满了黑毛的大手，狠狠地向对方抓去，他心里祈祷这年轻人最好没什么打斗经验，能被他的凶狠模样给镇住，让他一下得手。

韩立见这个黑大汉仍不知死活地向自己动手，脸色蓦地一沉，唰的一下就从黑熊的眼前消失了。

黑熊暗叫不好，急忙收住了脚步，想回头就跑，但忽觉后颈一凉，一截雪亮的剑尖从他的喉咙处伸了出来，随之又忽然不见了，黑熊用手拼命捂住喉部噗噗冒血的部位，想要说些什么，但从嗓子眼里只发出了几声干吼声，就瘫倒在了地上。

孙二狗的脸色已变得蜡黄，他亲眼看见那个年轻人幽灵般地转到了黑熊身后，然后从腰间抽出了一把软剑，一剑就轻易刺穿了黑熊的喉咙。此时对方正掏出一块白布，在擦拭那把明晃晃的利剑。

年轻人似乎感应到了孙二狗的注视，他抬起头，冲孙二狗轻笑了一下。

孙二狗立刻如同见到了毒蛇一样，急忙把目光收了回来，他如今对黑熊这个对头的死不但没有感到丝毫高兴，反而心中充满了兔死狐悲之感。

他现在也完全醒悟了，这年轻人哪是什么肥羊，分明是要命的阎王。而自己这些小鬼竟然稀里糊涂地主动往这些阎王爷手心里撞了去，还真是自寻死路！

孙二狗此时唯一的指望就是那些手下能制服那个巨汉，这样或许还有一拼之力，能和对方谈谈条件，保住自己这条小命。

可孙二狗看清楚巨汉那边的情形时，立刻呆若木鸡了。

二十余个大汉，如今全都浑身是血地躺在了地上一动不动，而巨汉正双手抱肩直立在那里，看见孙二狗望过来，冷冷地和他对视了一眼。

虽然因为有斗篷遮盖而看不清巨汉的面目，但孙二狗仍感到一股野兽般的嗜血之意迎面扑来，让他的脸色由蜡黄变成了苍白。

韩立一直冷眼旁观孙二狗的神情变化，他看出此人丝毫武功不会，而且现在恐惧至极，便没有什么兴趣亲自出手对付他。

"曲魂，杀了他！"最后，韩立回头，淡淡地说道。

"不要啊！我投降，我愿意把全部家财贡献给公子爷，我愿意给公子爷当牛做马，我知道嘉元城的一切大小消息，可以为公子爷效犬马之力……"孙二狗见巨汉恶魔一般向自己一步步走来，吓得瘫软到了地上，口中慌不择言地讨饶起来。

"咦！"韩立本来不想理会孙二狗的话，但当听到对方通晓嘉元城的大小消息时，他心中一动，有了几分兴趣。

"先暂且住手。"韩立喊住了想扭掉孙二狗脖子的曲魂，向前走了几步，来到了孙二狗跟前。

"你对嘉元城很熟悉吗？"韩立微笑着问道，一副很和善的样子。

可刚看过韩立辣手无情一面的孙二狗哪敢有丝毫的怠慢，他连声颤抖着说道："很熟，非常熟，小人从小就在嘉元城长大，对这里的一草一木，都了如指掌！"

他此刻犹如抓住了一根救命稻草，恨不得把刚才的话再夸大十倍，好让对方觉得自己有用。

韩立听到这样的回答后，摸了摸鼻子，又歪头想了一想，接着从怀里掏出了一个瓷瓶。

他从瓶内倒出了一颗龙眼大小的白色药丸，递给了孙二狗。

"要么服下它，要么死！"韩立很干脆地说道。

孙二狗拿着药丸的手有些发抖了。他看着手中之物有些犹豫不决，但当目光接触到对面冰冷冷的眼神时，哆嗦了几下后，还是吞下了药丸。

"好，这样我才会相信你。"韩立满意地点点头。

"这药叫腐心丸，是我的独门秘药，一个月必须服用一次解药，否则便会五脏六腑溃烂而死，相信你是个明白人，不会三心二意的。"韩立阴森森地说道。

孙二狗虽然心里早有了准备，但听完对方这番话后，还是哭丧起了脸。

"你放心，只要帮我把嘉元城的事办完，我会彻底解掉此毒，还你自由身的。凭你的身手，在其他地方我还真用不上你。"韩立深知大棒胡萝卜一块用才可让人用心办事的道理，给了孙二狗一个可以解脱的盼头。

"真的，公子爷？"孙二狗一听此言，精神略微一振。

"这些银子留给你办事，先把这里处理一下，我不想有人知道这儿发生的一切，明白吗？"韩立甩给孙二狗一袋碎银，轻描淡写地命令道。

孙二狗拎起袋子微微一掂，沉甸甸的，恐怕有上百两银子在里面。

他露出了喜色，忽然觉得给这大方至极的年轻人办事，也并不是一件坏事。

"公子爷放心，我绝对会把这里处理得妥妥当当，不会给您带来麻烦的！"他一脸谄笑地拍拍胸脯道。

"好了，我先走了，要找家客栈休息一下。明天一早，你再来找我，想必身为此地的地头蛇，你应该能轻易地找上门来。"韩立毫不客气地吩咐了下去。

"是！是！明天早上，我一定准时上门，听候公子爷差遣！"孙二狗到了这种地步，倒也很机灵地进入韩立手下的角色中。

韩立笑了一下，叫曲魂背起大包，缓缓离开了此地，走了有一大段距离后，回头望了一眼孙二狗，看到他还老老实实地站在原地，目送自己离开，一副忠心耿耿的模样。

"有意思！"韩立突然间觉得此人十分有趣，倒很有眼色，也许真能派上大用场也说不定。

"吾所创帮会惊蛟会，拥有普通帮众六万四千人，核心帮众七千余人，岚州三大霸主之一，总舵设在嘉元城，分舵有……"

"余一生娶妻五人，生育二女，收徒……"

"大夫人金氏，性格温顺，金狮镖局总镖头金灿独女，已遇害身亡，遗有一女墨玉珠。"

"二夫人李氏，知书达礼，某一大户人家之女，未育子女。"

"三夫人刘氏，生性泼辣，颇有野心，曲陵城长风门门主刘锋亲妹，未育子女，需多加注意。"

"四夫人严氏,余之表妹,生性沉稳,心计过人,有大家风范,生养一女墨彩环。吾临走前惊蛟会权力大部分移交严氏,可以信任。"

"五夫人王氏,沉默寡言,对吾痴心一片,原大夫人金氏贴身丫鬟,未育子女,暗中握有秘密力量,可绝对信任。"

"义女墨凤舞,原心腹手下之女,其父母双亡,后收为义女,临走时年方七岁,冰雪聪明。"

"燕歌,大徒弟,资质一般,已传授绝学魔银手,临走时十二岁,心性未定。"

"赵坤,二徒弟,资质过人,已传授绝学困龙功,临走时十岁,心性未定。"

"马空天,结拜义弟,担任惊蛟会总护法之职,性情……"

…………

韩立手中拿着写满了字迹的墨大夫遗书,正在一家叫汇源的客栈的上房内,不停地来回走动着,在思虑着什么。

遗书上写得很仔细,不但把墨大夫所创立的基业——惊蛟会,交代得一清二楚,还把他所有妻室的性情也给粗说了一遍,让韩立心中有了些底。

不过遗书上所说的情况都是近十年前的了,现在肯定有了天翻地覆的变化。

具体要怎么去做?是否要接触墨大夫的妻室,还是偷了暖阳宝玉逃之夭夭?这都要在韩立了解到详细情况后,才能做出决定。

这样一来,昨天收服的地头蛇孙二狗就派上了大用场,想必从他口中能得到不少有用的消息。

韩立把遗书再详细看了一遍后,便收进了怀中,他抬头想了一想,便走到床边,坐了下来。

他把两腿左右分开,双手手心朝天,搭在双膝之上,然后闭起双目,开始内视起体内的情况。

丹田内的那丝阴寒之毒从一个月前就有了向外扩散的趋势,本来只是一丝若有若无的阴影,现在已凝结成一颗豌豆般大小的黑团,而且还在不停地变大中。

据韩立估计，顶多再有两个月的时间，这股阴毒就会彻底爆发出来。到那时，他恐怕真的难逃一死。

韩立正忧心忡忡，暗下决心一定要把那暖阳宝玉弄到手时，外面有人敲起了房门。

"进来！"韩立睁开眼，冷冷地说道。

房门被人轻轻推了开来，孙二狗低着头走了进来，一见韩立就深施一礼，然后恭恭敬敬地说道：

"公子爷好！孙二狗来听您的差遣了！"

"不错，这么快就找上门来了，还真有些本事！"韩立满意地说道，接着从床上站了起来，倒背起双手走到了孙二狗的面前。

"承蒙公子爷夸奖，如果这么点小事也做不到的话，那公子爷留下小人的性命又有何用？"孙二狗满脸堆笑地大表忠心起来。

孙二狗当日回去后不是没想过要把韩立的事报告给上面，然后再带高手前来报仇。但一想到自己服食的那个腐心丸后，勇气又全都消失得无影无踪。

经过一晚上的苦思冥想，他还是毫无办法，无奈之下，只好乖乖地前来见韩立，希望听从对方差遣以后，对方到时真能给他解药。

"先说说你的身份吧！看你当日的样子，似乎还是个小头头。"韩立无所谓地悠然道。

"在下是西城四平帮在那个码头的管事，有那么四五十个手下，倒也算是一个头目。"孙二狗恭声道。

"四平帮？"韩立淡淡地问道。

"是的，四平帮是嘉元城西城三十三帮会之一，有近千名帮众，多半都是码头的脚夫苦力，帮主是猿臂沈重山，手下有三大护法。"孙二狗立刻识趣地全兜了出来，虽然是对外人透露自己帮派的情报，但他脸上没有丝毫羞愧之意。

"昨天向我动手的那个黑大个，也是四平帮的吗？"

"那倒不是,那人叫黑熊,是三十三帮会中铁拳会的一个小头目,和我一向不大对付。"孙二狗谄笑着回答道。

"光一个西城就有这么多小帮会,那整个嘉元城,帮派肯定更不少了?"韩立背着手,慢悠悠地又转回到了床前。

"那是的,整个嘉元城千余人及以下的小帮派就有四十几个,两三千人的中等帮派有七八个,而万人以上的大帮也有三个。"孙二狗站在原地,老老实实地说道。

"那你给我讲讲大、中等帮派的情况,小帮就不要说了!"韩立一撩衣服下摆,坐到了床沿上,然后静等孙二狗的讲述。

"嘉元城三大帮派分别是兄弟盟、惊蛟会、天霸门,中等帮派则有铁枪会、结义社、青衣帮、春雨楼、金剑门、苍河船帮、金刚门、落日派等势力。"

孙二狗一口气把这些帮派名字说了出来,随后稍微喘了口气,又接着说了下去。

"三大帮派中以天霸门实力最强,它和金剑门、青衣帮联手,占据了最富裕的东城区;而实力稍次些的兄弟盟,和铁枪会、苍河船帮、结义社联盟,占住了北城区;最弱的惊蛟会,和春雨楼、金刚门以及落日派霸住了南城区;最后剩下的西城区则比较混乱,由众多小帮派共同瓜分了去。这些小帮派虽然内斗不已,但一旦有其他势力想侵入西城区,就会立刻停止干戈,转而一致对外。因此整个嘉元城其实可以说是四足鼎立。"孙二狗口若悬河,不假思索地就把各势力情况说了个大概。

韩立听了这些话后,沉吟了一会儿,然后若有所思地又开口问道:

"我曾听人说过,惊蛟会是岚州三大霸主之一,而嘉元城好像也是其总舵所在,怎么反而成了三大帮派中最弱的一方了?"

"公子爷,您说的都是以前的老皇历了。几年前惊蛟会的确是很厉害,其势力几乎遍布整个岚州。那时惊蛟会身为超级势力之一,在嘉元城根本容不得有其他帮会立足,因此惊蛟会当时占据了整座城市,一家独大。而那时其他帮派在惊蛟会的威吓之下，在此地连个影子都不敢出现。后来不知为何，惊蛟会突然一夜之间衰败了下来，不但丢掉了在其他地方的地盘，就连嘉元城的大本营势力也大大收缩了起来。于是其他大小帮派趁此机会，全都蹿了出来，后来经过几番血战，就形成了今日的局面。"孙二狗极为殷勤地解释道。

"你知道惊蛟会突然变弱的原因吗？"韩立皱了下眉，缓缓向孙二狗问道。

"这个……说实话，小人在帮中身份不高，对此的确知道得不多。只是听别人讲，好像是惊蛟会内部分裂、互相争斗引起的，而且似乎还有其他大势力在后面打压。"孙二狗露出了几分为难之色，给出了一个模糊的解释。

"哦，这样啊！"韩立微微一笑，似乎对此早有所了解。

"现在惊蛟会由谁主持，你应该知道吧？"韩立问道。

"这我知道，是由惊蛟会原会主墨居仁的遗孀，严夫人主持。"孙二狗急忙答道。

"遗孀？"韩立诧异起来。

"是啊！创立惊蛟会的墨会主身亡了，他的夫人不是遗孀吗？"孙二狗眨了眨眼睛，有些迟疑起来，不知自己说错了什么。

"谁说墨会主已经死了？"韩立觉得事情有些不对劲，脸色阴沉了起来。

"全嘉元城的人都知道啊。一年前，鬼手墨居仁的关门弟子带着墨会主的遗书和信物，到墨府报的丧！"孙二狗看韩立脸色阴沉沉的，心里不禁一哆嗦，有些害怕起来。

"关门弟子？叫什么名字？"韩立眉间一挑，冷静地问道。

"叫吴剑鸣，是个二十多岁的小白脸，听说已得了墨居仁的真传，一身武功奇高无比。"孙二狗小心地说道，他这时已看出了些什么，知道眼前这位肯定和惊蛟会有些关联，并且对那位吴公子仿佛很在意。

"而且……"孙二狗露出了一副想说又不敢说的样子。

"有什么话就直说，不要吞吞吐吐的！如果消息属实，我会重赏的！"韩立冷冷地看了对方一眼，淡声道。

"我听人说，那位吴公子好像和墨府的千金墨玉珠定过亲了，听说不日就要成婚。"孙二狗一听有钱可拿，立即满脸堆笑地道出实情。

"成婚！"韩立嘿嘿一笑，猛然间站了起来。

他来回踱了几步，然后抬头望着屋顶，一动不动，似乎在想些什么。

"你听好了，你的任务很简单，从今日起，你给我悄悄搜集墨府的情报，特别是这位吴公子的消息，越详细越好。"韩立终于开口吩咐了起来。

"这些银子你先拿着，如果事情办好了，另有重赏！办事去吧。"韩立非常大方地又丢给孙二狗一小袋银子。

"遵命，公子爷放心，我一定办好此事！小人先告退了。"孙二狗手捧着银子，眉开眼笑地退了出去，临走前还把房门殷勤地给关上了。

"这位公子爷出手真大方，而要办的事也只是探听消息的小事，看来跟着此人混上一段日子，还真没有选错！"孙二狗兴奋地想道，一时之间把腐心丸的事忘到了脑后。

韩立看着对方一脸喜色地出去后，轻叹了一口气，突然间有些心痛起来，刚到此地两日就打赏掉这么多银子，这还让他真有些败家子的感觉。

不管了，这些银子到时候都要算到墨大夫的身上，而且还要加上利息，韩立苦中作乐地想道。

"不过这位吴剑鸣吴公子倒真是个妙人，竟然抢先用了自己想用的身份混进了墨府，而且看情形还想要财色兼收，胆子还真够大的啊！"韩立摸了摸鼻子，冷笑了起来，"看来这墨府非去一趟不可了，否则那暖阳宝玉岂不要作为陪嫁落到了此人手上。"

第二章
蓝衣人

嘉元城南城最繁华的南陵街上，有一处占地数亩的大宅子。在宅院的黑漆大门上，挂有一块写着"墨府"二字的匾牌，匾牌下面则有八个劲装大汉分站两侧，一个个昂首挺胸，目不斜视，一副训练有素的精悍模样，让人一见就不敢小视。

离墨府不远处的街对面，有一家三层的香家酒楼。此楼在整个嘉元城也是排得上名号的大酒楼，特别是它的招牌酒水"百里香"，更是出了名的好酒，为它揽下了不少闻名而来的客商。

此时正是午时用饭时分，所以香家酒楼人满为患，从一楼到三楼的桌前都坐满了人。

在二楼临街靠窗的桌子旁坐了一名青年，桌上摆了些可口的荤素小菜，还有一瓶闻名遐迩的"百里香"清酒。青年背后站着一个令人望而生畏的巨汉。正是出来打探消息的韩立。

韩立这时从窗户往下望着什么，手中还把玩着一个盛满酒水的小酒杯，桌上的饭菜也没动几口，整个人一副心不在焉的懒散样子。

韩立斜瞥了一眼不远处的墨府，又收回目光看了看眼前的大街，脸上表情毫无变化，却一仰头把那杯酒给喝了下去，然后继续望着楼外出神。

经过一番打听，韩立已知道，墨大夫的两个亲生女儿和那个义女，全都长得如花似玉、千娇百媚，是嘉元城出了名的三大美女，因而被人称为"墨府三娇"。追求她们的公子哥、少侠俊杰，是数不胜数。

而其中的墨玉珠更是美艳绝伦，是三人中追求者最众的一位。她的此次定亲引起了一场轩然大波，让其追求者们伤心欲绝，有些身怀武功的则纷纷向那位吴公子发起了挑战，结果被这位吴剑鸣一连大败了十六名情敌，反而造就了他武功绝顶的名声，让他和墨玉珠更是如胶似漆、郎情妾意起来。

韩立想着想着就觉得此事着实有些滑稽可笑，别人不知道这位吴公子是什么底细，韩立却能猜个大概。

这位吴剑鸣十有八九是墨大夫的对头们派来的，看来这么多年墨大夫没有露面，已经引起对头们的怀疑，而这位吴公子的到来估计就是一次试探行为。只是不知他是用什么方法取信于墨府的，想必一般的信物和书信应该不会让墨大夫的几位夫人轻易相信的。

韩立一边用手指轻敲着桌面，一边推敲着心中的疑问。

"这位公子请，您这边坐！您点的菜马上就上来了。"一名身穿白短褂的店小二引着一位二十七八岁的蓝衣青年走上了二楼，并把他带到了韩立隔壁的一张空桌旁坐了下来，然后就急忙下去招呼其他客人去了。

这位蓝衣青年长得五官端正，浓眉大眼，眉宇间颇有几分英气。

他坐下之后就环顾了一眼四周，刚好和韩立的目光碰到了一起。

韩立感到对方的眼神中有一种莫名的深邃之感，似乎有一种奇怪的引力就要把自己吸进去一样，吃了一惊，连忙把头扭了过去，脸色也微微一变。

蓝衣青年也惊愕了一下，但随即冷看了韩立一眼后，就转过头去，不再理睬这边了。

韩立脸色有些发白，刚才对方的那一眼让他有一种里外都被看穿的感觉，让他非常骇然。

这种一眼就被人看透的滋味，韩立还是第一次尝到。

蓝衣人等酒菜上满了一桌后，就开始大口吃喝起来，而且吃得十分香甜，一副旁若无人的样子。

韩立此刻却有些坐卧不宁、忐忑不安起来。

他这时虽然没用天眼术观察对方，但蓝衣人身上隐约散发出的那种强大灵力，还是硬生生地把他给震慑住了。他很清楚，对方绝对是法力比自己深厚得多的修仙者。

韩立此前一共只见过余子童和金光上人两名修仙者，这二人一个是肉体法力全失的元神，另一个则法力低微得可怜，一见面就让他给干掉了。因此韩立对修仙者了解得还是不多，修仙者在他心目中还是充满了神秘色彩，他实在不知该如何应对这种对方比自己强大得多的情形。

"这蓝衣人不会像自己对金光上人那样，毫不客气地一出手就把自己给灭掉吧？"韩立不禁往最坏的地方想去。

结果在韩立心烦意乱的提心吊胆中，蓝衣人吃完了自己的饭菜，取出一方手巾擦了擦自己的嘴角，就扔下一锭银子，飘然而去，从头到尾都没有再向韩立这边望过一眼，似乎已把韩立忘得一干二净。

韩立等到此人彻底离开酒楼之后，才长长舒了一口气，瘫倒在自己的椅子上。蓝衣人吃饭的时间虽然很短，但他却觉得如同过了一整天一样漫长，那种精神压迫感太大了，如同刚刚经历了一场生死大战一样。

这时，蓝衣人出现在了街另一端的巷口处，那里有另外一名三十多岁的黄衫男子在等候着。

"老四，怎么来迟了？我们还要和大哥他们会合呢！"黄衫男子有些不满地说道。

"嘿嘿！二哥，别生气嘛！我只是数年没吃到世俗界的饭菜，又去品尝了一番！"蓝衣人嘻笑着说道。

"就你嘴馋！给你说过多少次了，我们修仙之人应该清心寡欲，忌讳这种大吃大喝。可你就不听，你这一吃一喝，肯定让心性又降低了不少。"黄衫人瞪了蓝衣人一眼，没好气地教训道。

"呵呵！知道了，知道了，下不为例！对了，我在吃饭时见到了其他修仙者。"蓝衣人为了转移话题，急忙把遇见韩立的事搬了出来。

"哦！是吗？对方法力深不深厚？"黄衫人果然把注意力转到了此处来。

"法力浅得很，看样子刚到了基础功法七八层的样子，才勉强够参加升仙大会的资格。真搞不懂，这样浅的法力也来岚州凑什么热闹，难道真以为能走狗屎运，能在升仙大会上最后胜出吗？"蓝衣人把嘴撇了撇。

"对方年纪大不大？"

"十七八岁的样子。"

"这就对了，对方十有八九是跟着长辈一起来的，应该是想来长长阅历和开开眼界而已。估计等下个十年再召开升仙大会时，此人才会真正参加。"黄衫人笑着说道。

"我说呢！这样说起来对方资质还算可以了。如果再过十年的话，这人也许真可以达到我这样的水准。"蓝衣人得意扬扬地说道。

"你少自卖自夸了！就你那刚刚练成的第十层功法，这样的水准，每年的升仙大会上多的是。真练到第十一二层再夸口也不迟。"黄衫人又好气又好笑地说道，然后不再理这个活宝，转身离开了。

"真是的，要是不服用筑基丹就能练成十层以上，那我还来参加什么升仙大会！直接去拜师不就得了。"蓝衣人嘟嘟囔囔地紧随其后，也离开了这里。

韩立当然不知蓝衣人和黄衫人的对话，他还在为自己逃过一劫而庆幸。虽然对那蓝衣人的视若无睹也有些气恼，但很清楚两者间实力悬殊的韩立，还是大有逃出生天的感受，浑身上下都轻松了许多。

经过这一遭，韩立的心无法再静下来，原来平和的心境一去不复返了。他叹了口气，站了起来，准备结账离开酒楼。

这时楼外的大街上突然传来了一阵若有若无的马蹄声，而且由远及近，越来越清晰起来。

韩立精神一振，原来站起的身形又坐回了原位，并把目光重新向街面上望去。

根据孙二狗的情报，这马蹄声应该是墨府大小姐墨玉珠从城外归来了。

听说这位墨府千金从小不爱女红，只爱舞枪弄棒，并且从惊蛟会高手那里学会了一身不弱的本领。

最让人瞠目结舌的是，这位墨府大小姐竟对打猎尤其热衷，三天两头就要骑马到城外树林里狩猎一圈，因此惹得许多追求此女的公子哥们也天天架鹰驱犬地追随其后，希望能近水楼台先得月，获得此女的好感。

当然，那位吴公子来了以后，自然也不出意料地加入了这一活动。

当韩立闻知这些消息之后，对这位墨玉珠小姐也大为好奇，毕竟一位这么有性格的女儿家可是很少见的，希望此女不会让他失望。

现在十几个骑着各色骏马的人从大街的一头疾驰而来。为首的两人是一男一女，男的是名剑眉朗目、身材修长的英俊青年，女的则身穿火红猎装、头披紫色斗篷，无法看清其娇容。

眨眼间，这些骑马之人就越过了香家酒楼的门前，从韩立的眼前冲了过去，最后在墨府的门前停了下来。

原本分站两侧的劲衣大汉中立刻有一个满脸麻点的迎了上去，他冲着为首的男女恭敬地称呼道：

"大小姐、吴公子，你们回来了，今天的收获如何？"

"还不错！汤二，把马牵走，再把这些野味处理一下。"身穿猎装的女子脆声说道，并伸手把头上的斗篷摘了下来，露出了一张摄人心魄的艳丽脸孔，然后从马上轻轻一跃而下。

"是的，小姐！"这个叫汤二的汉子似乎不敢多看一眼此女的艳容，急忙接过了缰绳向宅院偏门走去。

虽然离墨府有些距离，但韩立在楼上仍从侧面把此女的面容看了个七八分，他不禁深吸了一口气，那晶莹似雪的肌肤，挺直小巧的琼鼻，乌黑明亮的眼睛，红亮诱人的杏唇，沉鱼落雁、羞花闭月大概就是这样子了。

"此女就是墨玉珠了！怪不得能惹得整个嘉元城的公子哥为之疯狂，国色天香、倾国倾城就是对她的最好注释。"韩立心里不由得想道。

那英俊青年和身后的众人这时也纷纷下马。

那青年微笑着走到墨玉珠跟前，低声说了几句什么，引得这位墨小姐脸上一片绯红，轻捶了青年肩头几下，接着羞涩地白了青年几眼，然后玉足一跺，一溜小跑地进了大门。而那青年呵呵一笑后，也风度翩翩地走了进去。

"这人就是吴剑鸣？倒还真会哄女孩，并且长得也可以嘛！"韩立酸酸地想道，他很有自知之明，知道若论相貌，自己远远赶不上对方。

"而且看起来，那墨玉珠和这位吴公子相处得不错，感情很深啊！"他又皱了下眉，觉得此事可能不像自己想的那么好处理。

"不管怎么说，那暖阳宝玉一定要弄到手，而且要抓紧。毕竟身上的阴毒非同小可，说不定它会提前爆发！"韩立显得有些忧心忡忡。

他再深深地看了墨府一眼后，就唤来了小二，结了账离开了酒楼，回到了自己下榻的客栈。

韩立经过一番深思熟虑后，还是决定采用最直接最有效的方法，准备单刀直入。他打算夜里悄悄地去见那位主持惊蛟会的严夫人，然后用墨大夫事先留给他的信物直接揭穿那个冒牌货。至于怎么拿到暖阳宝玉，则只有见机行事了。

既然决心已下好，韩立也不再瞻前顾后，他老实地在房内闭目养神，为晚上的行动做准备。

不过在此期间，墨玉珠的艳丽面容时不时地浮现在他脑海中，怎么驱赶也无法完全散去。

"难道我喜欢上这女子了？"韩立有些不自然地想道。

但随后他又自我安慰了一下："一个长得如此漂亮的女子，被其吸引也是很正常的，并不一定就是喜欢啊。"

作为一个半只脚踏进了修仙之途的人，韩立虽然在男女事情上一片空白，但仍然下意识地避免男欢女爱之事的发生。

到了午夜三更时分，韩立换上了一身漆黑的衣服，偷偷溜出了客栈。

他一路从房顶上轻轻飘过，无惊无险地避过了巡更之人，来到了墨府院外。

他围着宅院转了一圈后，轻笑一下，化为了轻烟，在几名守卫的眼皮底下，进入了墨府的后院，而那些守卫都未曾发觉到有丝毫异常。

墨府的后院是个不小的花园，里面种了许多罕见的花草，虽然因天色昏暗而看不太清，但那浓浓的花香直沁人心脾，韩立不禁深吸了一口气。

"咦！"韩立突然轻呼了一声，虽然这些花香浓郁扑鼻，但他还是分辨出了熟悉的药草之香。

"有人在这里种植药草。"韩立轻笑了起来，这种熟悉得不能再熟悉的味道，让他对种植之人大感好奇，看来墨府里有人继承了墨大夫的医术。

韩立不敢再耽搁下去，就顺着园中的小路，往还有灯火的地方慢慢潜去。

一路上，韩立发现了数处掩藏很深的暗哨，若不是他识觉过人，还真不易发觉。看来墨府的戒备，严密得很。

不过既然被他给识破了，那绕过这些暗哨对他来说就是轻而易举的事。

韩立在一幢两层的小楼前，停了下来。

之所以会选上此处，只是因为此楼的警卫要比其他地方森严得多，有二三十人守卫在附近。

韩立看着小楼的二层还灯火通明，知道里面应该有墨府的重要人物还未曾入睡，正好可以探查一番。

于是，他趁着夜色，身形快如闪电，一晃之下，就飞快到了楼下，然后双脚一用力，轻巧地翻上了二楼。整个过程一瞬间就完成了，那些四周的明岗暗哨，丝毫未曾注意到韩立的入侵。

韩立紧贴二楼的墙壁站立着，让身形全都隐入阴影之中，然后竖起双耳仔细倾听房内的情形。

借着自身超人的听觉，韩立听到屋内有女子在说话，并且不止一人：

"长平镇秘舵，解送银子七千三百两。"

"落谷镇秘舵，解送银子五千八百两。"

"蓝月镇秘舵，解送银子一万零五百两。"

"五领镇……"

…………

"这些就是上个月，暗舵送来的银子，比往年这时少了四分之一还多。"

一阵悦耳的女子声音传入韩立耳中，这声音清亮而有活力，一听就是个年纪轻轻的女儿家，只是她最后一句话大有不满之意。

"娘，这些暗舵的负责人，胆子越来越大了！解送的银子一个月比一个月少。"这女孩生气地说道。

"知道了，我心里有数！"另一个低沉而富有磁性的女声响起。

"难道是墨氏三娇之一？"韩立精神一振，觉得自己运气不错，屋内的另一人看来是墨大夫某位夫人了。

"你老说'有数'，难道不能想些办法整顿一下吗？照这样下去，那些暗舵早晚会不把我们总舵放在眼里的！"年轻的女孩抱怨道。

"我如今并没有很好的办法，要知道暗舵的力量一向是由你五娘独自掌管的，墨府其他人根本插不上手！"女人无可奈何地回答道。

这句话一出，屋内顿时安静了片刻。

过了好一会儿，才又传来年轻女孩不甘的声音："娘，难道真的要让五娘一直霸占那些暗舵的力量吗？要知道，自从前几年马叔他们闹分立，再加上其他势力的打压后，暗舵的力量就已经成了我们惊蛟会最大的支柱了。娘，你既然是惊蛟会的代理当家人，那这股最大的力量当然也应由你控制啊！"

"话是这么说不错。但当年你爹离开时，把这暗舵交付给的毕竟是你五娘，我实在是没有理由去插手。而且你五娘现在每月都把暗舵大部分利银上交给总舵，我就更不好意思再过问了！"女人淡淡地说道。

"可我们惊蛰会本来就很弱了，如果再不把力量整合起来，怎么还有希望东山再起呢？爹也真是的！既然把惊蛰会的事交给娘你处理了，为什么还要把暗舵再专门交与五娘！"年轻女孩的声音怨气十足，显然对她口中的爹大为不满。

"别胡说！你爹这样做，自然有他的深意。岂是你这个做女儿的能乱加评论的！"女人厉声训斥了女孩一顿。

"知道了，我认错还不行吗？看来娘对爹还真是痴心不改啊！"女孩似乎对此习以为常，一副不在乎的样子，反而开口取笑起她母亲来。

"你这孩子……"女人对女孩溺爱非常，只能苦笑着不语了。

韩立这时已经肯定，屋内的女人就是他要找的严氏，女孩则应是其与墨大夫所生的墨彩环。自己还挺幸运的，竟然一下就找对了地方。

韩立伸手摸了摸贴身藏着的墨大夫的亲笔信和那个信物，就准备现身和这二人见面。

"娘，那个冒牌货真讨厌！今天在后花园碰到我，竟然对我大献殷勤，极力卖弄他那几分文采，一副自认为文武双全的样子，真让人讨厌！"女孩突然撒娇般地说出了这番让韩立大吃一惊的话来，他原本迈出的一脚又不觉地缩了回去。

"你对那个姓吴的客气点，毕竟他现在名义上是你未来的姐夫，别让他看出破绽来！"严氏闻言郑重了起来，有些严厉地说道。

"咳！大姐整天都被此人纠缠着，还装作对其动心怀春的样子，真是难为死大姐了！要是换作我，早就一剑砍翻了他。"女孩感叹地说道。

"这也是没办法的事，虽然我们知道姓吴的是个假货，并且也已查明了他的底细，但为了多争取些时间，也只有牺牲你大姐的名誉，与此人虚与委蛇了。毕竟敌人势力太大，如果知道不能巧取于我们的话，恐怕会立即发动强攻，我们绝没有胜算啊！"严氏的声音充满了倦意，话里透露出了心力交瘁的味道。

"这姓吴的真可恶，造的假信里竟然假借爹的名义让大姐嫁给他，真是气死人了。"墨彩环恨恨地说道，看来对那吴剑鸣痛恨至极。

"不过也幸好指名的是你大姐，如果他要求嫁的人是你或凤舞的话，我还真不知该怎么办才好！要知道凭你和凤舞的脾气，怎么能忍耐与此人虚伪应付啊！只是苦了玉珠一人，不知夫君回来后，会不会责怪为娘？"严氏叹了口气，轻轻说道。

"娘，爹怎么会怪你呢？与这姓吴的周旋之事，不是大姐主动提出来的吗？"墨彩环连忙安慰起严氏来。

"傻孩子，这是玉珠为了我们墨府和惊蛟会而不得不为之啊！不过，娘也顶多让你大姐与那冒牌货应酬到此种程度，绝不会真把你大姐嫁给他的。实在拖延不下去，也只好翻脸擒下他了！"严氏说到最后一句时，声音寒了下来。

严氏此话出口后，屋内又静了下来。显然，母女二人都知道翻脸之后意味着什么。

"父亲到底何时才能回来？"墨彩环半晌之后，幽幽地问道。

"你爹走时说过，少则两三年，多则五六年就会回来。"严氏黯然道。

"可现在都将近十年了，我连父亲的样子都记不清了！"墨彩环缓缓说道。

"放心吧！你父亲乃一代人杰，又身怀绝技，绝不会有事的！肯定是另有要事给耽搁了，很快就会回墨府的。"严氏好像是说给女儿听，又好像是在自我安慰。

"对了，二姐配出了一服提神养颜的灵药，让我给你带来了，娘你可以试用一下，听说效果很好啊！"女孩为了打破屋内的沉闷气氛，突然间换了话题，扯起其他的事来。

"你这孩子……"

…………

接下来母女二人说起了家常闲话，韩立就没再听到什么有用的信息了。

韩立从这母女二人的对话中，已听出了严氏和墨大夫的感情很深，看来是可以信任的。并且他心里琢磨了一下后，觉得墨府的人虽然知道那位吴公子是冒牌货，但还是出面和她们接触一下比较好，毕竟自己身上的阴毒随时都有发作的可能，还是先把暖阳宝玉弄到手的好。

韩立想到这里，伸手从怀里掏出了墨大夫的信物——一枚龙形戒指，然后悄声走到屋子窗外，一甩手把戒指隔着窗纸扔进了房内。

"当"的一声传来戒指落地的清响，屋内惊呼声顿起。

片刻之后，屋内响起严氏不卑不亢的声音。

"是哪位高人光临寒舍，严氏未曾远迎，还望见谅！"

韩立微微一笑，还没张嘴回答，就听到了女孩的惊叫声。

"好奇怪啊！扔进来的怎么是枚戒指！这戒指好眼熟啊，和娘你戴的那枚很像啊！"

"娘！你来看看！"显然，墨彩环已经捡起了戒指，并把它递给了严氏。

"纹龙戒！"严氏惊呼道。

韩立听到对方认出了信物，这才往门上轻敲了两下，并朗声道："弟子韩立，奉墨师之命，前来拜见师母！"

屋内听到韩立的话后顿时鸦雀无声了。显然，韩立的话让屋内的人一时陷入了震惊之中。

"进来吧！"过了好大一会儿，里面才传来严氏的声音。

韩立这才轻推开屋门，迈步走了进去。

一进屋，韩立就瞅见一位三十多岁的美艳夫人，坐在一张木椅上，其背后站着一个十五六岁的娇美女孩，女孩的容貌和美妇有七八分的相像，一看就知她们是血缘很近的关系。

美妇人严氏此时手中把玩的正是他刚刚投进的那枚龙形戒指，脸上一脸的平淡之色，并没有在韩立面前显露出异样的表情。

而后面站着的女孩墨彩环，则眨着乌黑的眼睛，好奇地打量着韩立。她嘴角微微上翘，似笑非笑着，浑身上下都散发出机灵古怪的味道。

韩立打量完后，才走上前去对着严氏施了一礼。

"四师母好！"

严氏眼中闪出惊讶之色，对韩立的貌不惊人大为意外。

不过她并没有马上回应韩立的问候，而是一扬左手，露出了手指上的另一枚龙形戒指。

严氏把韩立的那枚和自己手上的戒指，轻轻地对靠在一起，结果两只戒指的龙形花纹紧密地贴合到了一处，结合得完美无缺，中间没有丝毫间隙。

"不错，信物倒是真的！不过，你可有夫君的亲笔信在身？"严氏这时才展露出来几丝笑意，温和地问道。

韩立闻言二话不说，拿出早已准备好的书信，双手递给了对方。

严氏看韩立对她如此恭敬，满意地点点头，才接过书信展开来仔细观看。

韩立退到一旁，就不动声色地观察起这位师母的神情来，想从中看出些对方对自己这位上门徒弟加未来女婿的心态变化。

书信上的内容韩立早已看过数遍，讲得并不复杂，就是说送信的韩立是墨大夫的关门弟子，可以予以完全信任，而此时墨府若面临什么麻烦可以让韩立去解决，只要韩立能保住墨府上下平安，就让严氏从三位千金中选出一位许配给韩立为妻，而嫁妆指明了是那颗暖阳宝玉，至于墨大夫自己则声称有要事在身，还不能回来和妻女团聚，让严氏她们不要挂心。

韩立虽然并没有从信上发现什么对自己的不利之处，但也知此信肯定被墨大夫做了些手脚，不会像表面上写的那么简单。

但既然找不出书信的门道，并且还希望能及早取信于墨府之人，他也只有硬着头皮把此信交与严氏了，因此对严氏这时的一举一动都格外上心，他可不希望这位四夫人突然从书信中看出些什么，然后就立即翻脸，要把他拿下为墨大夫报仇。

好在韩立担心的那种最糟糕的情况并未发生，严氏看完书信后，只是皱紧了眉头，接着脸上的神情忧心忡忡，似乎有了些难以决断之事。

"环儿，你去叫二娘、三娘，还有五娘来，就说有老爷的消息了！"严氏一回头，用不容置疑的口气对墨彩环吩咐道。

"知道了，娘亲！我这就去。"墨彩环也知道事情的严重性，乖巧地听命走了出去，只是临出屋子时又冲韩立抿嘴一笑，似乎对韩立颇有些兴趣。

"你叫韩立？"严氏仰起头，神色又变得雍容典雅起来。

"是的，师母！"韩立老实地答道。

"能给我说说，夫君怎么收你为徒的吗？"严氏微笑着说道。

"遵命！"韩立犹豫了一下，但随后又觉得墨大夫收自己为徒的过程并没有什么好隐瞒的，就有所挑拣地向严氏缓缓道来。

"八年前，墨师因为旧伤未愈，隐居在了越州七玄门彩霞山，那时正好碰上我初次进山……"韩立很自然地把墨大夫收他为徒的过程讲得七分真三分假，那绝不能向严氏透露的信息都统统加以改编或轻轻地一带而过，严氏听得聚精会神，津津有味。

"……就这样，三个月前墨师因有要事缠身，无法分身，但又怕离开墨府太久，而有对头找师母们的麻烦，就叫我先下了山，来府里找几位师母，听候师母们的调遣。"

"我夫君有什么要事，竟然连家都不先回一下？"严氏听完韩立说的话后，叹了一口气，突然幽幽地问道，话里有了一丝哀怨。

"什么回家！墨大夫死了都快有两年了，埋在树下的尸首都只剩下骨架了！"韩立心里想道，但表面上还是诚惶诚恐地回答道，"什么事，墨师没有告诉我，不过肯定是十分重要的事！"韩立说得有些模棱两可。

"哼！是不是你师父让你对我们保密啊？"严氏似笑非笑地说道，但话里的意思却有些不满。

"绝没有这样的事！"韩立嘴里说着，心里却暗暗苦笑，这位严氏还真的很多疑啊！

严氏一副不甘心的样子，张嘴似乎还要问些什么。

就在这时，屋外响起了杂乱的脚步声，接着人还未进屋，就传了一声妩媚到极点的娇柔之声。

"四妹，听说有夫君的消息，这是真的吗？这个死鬼，一跑就是十来年，想让我们姐妹守活寡啊！"

韩立开始被这娇滴滴的声音弄得一愣，但随后就被其话里的内容吓了一大跳。

"这位姑奶奶，也太泼辣了点吧！"韩立愕然地想道。

"三妹，说话注意些，还有其他人在屋内呢！"另一个略微沙哑的女声，温和地提醒道。

"知道了！不过听说送信的人又是夫君的好弟子！不会还是个冒牌货吧！你说呢，五妹！"娇媚的声音轻笑道。

"不会的，既然四姐叫我们来，那就说明此人起码有七八分可信。"一个冷冰冰的声音道。

"也是。四妹的眼力，我也钦佩得很！"娇媚的声音嬉笑道，不知是在说反话，还是真心夸奖严氏。

韩立闻听此言后，偷看了严氏一眼，只见严氏一只手按着眉头，一脸的无奈，看来她对那个"三妹"，也大感头疼。

屋门终于被推开了，从外面一连走进了数名美貌的妇人，而墨彩环紧跟在最后，也走了进来，只是她噘着红嘟嘟的小嘴，似乎正生着闷气。

最前面的妇人大约三十一二岁，长得秀丽端庄、眉清目秀，眉宇间隐隐有一股书卷之气，看来应是个才女。

韩立暗自点了下头，又把目光落到中间那名二十三四岁的妇人身上。

韩立刚看清此女的面容，就觉得脑袋嗡的一下，刹那间失了神，整个人都陷入一片艳丽之中而无法自拔。此女太娇艳动人了，竟比日间所见的墨玉珠还要美艳三分，而且那种风情万种的少妇风韵，更是墨玉珠无法具有的。如果说这世上真有狐狸精的话，那韩立绝对相信此女就是由那狐狸精幻化而成的。

正晕晕乎乎不知所以之时，一股凉气从丹田突然蹿出，沿着经脉往其脑中转了一圈后，韩立马上清醒了过来。

恢复神志后的韩立，对自己刚才的失态大吃一惊，不敢再多看此女一眼，急忙低头避开对方的眼神。

"这妇人长得太祸国殃民了，竟能让看见她的人神魂颠倒！就不知是其绝世容貌本身所有的魔力，还是另练有迷魂之法。"韩立骇然地想道。

少妇见韩立见到自己，刚开始有些痴迷，但随后就清明起来，并能主动避让开，眼中不禁闪出了一丝异色。

韩立暗暗运起长春功，稳定下心神，才敢抬起头，跳过此女继续打量下一位少妇。

最后进屋的妇人年约二十六七，虽然长得秀丽可人，但那一脸的冷若冰霜却让人望而止步，并且她一进屋就冷冷地直视着韩立，目光中寒光闪动，竟是一位内力精湛的高手。

严氏一见这几人进来，就立即从座椅上起身，冲着她们轻施一礼。

"二姐、三姐好！五妹也来了！"

"四妹，太见外了，都是自家人，何必那么客气呢！"还没等为首的妇人说话，那个狐媚至极的妇人先轻掩杏口地笑了起来，那股笑声中的狐媚之音让韩立又一阵心动神移，暗中咋舌不已。

"小妹不敢，还请几位姐姐上座。"严氏微微一笑，让出了自己的椅子，让为首的妇人坐上去，自己则坐在了艳丽妇人的下首。

而那名被唤"五妹"的冷艳妇人，则一声不响地坐到了严氏的对面。

紧跟妇人们进屋的墨彩环则十分乖巧地关上屋门，闪到了其母背后，只是她两只亮晶晶的眼珠滴溜溜乱转，也不知在想些什么。

"这年轻人就是送信的人？"三十多岁的妇人看了看韩立，淡淡地问道。

"是的，据信上所说，是夫君收的关门弟子。"严氏大方地回答道，随后又冲韩立肃然说道，"这是你二师母，还不来拜见一下！"

"拜见二师母！"韩立机灵地上前参拜了妇人一下。

"起来吧！既然是夫君的爱徒，那就不用多礼了。"妇人脸上露出一丝笑意。

"这是你三师母、五师母。"严氏又指着艳丽异常的妇人和冷艳妇人向韩立介绍道。

"三师母、五师母好！"韩立看着那似乎比自己大不了几岁的妇人，稍微迟疑了一下后，还是躬身施了一礼。

韩立脸上的狐疑被严氏看了出来，她微微一笑，温和地说道："你三师母驻颜有术，别看只有二十几岁的样子，实际上和你二师母差不多的年纪。"

韩立听后暗自点了下头，觉得和自己猜想的差不多，这美艳的妇人肯定练有特殊的秘功，否则光凭她的容貌，绝不至于让自己神魂颠倒，无法自控。

"二姐，这是夫君的亲笔信，请过目！"严氏把韩立带来的书信递给了二夫人李氏，然后等李氏看完后，又传给了其他两人。

当最后的冷艳妇人王氏也看完书信后，屋内的几位妇人都默然无语。

即使是那看起来最轻佻的艳丽妇人刘氏也神色肃然起来，完全没有了刚才的泼辣和狐媚，竟也显得端庄无比。

韩立看到墨大夫几位妻室的样子，心里不禁忐忑不安起来，他不知这信上到底给妇人们透露了什么重大消息，让她们面容如此沉重。

不过表面上韩立还是神情未变，始终侧身站立着，这倒让几位妇人觉得他沉稳可靠，颇有大将之风。

"韩立，你师父的这封信，给我们的震惊太大，所以我们要好好商量一下。你远道而来，想必也很疲倦了，就在墨府好好休息吧！等明天，我们再唤你来问话。"严氏毕竟手掌惊蛟会大权多年，一举一动都有说不出的威严，最终还是她先开口向韩立吩咐道。

"晚辈遵命！"韩立十分听话地应声道，完全一副任凭长辈吩咐的样子。

其他几位妇人并没有阻止严氏，看来她们也想让韩立这个外人先回避一下，好让她们姐妹商谈些隐秘之事。

"环儿！你带韩师兄去后宅找间干净的厢房，让师兄好好歇息一下。"严氏对墨彩环说道。

"嘻！我知道了，韩师兄！跟我来吧。"墨彩环眼睛眨了那么几下，鼻子微微一皱，开始有些不乐意，但随即转念一想，又笑容满面地答应下来。

"不准跟你师兄捣乱！否则，家法伺候！"严氏对她这位宝贝女儿的心思了如指掌，因此提前就给她做出了口头警告。

"好了，人家知道了！"少女噘着嘴，不情愿地说道。

韩立心里这个后怕啊！如果严氏不警告，这位娇娇小姐难道就要平白无故给自己下圈套不成？

韩立用异样的眼光看了墨彩环一眼，头次觉得这女孩似乎也不是那么机灵可爱了。

于是，墨彩环无精打采地走出门外，而韩立则不动声色地跟随其后。

等韩立走出屋子好久，原本安静的屋内突然响起严氏郑重的声音。

"五妹，麻烦你到四周看看，那小子是不是真的离开此地了，别被他悄悄潜回，我们还不知道！"

王氏闻言后，一语不发地走出屋子，然后消失在了黑暗中。

"四妹，你也太高看那小子了吧！他能有那么大本事？"刘氏有些不以为然。

"三姐，你可看走了眼，我们夫君收的这个徒弟可非比寻常！"

"想我墨府本就戒备森严，更别说此楼是我处理会中事务的重地，附近暗哨、警卫更是密密麻麻，有二三十处之多，就这样他还能偷偷潜入此地，让我和彩环毫无察觉，你觉得这是普通高手办得到的吗？"严氏轻声说道。

"四妹这一说，这姓韩的毛头小子，还真有几分能耐！"李氏轻皱着眉头，徐徐说道。

"别的不说，他的定力倒比那个冒牌货强了许多。我记得那个姓吴的公子哥见了我一面后，被我的天狐大法痴迷了一整天才恢复了正常。而这个姓韩的，则只是开始时有些神迷，但立刻就清醒过来，可见其精神力过人，非等闲之辈！"刘氏犹豫了一下，叹了口气，还是说出了自己的心里话。

这句话一出，三人都安静了下来，每个人都若有所思，似乎都有什么话不好张口说出。

过了一会儿，严氏苦笑了一下，终于主动先开口说道："此人如此厉害，就不知对我们墨府来说是祸是福。"

"取出暗信来，大家一看不就明白了！"严氏话音未落，王氏的声音从屋外冷冷地接上，人也慢慢走了进来。

"我已察看过了，方圆二百米内绝没有外人，并把那些警卫岗哨又加强了一倍！"王氏毫无表情地说道。

严氏低头想了一下，终于开了口。

"你们想必都记得夫君临走时说的话。他离开以后，若是叫人捎带的书信是明信并无暗信，则说明他安然无事，我们尽可放心。若所带的书信中标明了还藏有暗信，则十有八九会有不妙的消息传来，让我们做好心理准备。至于这信……"

"我们都看到了，这信上的确标明了还藏有暗信。不管是不是噩耗，这都是我们早晚要面对的，还是取出真信来看一下吧。"刘氏的声音也不再娇媚了，反而充满了伤痛。

"好吧！大家既然都做好了准备，那我们就让暗信现形吧！"严氏果断地说道。

她不再迟疑，把附近桌子上的一个茶杯拿到了跟前，并端起水壶，倒了半杯凉水进去；接着又把自己手上的那枚龙形戒指轻拧了几下，竟把戒指拧成了两半，露出了夹层内暗藏的白色药粉。

严氏把药粉小心地倒进茶杯内，然后望向其他几人。

李氏在严氏的注视下，首先站起身来。

她轻巧地来到桌前，略一抬手，洁白的手指上竟也戴了一个同样的戒指。

李氏从戒指中也取出了不少药粉，倒进了茶杯内。只是她的药粉颜色是红的，看起来和严氏的不大一样。

接着刘氏、王氏挨个做出了相同的举动，她们也都有一个龙形戒指，里面暗藏的药粉分别是黄色和黑色的。

严氏等所有人都做完了这一步骤后,就拿起茶杯轻轻摇晃起来,结果杯内原本五颜六色的液体,竟在轻轻晃动中变得清澈透明。

"好了,现形水已调配完毕。二姐,你最心灵手巧,这书信涂抹的事,还是由姐姐来做的好!"严氏谦虚地对李氏说道。

李氏听了严氏的话,微微一笑,也不推辞,就接过药水和书信,低头忙活起来。

接下来的一段时间,除了李氏在往书信上擦抹药水外,其他的人都默不作声,让屋内气氛显得越发紧张起来。

"完成了,信纸全都抹了一遍。接下来得五妹帮忙了,用内功烘干一下吧!"李氏直起了身子,擦了擦额上的香汗,对王氏笑着说道。

王氏点点头,麻利接过已湿漉漉的信纸。随后伸出另一只手,略一运功,让手掌发出淡淡的热气,将信纸放在手掌上方两三寸高的地方,就这样慢慢烘烤起来。

没过多久,书信就完全干透了,信上的黑色墨迹已荡然无存,反而现出了一些红色的淡淡字迹,这就是墨大夫耗费心机想让韩立带给妻女的信件——暗信。

韩立并不知道自己走后屋内发生的一切,他此时正为眼前的小妖精而大感头疼。

这位墨三小姐竟然在半路上,明目张胆地向他讨要起所谓的师兄见面礼。

"师妹想要什么礼物?"韩立无奈之下,只好捏着鼻子,准备满足对方的要求。

"有什么珠宝首饰,好玩的或有趣的东西都行,我并不很挑剔哦!实在不行的话,给个七八千两银子,那也马马虎虎算你过关!"墨彩环眨巴着乌黑的大眼,天真无邪地说道。

"七八千两银子?"韩立一听,差点没跌倒在地上,"这个小妖精还真是狮子大开口，一点也不怕生！"

"把我身上搜刮干净，也没有这么多银子。而且就算有，也不可能真给她，她还真把我当成冤大头了！"韩立心里这样想着，脸上神情虽然未变，但看女孩的眼神却暴露了他的真实想法。

墨彩环也是机灵透顶，一眼就看出了几分韩立的心思。

她把小嘴一撇，故意咋呼呼地惊叫道："韩师兄，你不会什么礼物也不给初次见面的可爱师妹吧！要知道，那个前年来的吴公子，一见面可就给了人家一万多两的银票做零花呢！"

韩立一听，这个气啊！那是姓吴的图你们家财色兼收！我可一点也没这种想法，而且现在还被你爹种了阴毒，随时都可能小命不保呢！

韩立一气之下，干脆不动声色地仰望起天空来。他倒想看看这个小妖精如何能从自己身上占得大便宜！

墨彩环见韩立这个土里土气的黑小子竟然装疯卖傻，一言不发，一点不理会自己，心里不禁有些急了。

自从她在那个冒牌货身上诈取了一大笔私房钱后，就夜夜做梦都想再有这么一个送上门的大竹杠让自己狠敲一下。如今好不容易再次有了机会，可这个看起来应是父亲真弟子的家伙却软硬不吃，而且脸皮比城墙还厚，怎么硬对自己这么可爱的女孩耍愣卖傻，一点怜香惜玉之心都没有！没看自己演得眼泪都快出来了吗，可他还无动于衷，真气死人了！

今夜的月色并不算多凉，可墨彩环可爱的小脸却有些发青，她双眼恨恨地望着韩立，心里对这个冒出来的厚脸皮师兄不停地咬牙切齿。

现在他们在这后院的小路上，已冷冰冰地站了一刻多钟，没有再向前一步。

原来墨彩环见韩立硬是不理会自己的三大绝招——装可爱、撒娇、泪水攻击，无奈之下只好把牙一咬，不再往前带路了，她打算用这招来要挟韩立，并且还不甘心地一直可怜巴巴地望着韩立，希望双管齐下后，能让对方屈服。

韩立一见墨彩环的可怜相，禁不住笑了起来。

原来她的这种表情竟让韩立想起了厉飞雨这位好友。以前，每当厉飞雨有什么想让韩立帮忙的麻烦事时，都会用与此类似的表演来试图打动韩立，久而久之，韩立对这种表情就彻底免疫了。

所以当墨彩环用如同被遗弃小狗一样的目光望着韩立时，韩立却有滋有味地站在原地尽情欣赏对方的表演，并且还时不时摇头晃脑地侃几句酸诗。

在韩立如此无情的反击之下，墨彩环很快就演不下去了，可怜相彻底收了起来，换上了怒目而视的表情，一直瞪着韩立。

其实墨彩环已经在后悔了，如今的情形若是被母亲知道，恐怕好处不但没要到，家法的滋味倒要先品尝一下了。

想到这里，她又对韩立怒视了几眼，这个土小子也真是的，不能随便拿个什么东西给自己吗？难道不知道女孩是要哄的吗？真是个乡巴佬！

这时的墨彩环，已完全忘了自己向对方大开狮子口的事。

韩立虽然没有哄女孩的经验，但也知道自己还要借住在墨府，并不能真的得罪对方，所以在觉得把对方的娇气打击得差不多时，就慢悠悠地向怀里摸去，看看能否找到什么合适的物品，把这小妖精给打发了。

韩立终于摸出了一个碧绿色的小瓷瓶，瓶中放了几颗香气扑鼻的火红色药丸。

这药丸叫作"萦香丸"，听说是宫廷皇妃们的御药。此药丸别的功效没有，唯一的作用就是可发出迷人心神的异香，这种奇香不但好闻、留香时间长，而且还能避除蚊虫的骚扰，实在是后宫佳丽们的挚爱。

可惜的是，配制这药丸所需的几种主药都是年份长久的罕见药草，即使是皇宫这样富甲天下的地方也时常短缺，无法完全满足后宫的需要，民间更是无法见到此药的身影。

韩立原本不可能配制这样对自己无用的药丸，但在七玄门时，他还是经不住厉飞雨的软磨硬泡，给他配了一些，让他拿去哄那张袖儿去了。

这一小瓶就是剩下的几颗，原本韩立是用来在野外过夜时预防蚊虫叮咬用的，但如今也只有拿出来先应付一下了。

韩立把小瓶一抛，扔向了对面，墨彩环不曾提防，有些手忙脚乱地接了下来。

"这是什么？"墨彩环破涕为笑，她总算从这个小气至极的人这里拿到了礼物，虽然还不知是什么，但已让她大为兴奋。

"这是紫香丸，它特别奇妙，可以……"韩立把此药的功效向女孩详细说了一通，满以为对方会大为满意和高兴。谁知墨彩环打开瓶盖稍微闻了一下香味后，就立即飞快地盖上盖子，并用防备色狼的眼神看着韩立，嘴里还小心翼翼地说道："这个药丸不会是迷药或春药之类的东西吧！我怎么闻着香味和两位姐姐说的那么相似，你该不会想对我图谋不轨吧？"

韩立闻言愣了半天，有一种吐血三碗的感觉。这女孩的心思也太难以捉摸了吧！竟然能把紫香丸联想到春药上！

现在韩立也不知是该佩服对方的谨慎小心，还是该为自己的无故蒙冤而大呼三声！

"看样子，你说的好像是真的。不过我还要把它拿去给二姐检验下才能用，毕竟我们女儿家要小心为上！"墨彩环一本正经对韩立说道。

"咳！咳……随便你了。"

韩立无言，只能干咳几声，来掩饰自己的窘迫。他现在觉得自己还是离这个小妖精远点的好，否则不知什么时候就要被其活活气死。

"不过，如果这药真像你所说的那么好用，那就算你过关了！今后师兄在墨府有什么为难的事，尽管可以来找彩环帮忙，我肯定能帮你完全解决，只不过嘛，要收点小小的报酬。"墨彩环把小瓶在手中抛了几下，嬉笑着说道。

"行啊，师妹！师兄有事一定找你帮忙。"韩立这时也恢复了常态，皮笑肉不笑地回应着此话，心里却在恶狠狠地想着，"找你这个小财迷，才怪了呢！"

墨彩环自然听不到韩立的心里话，她为对方顺从自己而大为高兴，忽然觉得这位韩师兄还是蛮有趣的，看起来也顺眼了几分。

"我们走吧,韩师兄!我给你找个大点的房间,不会委屈了你的!"墨彩环眉开眼笑地总算又上了路,昂首挺胸地走在了韩立的前面。

而韩立则在她身后叹了一口气,慢慢地跟着。

"这样古怪精灵的女孩,我绝对是无福消受!别说这样的大小姐不可能看上相貌普通的自己,就算看得上,我也会毫不犹豫地拒绝,否则她这种难缠劲儿,我绝对吃不消。"韩立心里这样想着,把墨彩环从自己的爱慕候选名单中,毫不犹豫地一笔给画了去。

韩立总算在墨府后宅的厢房内安歇了下来,墨彩环识趣地并未在这儿多待,很快就告辞回去了,她那种突然间十分淑女的样子,倒让韩立有些意外。

因尚弄不清墨府的人对自己持什么态度,不知是否还有危险,所以韩立一晚上都没有真正入睡,只是在床上稍稍打了个小盹儿。

第二天早上,韩立睡眼蒙眬时,屋外传来了"砰!砰!"的敲门声。

"难道是小妖精来了?"韩立皱了下眉,但随后就轻摇了下头,"这么平稳的敲门声,绝不是墨彩环的风格。但知道自己住在这里的人,应该没有几个。"

韩立带着一丝疑惑,找条手巾稍微洗了把脸,就把屋门打开了。外面站着一个浓眉大眼的二十来岁青年。

这青年一见韩立出来,上下瞅了韩立一通后,就一抱拳非常热情地招呼道:"是韩师弟吧!在下燕歌,算起来也是阁下的大师兄!"

"燕歌!"韩立脑中想起了此人的信息,这人是墨大夫的大弟子。

"呵呵!为兄虽然是师父的第一个弟子,不过资质可不怎么好,没有得师父的多少真传,让他老人家蒙羞了!"燕歌非常直爽地对韩立道。

韩立一见青年如此坦然,心中不禁对此人有了好感,于是连忙回礼道:"燕师兄早啊!请进屋说话吧!"

"不用了,是几位师母叫我来此的,她们有事找韩师弟,要师弟过去一趟。"燕歌摆了摆手,笑着说道。

韩立一听,愣了一下,但随即就点头答应了,并带上屋门,与燕歌并肩而行。

燕歌对韩立的事大感兴趣，一路上毫不遮掩地问这问那，对一些越州的风土人情也很好奇，问了不少。

当二人经过后院的花园时，竟然意外遇见了一对青年男女——正是韩立昨日远远望见过的墨玉珠和吴剑鸣。他们二人正在园中并立而行，一副郎情妾意的模样，这种感觉让韩立很不爽，仿佛是自己的东西被人抢走的感觉。

对面二人显然也发现了韩立和燕歌，主动向他们迎了上来。等到双方接近时，墨玉珠对其貌不扬的韩立只是一扫而过，并未说什么，而那个吴公子却疑惑地打量起韩立来。

"燕师兄早啊！这位小兄弟看起来很眼生，不知是哪位高人的弟子？"吴剑鸣笑着问道。

"……"

韩立本以为身边的燕大师兄会主动替自己打掩护，接过对方的话头，谁知等了半天，都没听见身旁之人的声音，这让韩立愕然起来，他不禁扭头看了燕歌一眼。

结果，韩立给气得无语了。

此时的燕师兄，竟一脸的痴迷，正呆呆地望着墨玉珠出神，完全进入了忘我的境界，如何还能对吴剑鸣的话作出反应！

"小弟是三夫人的远房堂侄，奉父母之命来看望三夫人的，顺便想求夫人给谋个差事！"韩立无奈之下，只好转过头自己赤膊上阵，他故意装出了不好意思的害羞模样，低三下四地说道。

"哦，这样啊！"吴剑鸣只听了韩立的第一句话，就彻底对他失去了兴趣。这也难怪，韩立的外表也太不起眼了，并且还没有习武之人的特征，这怎能不让吴大公子看走了眼。

此刻吴公子转而对燕歌这种痴迷的表情大为不高兴，脸色沉了下来，毕竟身边的美人可是他名义上的未婚妻。

韩立离墨玉珠比较近，所以将她脸上的表情全都收入了眼底。只见她微皱着眉头，脸上有些不悦之色，显然对燕歌的这种明目张胆的爱慕很是不耐烦。

"燕师兄，若没什么事，小妹和吴公子就先告辞了。"墨玉珠杏唇微张，冷冷地向燕歌微施一礼，就移动娇躯离开了此地，而那吴剑鸣冲燕歌哼了一声，什么话也没说，追了过去。

韩立瞅着二人渐渐远去的背影，嘴角露出了一丝古怪的笑意，然后他回过头来看了下那位燕师兄，结果发现对方仍直直地望着墨玉珠远去的方向呆立着。

韩立叹了口气，这人还真是个痴情种子！只是怎么看那位墨大小姐也不像会对他有好感的样子，恐怕对方也已被他痴缠得怕了。

韩立使劲在燕歌的肩头拍了一掌，让他身子一震，脸上的茫然之色顿时消失，总算从痴呆中清醒了过来。

"不好意思，让韩师弟看笑话了！"恢复了理智的燕歌满脸通红，对自己的出丑大为羞愧。

"没什么，'窈窕淑女，君子好逑'，有什么不好意思的。"韩立微笑着开解道。

燕歌听了韩立的话，并不觉得释然，反而苦笑了一下，缓缓说道：

"不瞒韩师弟，我和玉珠从小一块长大，虽然说不上什么青梅竹马，两小无猜，但也有了很深的感情。但可惜的是，长大后的玉珠似乎对我只有兄妹之情，而无其他的意思，因此在被她几度拒绝之后，我就再无他想了，只是希望她找个好夫君，能让她一辈子幸福！可如今一见到玉珠，我还是无法自拔，不知不觉就会像这样出丑！"燕歌说到最后一句话时，有了几分自嘲的味道。

韩立听了对方的话后，不再开口，反而用一种像看珍稀古董的眼神重新打量起了燕歌。他以前只是从书本和各种故事中听说过这种情种，可从未想过会有亲眼目睹的那一天。

如果对方说的是真心话，那他不知是该钦佩对方的痴情，还是应该暗骂对方太傻！

随后的一路上，韩立故意用其他话题引开了对方的思绪，让燕歌的心情恢复了正常。两人又说说笑笑地来到了韩立昨夜待过的小楼，在那里墨大夫的几位夫人正严肃地等待韩立的到来，准备给韩立一个大大的惊喜。

第三章
惊　变

刚走到二楼，燕歌还未敲门，屋内就传出了严氏的声音。

"是韩立和燕歌吗？"

"是的，四师母！"燕歌急忙停下脚步，恭敬地答道。

"燕歌，你先回去，让韩立一人进屋即可。"严氏淡淡的声音传来，那种清冷的味道让韩立心中不禁一动。

"遵命！"燕歌显然很尊敬严氏，对她的命令一点迟疑都没有，对韩立笑了一下后，就悄然退下二楼，只剩下韩立一人待在屋外。

韩立冷冷地看着屋门，并没有马上推门进去，而是放开了自己的灵识，去感触屋内的情况。他可不希望自己一进去，就被满屋子的伏兵给乱刀砍死，还是小心点为妙。

屋内很安静，人也不多，只有严氏等寥寥数人的呼吸声和心跳声，看来并没有不应该出现的人在里面，这让韩立放心了许多。

于是他上前轻敲了两下门，推开屋门向里望了一眼，就准备进去，结果屋内的情景让韩立脸色大变，原本迈出的步子生硬地停在了半空。

屋子还是他昨夜里来过的那间屋子，里面的桌椅、装饰也全都和原来一模一样，唯一不同的就是几位美妇的穿着打扮。严氏等几位妇人此时全都穿白挂素，一身的缟素孝服，端坐在几张椅子上，正冷眼直盯着他。

韩立的脸色有些发白，不过他并不是害怕，而是被死去的墨大夫给气的。

很明显，他又让墨大夫那老狐狸给摆了一大道，那封书信看来真的如他猜测的那样，里面另有玄机，看来这些母老虎已从中知道了墨大夫的死讯，正在这里等自己这个杀夫凶手自动上门呢！

韩立深吸了一口气，脸色恢复了正常，接着大步走进屋内，毫不客气地找了一张单椅，大模大样地坐在了妇人们的对面，然后一言不发地看着她们，打算看看她们到底要怎么处置自己。

显然，韩立的这种肆无忌惮，准备扯破脸皮的做法，大大出乎了严氏等人的意料，她们乱了阵脚，表情各不相同。

李氏脸色发青，显然是被韩立这个昨日还一口一个"师母"，今天就敢明目张胆直视自己等人的晚辈给气的，要知道她出身书香门第，最讲究长幼有序，如今碰到韩立这个不尊师重道的家伙，怎能不气得发抖。

刘氏则与李氏大不相同，她不但没有生气，反而颇有兴趣地回视起韩立来。不过凭她那惊人的魅力，倒让韩立不敢往她那里紧瞧，只是从她脸上一扫而过。

严氏倒和冷艳的王氏表现得差不多，她不动声色地冷冷盯着韩立，目光中充满了冻结一切的寒意。

"你胆子很大啊，我夫君的关门弟子！"双方对视了一盏茶的工夫后，严氏终于开了口，只是她话里的讥讽之意，是个人都能听得明明白白。

"几位师母，你们想知道些什么或想说些什么，就直接说吧，我不想听废话，也不想说废话！"韩立面无表情地说道。

韩立很清楚，比和一位妇人斗嘴更糟糕的事，那就是同时要和几位妇人进行舌战，与其费力地去分辨事实，倒还不如开门见山直奔问题的核心。而且对方没有埋伏高手在屋内，这就说明了这些妇人还没有现在就对自己出手的打算，看来要么是有什么顾忌，要么就是有求于自己。既然这样，那就更不用和她们太客气了，反正墨大夫的死也是咎由自取，他可没什么好惭愧的。

"你……"即使是严氏这样见识过各种阵仗的人，也被韩立这硬邦邦的语气给反驳得差点说不出话来。

"好，我来问你，我夫君是不是死在了你这逆徒手上！"李氏再也忍不住，秀美的双眼几乎要喷出火来，身上的书卷之气荡然无存，只剩下一脸的怨恨之意。

"二姐！"严氏皱着眉头，轻喊了一声，似乎想阻止李氏这种让双方立即翻脸的提问。

"这位李氏倒坦率得很，直接就把最关键的问题摆到了桌面上。"韩立暗自冷笑了一下想道。

"可以说死在我手上，也可以说是自杀的。"韩立淡淡地说道。

这句话一出口，让对面包括严氏在内的妇人们一愣，她们以为韩立要么一口否认，要么会肆无忌惮地索性承认，怎么倒说出了一句让人摸不着头脑的话来。

李氏愣了一下，但随即就勃然大怒，显然认为韩立是在戏耍她们。

"你胡说什么，分明是你下手害的。"李氏浑身颤抖地说道。

"你怎么知道一定是我害死的，你亲眼看见了？"韩立不再客气地反问道。他可很清楚，那封信是墨大夫遇害前写的，自然不能十分肯定他就是死在自己手上，估计信中留给他这些妻室的也只是些推测之言，因此韩立能毫无顾忌地驳斥。

"你既然这么说，那就把我夫君的遇害经过给我们讲述一遍吧。若是真与你无关，我们也不会冤枉你的。"一直没有说话的王氏，突然间开口道。

韩立一听这话，仰头打了个哈欠，然后冷笑道："冤枉我？好大的口气，你当我真怕了你们墨府？"

"要不是墨师真当过我几日的师父，传授了我不少医术，而且欺负妇道人家的名声也不好听，否则，哼！就凭你们？我一只手就可以把你们全府上下杀个鸡犬不留！"韩立此话说得冰寒入骨，神情也阴森了起来。

韩立打定了主意，既然已无法从墨府骗到暖阳宝玉，那为了身上的阴毒也只有采取强硬手段了。他打算稍显些身手，让严氏等人知道自己的厉害后，就把暖阳宝玉强行要过来。

严氏等人听到韩立的狠话时，脸色开始时是愕然，但随后就冷笑起来，刘氏更是笑得花枝乱颤，都弯下了腰。

显然，这些妇人根本不相信韩立所说。但没多久，她们脸上的笑容就完全凝滞了。

因为韩立此时伸出了一根手指，并且指尖上蓦地出现了一个火球。这个酒杯口大小的火球一出现，整个屋子的温度就骤然升高了起来，让妇人们如同进入了炎炎的酷暑一般。

然后韩立冷眼望向对面，打算找个物件当作自己火弹术的靶子，让这些妇人知道知道厉害。可没想到，还没等他行动，"修仙者！"李氏就情不自禁地叫出了声，一脸的畏惧之色。

其他人也个个花容失色，就连神情冰冷的王氏也动容了起来，瞧向韩立的目光充满了惊讶。

这些女人竟然知道修仙者，这反倒让韩立吃了一惊，可他的脸色却显得更加阴沉。

"你真是修仙者？"刘氏瞪大了美目，半信半疑地问出了口。

韩立哼了一下，二话不说，索性把手指微微一弹，那个火球"呼啦"一下，打在刘氏身旁的桌子上，结果那桌子眨眼间化为了灰烬。

这个举动把那刘氏的脸吓得"唰"的一下全白了。她连忙起身，后退了好几步，才惊魂未定地停了下来，此刻那楚楚动人的柔弱表情若让其他男人见了，恐怕非得当即为之疯狂不可。

可惜韩立根本顾不上欣赏此景，现在的他正盯着叫出"修仙者"名号的李氏，阴沉地问道："二夫人，你怎么知道修仙者的？难道你还见过其他的修仙者？"

"我……"李氏惶恐起来，看上去她对韩立的修仙者身份大为忌惮。

"不要问二姐了，有关修仙者的事，我告诉你就是了！"一旁的严氏往后一靠，一脸疲倦之色地闭上了双眼，然后出声打断了韩立的追问。

"哦！能说给我听听吗？"韩立摸了摸鼻子，神色稍稍缓和了下来。

"这没什么可隐瞒的，嘉元城有不少人都知道修仙者的存在。"严氏睁开眼后，苦笑着说道。

"甚至有些人在城外还亲眼目睹过修仙者的争斗，听说他们可呼风唤雨、弄火喷雾，个个都像活神仙一样。"严氏说到这里，用异样的眼光看了韩立一眼。

"原来是这样！"韩立拍了一下后脑勺，他竟忘了嘉元城可不是彩霞山那种小地方，有修仙者在这里露过面似乎并不是一件稀奇的事，他昨天不是才见过一位蓝衣人吗！

"那墨师也知道修仙者的存在吗？"韩立突然间想到了什么，不由得张口问道。

"当然知道，夫君也是亲眼见过修仙者争斗的人之一。"严氏觉得没什么好隐瞒的，就随口答道。

"我说墨大夫怎么对修仙这么痴迷，原来早就见过真正的修仙者了！可惜他没有灵根，枉费了这么多心机，还是便宜了我啊。"韩立不禁叹了口气。

不过，韩立忽然觉得有些奇怪，严氏这会儿怎么如此听话，自己问什么，她就老实答什么，一点脾气都没有。要说仅凭自己是修仙者对方就会彻底屈服，韩立可不会相信。

韩立仔细观察了下严氏的表情，终于发现对方看似平静，实则在压抑着焦躁。

"难道对方在拖延时间？"韩立皱了下眉头，放出灵识，可小楼附近并没有外人闯入的迹象。

韩立眼珠一转，忽然站起身来，绕着屋子走动起来，一边走一边打量着四周。

看起来似乎没什么可疑的地方，屋内的东西很简单，除了桌子就是椅子，都和昨日的东西一样，除了多出一对点了一小半的白色蜡烛。

"蜡烛？"韩立的目光落在了上面。一开始韩立以为对方白日点蜡烛只是为了祭奠墨大夫，因此就没在意，但现在想起来对方既然要祭奠夫君，怎么连一炷香都没有，这可就有些不正常了。

想到这里，韩立仔细闻了一下，终于在空气中嗅到了一种类似檀香的味道。这香味太清淡了，若不是存心留意，根本不可能被人发觉。

严氏等人见到韩立瞅向蜡烛，有些不太自然起来；当韩立做出嗅闻空气的举动后，脸色更是大变。而此时韩立却笑了起来，还笑得非常欢快。

"有什么好笑的？就算你发现了蜡烛上的机关，也为时已晚。这是迷药'千人醉'，普通人闻了会骨松筋软，四肢无力，学武之人闻了也得真气丧失，武功暂失，就算你是修仙者，也不可能长久待在此屋而安然无恙。"严氏有些沉不住气，出言试探道。

"没什么，我只是觉得，自己的运气还不错！"韩立微笑着。

"我在七玄门时，经常听人说起江湖上的鬼门道，其中的毒药、迷香给我的印象最深刻。因为我不但曾身受其苦，而且这东西防不胜防，即使是普通人也可用此轻易杀掉大高手。为此，我绞尽脑汁，终于想出了一个可预防迷药和毒药的笨方法。"韩立有些自得地说道。

严氏等人听完后面面相觑，还有这种方法？这怎么可能……可对方到现在还没有倒下，这也是事实。如今她们的脸色已全白了。

"至于什么方法……"韩立看到妇人们全都情不自禁地竖起耳朵听自己所说，不禁嘿嘿一笑，"我不打算告诉你们！因为我没有向仇家泄露秘密的习惯！"韩立的神情一本正经。

这些妇人听完韩立此话，脸色迅速由白转红，倒给她们增添了几分娇艳。

严氏最先从恼怒中恢复了常态,她轻扶了下发髻上的玉钗,镇定地说道:"就算阁下真是修仙者,也不畏惧此迷香,但难道就不顾忌身上的阴毒吗?"她还是拿出了最后的底牌。

韩立本来含笑的神情,一闻此言,立刻寒了下来。墨大夫果然把唯一能要挟自己的武器,交与了这些妇人。

"不错,我的确是阴毒在身,可是在毒发之前,我并不介意把你们全府上下杀光!"韩立这话说得很平淡,但话中的那种狠劲,却让妇人们听得分明。

严氏沉默了一会儿,没有开口。其他几位也跟着不语,看来真到了事关生死的时候,墨府里能做主的人还是四夫人严氏。

"既然我们相互顾忌,又不愿两败俱伤,看来只有好好谈谈了。"严氏在沉默了一会儿后,冷静地说道。

"当然,我也不想年纪轻轻的就这么窝囊地死去!"事关自己的小命,韩立没有拿什么架子,欣然同意了对方的提议。

于是,他又回到了严氏的对面,坐了下来。

"不过,在我们商谈之前,妾身还是想请阁下把我夫君遇害的经过说上一遍。我们毕竟夫妻一场,知道了他真正的死因,妾身们才能安心。不过请放心,就算夫君真是死在阁下手上,我们也不会有什么其他想法,我们毕竟孤儿寡母的,不可能拿鸡蛋去硬碰石头,自己去寻死路!"严氏最后一句话说得很凄凉,仿佛韩立是那欺凌她们妇孺的恶霸。

韩立 看对方的表情,不禁有些头疼。他虽然知道对方是在演戏,可看到严氏凄苦的样子,还是有些心软。

不就是告诉她们墨大夫遇害的经过吗,这件事也没什么好遮遮掩掩的,韩立自认墨大夫之死,错并不在他,而是余子童,并且,墨大夫也是咎由自取。

"好吧!墨师的死因我可以详细地告诉你们,如果你们听了以后,仍坚持要找我报仇的话,我随时奉陪!"韩立沉吟了一下,还是答应了下来。

"多谢公子了!"严氏听到韩立愿意说出实情,语气缓和了下来。

"事情是这样的，我被墨师蒙骗，练了四年多的长春功后，才发现……"

韩立不紧不慢地把自己受骗、被墨大夫下毒、逼练长春功的事徐徐道来。

他讲了墨大夫想占据自己肉身，企图借体重生却被吞噬掉元神的经过，当然，余子童的出场及其所设的阴谋，也都一五一十地说了出来。最后发现身中阴毒，不得不来岚州取暖阳宝玉解毒的事，索性也一并说了出来。韩立要让这些妇人知道，墨大夫之死，他才是真正的受害者，自己可没有亏欠墨府分毫。

严氏等人听完韩立这惊心动魄的事情经过后，不禁面面相觑。

如果韩立所说是真的，那她们夫君的死还真怪不到他头上。而且听韩立所说的墨大夫对其所用的手段、心计，和她们印象中自己夫君的习性、作风还是非常吻合的，并且与那封暗信中流露出的一些信息也没有丝毫矛盾之处，估计韩立的这番话应该大致不假。

"如果阁下所说的全是事实的话，我夫君之死的确不应由阁下负责，全怪那余子童的诡计，否则我夫怎会身亡？"严氏轻叹了一口气。

"这严氏也太偏袒自己夫君了吧，一句话就轻飘飘地把墨大夫的错全推到了余子童身上，把自己夫君给撇得干干净净，好像他也是受害者一样。"韩立瞪大了眼睛望着严氏，嘴上虽然没说，但脸上表现出的奇怪神情，还是暴露了他的心中所想。

严氏在韩立的注视之下，脸不红心不跳，对他的诧异视若无睹。

韩立暗自苦笑了一下，这女人脸皮厚起来，似乎一点也不比男人差啊！他不禁转头瞧了几眼其他几位的神态。

刘氏仍是笑嘻嘻的样子，丝毫变化都没有，看到韩立望过来，还飞了他一记媚眼，韩立对此无语至极。

李氏见韩立瞅向她，有些局促不安，微微低下了头，不愧是大家闺秀，知书达礼，显然对严氏这番话语感到有些羞愧。

王氏虽然一直面无表情，但她使劲纠缠在一起的手指，则暴露了她心中的异常。至于她到底是何心态，韩立就不知道了。

"不过，依公子刚才所言，我们之间既没有深仇大恨，那么和谈的事就更好进行了。"严氏这时杏唇一张，幽幽地说道。

韩立听到严氏此话，回过头来，淡淡地说道："有什么好谈的，你们把暖阳宝玉给我，我扭头就走，绝不再骚扰墨府！"

"这可不行！"严氏微微一笑，立即一口拒绝了。

"为什么不行？"韩立也不生气，说道。

"公子昨日在妾身屋外，应听到了不少有关墨府艰难处境的话吧！阁下应很明白，若没有外力帮助，我墨府上下被人灭门也只是迟早的事。若是如此，那还不如让公子动手，把我们姐妹杀个干净，一了百了呢！"严氏两眼一红，楚楚可怜地说道。

韩立听完此话，奇怪地盯着严氏不语，直盯得严氏两腮绯红，但其仍倔强地不肯避让韩立的目光。

韩立长舒了一口气，现在他知道墨彩环那小妖精的鬼伎俩是跟谁学的了，分明是眼前这位严氏的翻版。

"你们到底怎么想的，就老实说出来吧，我不想再和你们兜圈子了！"韩立冷淡地说道，看起来丝毫没受严氏的影响。

严氏眉头皱了一下，眼前这青年的难缠程度远远超出了她的预料，对其软硬都不怎么好使，颇有一种无处下手的感觉。

"难道真要直接亮出自己的底牌，和对方把事情挑明吗？"严氏有些不甘心，她掌握惊蛟会这么多年的大权，什么时候有过谈判时一点便宜没占就直接交底的！

她回头望了一眼王氏，这些姐妹中也只有王氏有能力反对她的决定，所以她想看看对方有什么更好的建议没有。

"和此人商谈的事，由四姐一力做主就是，我不会有任何意见！"王氏看出了严氏的意思，冷冰冰地说道。

严氏得了此话，心中大喜，稍微安下了心。

"好吧,既然阁下不打算拐弯抹角,那我们姐妹也开门见山地直接和你说下条件。"严氏此话一出口,人就完全恢复了嘉元城帮派首脑的风范,刚才那副柔弱无力的妇人模样荡然无存,身上散发着久处上位的威严。

"好,这才是我想谈判的对手!"韩立微微一笑。

"你只要把惊蛟会的死对头五色门和独霸山庄给灭了,让我墨府无后顾之忧,我就立刻把暖阳宝玉双手奉上,并可让你在彩环三人中任选一人为妻。但若打算恃强硬抢,或劫持我们姐妹要挟的话,那阁下就打错了主意,我早已把暖阳宝玉交与了心腹之人,如若有个风吹草动,就会立即毁掉暖阳宝玉,让我们同归于尽。"严氏神色凛然道。

"严夫人也不怕风大闪了自己的舌头!让我一人灭了五色门和独霸山庄?亏你们还真想得出来!"韩立似乎对严氏的威胁早有预料,并不惊慌。

他早知那暖阳宝玉肯定不是光靠蛮干就能拿到手的,对方除了嘴上的要挟外,还不知隐藏有多少的后招。因此拿下对方等人硬逼问暖阳宝玉的下落,那是下下之策,最好还是让对方心甘情愿地自己拿出来的好。

"韩公子不是修仙者吗?这些江湖中人怎会是阁下的对手,况且我们也没让你把对方帮众全都杀光,只是想让对方的一些大头目消失就行。"刘氏给了韩立一记动人心魂的媚笑后,口吐芬兰地说道。

"修仙者怎么了?别的修仙者我不知道,但我自己有多大能耐我还是一清二楚的,还不会傻到一人去对抗数万人的大帮派。再说了,你们真以为修仙者就能肆无忌惮地杀害普通人,而没有什么后患吗?"

韩立冷眼看了刘氏一眼,眼中的森然寒意让对方的笑容立刻凝住了,在韩立运起长春功,并心有提防的情况下,还给他施展迷魂之类的媚术,岂能有丝毫效果!

"怎么,听公子的意思,修仙者对我们普通人还有什么限制不成?"严氏有些惊讶地问道。

"具体的情况我也不太清楚,毕竟我才成为修仙者不久,没能真正接触这些规矩。"韩立如实说道，然后看到严氏似乎又要张口说些什么，把手一挥，阻止了对方的开口，冷冷地接着说道：

"但只要脑子没有毛病，想一想就会明白，若修仙者对普通人可以随意出手的话，你们这些所谓的岚州三大霸主、嘉元城三大帮派，还能存续至今？早就被心术不正的修仙者给灭了无数遍了，说不定你们也早就成了他们的玩物。"

韩立最后一句话说得一点也不客气，让对面的妇人们脸色绯红，同时又面露惊恐。

"但这只是公子的猜测而已，并不一定是真的！"严氏还有些不死心，仍试图说服韩立。

"只要有百分之一的可能，我就不会去做自寻死路的事。"韩立根本不给严氏一点幻想的余地，毫不客气地说道。

"难道阁下就打算空手套白狼，把我们女儿的嫁妆，白白地拿走吗？"严氏脸色有些难看了，把"嫁妆"二字咬得特别重。

韩立听对方如此一说，虽然神色未动，但心里却不禁有些郁闷起来。

"我身上的阴毒本来就是你们夫君给下的，现在没找你们麻烦就算不错了，还想怎么样？"韩立恨恨地想道。

但韩立也知道，这样的话此时说出口一点意思也没有，这些妇人看样子不在自己身上拿到好处，是一定不会交出暖阳宝玉的。

于是韩立低头沉吟了一下，然后抬头清了清嗓子，朗声说道：

"我给你们两条路，你们任选其一。一是你们墨府上下立刻打点行装上路，准备远离岚州，去找一个仇家势力到不了的地方隐居下来，做一户平常的富贵人家，安安稳稳过你们的下半生，彻底脱离江湖帮派厮杀。而这一路上的安全，我可以完全保证，不会让对头的追兵伤害到你们。"

韩立说到这里顿了一下，看了看妇人们的表情变化。

只见除了李氏有些动摇的意思之外，严氏和刘氏都沉默不语，显然不同意此建议。而王氏，韩立则懒得去看了，就她那副冰山的模样，不可能看出什么有用的东西来。

韩立见此情形，暗自冷笑了几下，严氏和刘氏都是颇有野心的人，让她们放弃惊蛟会的大权，去做乡间村妇，她们肯定不会愿意，这是他提出此建议时就已明了的事。

"还有一个选择呢？"刘氏看韩立没有继续说下去，忍不住追问了一句。

"还有一条路……"

韩立离开了椅子，站了起来，望着屋顶缓缓说出了另一条严氏等人的必选之路。

"我可以破例出手一次，让那两个帮派其中之一的首脑头目消失。因为如果两大帮派的霸主同时出事的话，太容易引起有心人的注意了，风险会成倍增加，不值得我冒此奇险。除此两条路外，我不会再做丝毫让步！"韩立说完此话，就板起脸孔，不再开口，冷漠地等着妇人们的答复。

严氏等人听到韩立说的第二个选择后，脸上有了掩饰不住的惊喜之色，但她们互相看了一眼后，还是没有马上决定下来。

"阁下能否让姐妹们商量一下，再给公子答复，此事毕竟非同小可，妾身等还是得考虑周全些才行！"严氏谨慎地说道。

"当然可以，我不是不通情理之人。但最迟明天一早，就要有答复。留给你们一整天的时间，足够你们商量好了。"韩立说完此话后，就不再理会她们，飘然而去。

韩立下了小楼，并没有回厢房，而是在把门大汉的奇怪目光下，大模大样地出了墨府，一路上确定没有人跟踪后，才终于回到了自己下榻的客栈。

一踏进客栈大门，孙二狗就急急忙忙地迎了上来。

"有什么话，到我屋子里再说！"未等孙二狗开口，韩立先淡淡地吩咐道。

"是的，公子爷！"孙二狗恭敬地跟在韩立后面。

进了房内，韩立坐到了床榻边上，伸了伸懒腰，才漫不经心地道："看你急成这个样子，难道有什么很要紧的事要告诉我吗？"

"公子，的确有些了不得的大事，要跟你汇报。"孙二狗稍微向前凑了半步，有些神秘地说道。

"有什么话就直说，不要神经兮兮的。"韩立斜瞥了孙二狗一眼。

"嘿嘿！不是小人故作神秘，而是的确有不得了的事发生了！小人得到确切消息，最近有一大批神仙要在嘉元城附近聚头，开什么'神仙大会'，听说只要能参加此会，凡夫俗子也可立即成仙，成为仙家的一员。"孙二狗唾沫横飞地说道。

"神仙？"韩立微微一愣。

"是啊，就是有人亲眼见到过的，那种能腾云驾雾，还可驱电喷火的神仙！公子你说说，如果不是有大造化的人，那神仙岂是能随便见到的。"孙二狗有些妒忌地说道，看他那样子，对见过神仙的人羡慕得不得了。

韩立这时已明了，孙二狗所说的神仙就是修仙者，只是他们帮派中人如何能知道修仙者碰头的事？韩立有些吃惊。

"你是怎么知道此事的？知道这消息的人很多吗？"韩立有了兴趣。

"这消息绝对可靠，是我帮中的弟兄亲耳所闻，但因为帮主害怕神仙怪罪，所以下了封口令，只有我们四平帮的高层才知道。而我也是从一位醉酒的高层那里得到此音信的。我想像公子这样的高人对此一定感兴趣，所以就匆忙赶来了，并一直守到公子归来。"孙二狗殷勤地邀功道。

"哦！你的辛苦我不会忘的！但先具体讲下那个帮众如何能避过神仙的耳目，听到此消息的吧？"韩立神色一止，认真地追问起来，这可关系到消息的可信程度，所以韩立丝毫不敢马虎。

"我也是听那醉酒的高层说的，事情是这样的……"孙二狗不敢添油加醋，老实地把他听来的一切告诉了韩立。

原来那得此消息的帮众也是个四平帮的小头目，他数日前原本是到西郊去做笔大买卖的，可谁知道情报有误，对方下了黑手，他所带之人被杀得七零八落，落荒而逃。

为了逃避对方的追杀，他躲到了附近一片林子的树洞内，可谁知敌人还没找上门来，却忽然有一只奇大无比的双头怪鹰从天而降，那巨鹰的恐怖长相把他吓得魂飞魄散。

此人危急关头倒也机灵，用江湖上流传很广的"龟息功"让自己的气息、心跳降低到极点，准备进入假死状态，来躲避怪鹰的察觉。

就在他即将失去知觉时，鹰背上传来了一对青年男女的对话，原来巨鹰的身上竟然还背负有人，只是那鹰身躯太大而他当时又慌慌张张，所以没能及时发觉。

就这样，他在迷迷糊糊中听到了所谓的"神仙大会"的事，那时他才知道这对男女原来是神仙，但这时龟息功已经完全发作，他在懊悔中就失去了知觉。

当他再次醒来时，已是第二天早上。那对男女和怪鹰早已不见踪影，于是他只好在一通跺脚捶胸后，垂头丧气地回到了帮中。

刚一回来，大嘴巴的他就马不停蹄地把此事告诉了自己的上司，而他的上司闻之不敢隐瞒，又报与了帮主"猿臂"沈重山，接着就发生了封口令的事了。

韩立听完孙二狗的讲述后，表情没有什么变化，可心里却激动得难以自抑。

大批修仙者的聚会！这真是一个百年不遇的良机，如果他能参加的话，那就可以真正接触到修仙者的世界了，而不用像现在这样，如同盲人摸象一样，在修炼的道路上四处乱撞。

韩立强压住心中的兴奋，想了一想，然后强作镇静地问道：

"那人有没有听到，男女神仙说什么时候，在何处举行'神仙大会'？"

"什么时候应该没有提到，听口气仿佛是最近的时日。至于聚会地点，好像也没有说起过。"孙二狗挠了挠头，有些尴尬地说道。

韩立皱紧了眉头，看来孙二狗知道的消息并不确切，肯定有许多遗漏之处。

于是他低头沉吟了一会儿，脑中猛然灵光一闪，有了个很妙的主意。

韩立仔细打量起孙二狗，忽然含笑对他说道：

"孙二狗，你这几天办的事我很满意，特别是最后的消息更是功劳不小，所以我准备重重地赏你！"

孙二狗一听，心中大喜，脸上也不禁乐开了花。

没想到只提供了几次小道消息而已，就能获得这位大爷的赏识，准备要重赏自己。看来这位公子还真是爽快得很，就不知他要如何重赏自己，难道打算给一大笔金银珠宝吗？

孙二狗不禁想入非非。

"你有没有兴趣做四平帮的帮主啊！"韩立一语石破天惊，把孙二狗给吓得脸色大变，魂飞天外。

"公子爷开什么玩笑，莫要戏耍小人了！小人何德何能，怎么有资格做那一帮之主！"孙二狗哭丧着脸，喃喃地说道。

"为什么不行？有我在后面支持你，一个小小的四平帮还不是手到擒来！还是你甘愿就当一个管码头的小头目，就这样过一辈子？"韩立轻笑着引诱道。

孙二狗闻听此话，脸上阴晴不定，既有惊喜，也有害怕，更多的则是激动。

只要是个男人，谁不想有朝一日能坐拥美人，手掌大权，能掌控他人的生死。

埋藏在孙二狗心底最深处的野心，被韩立几句话轻轻地点燃了。不过他还有些顾忌的地方，因此并没有立刻开口答应韩立。

"我们帮主和手下的三大护法武功可并不弱，公子能肯定可以制服他们吗？"孙二狗低声地试探道。

"制服他们？呵呵，有这个必要吗！全杀了就是！"韩立冷笑着说道，一副视他们如草芥的模样。

孙二狗见此，不禁打了个冷战。这位公子的杀心还真够大的！如果不答应，自己恐怕也会被立即处理掉吧？

"既然公子爷如此抬举小人，小人就把这条命交给公子爷了，一切都听从公子爷的吩咐。"孙二狗在韩立的软硬兼施之下，终于愿意冒险一搏。

"好，这就对了！"韩立满意地点了下头。

"给我个你们帮主最近外出的时间。"韩立随意地问道。

"他这几日每天下午都要去西城最红的青楼潇湘院。他最近迷上了那里的头牌小金芝。只是那三大护法也会陪同他一起去，恐怕有些棘手。要不再等几日，找个更好的时机？"孙二狗既然答应了下来，就立即为了自己的小命和荣华富贵而竭尽全力。

"不用了，既然知道了时间地点，那取走他们的小命，是易如反掌的事。"韩立轻描淡写地说道。

"不过，他们死后，你恐怕还没有能力接管四平帮吧！"

"是的，小人在帮内只是个普通头目，比小人身份高、资历老的人还有一大批。"孙二狗汗颜地说道。

"没关系，我说让你当四平帮的帮主，就一定会让你当成。我会把曲魂派给你，把反对你的人都处理掉，并且暂时贴身保护你一段时间。"韩立胸有成竹地说道。

然后韩立冲着隔壁屋子不慌不忙地轻敲了三下，片刻之后，曲魂出现在了二人跟前。

"把这个拿着贴身藏好，只要有此物在身，曲魂就会听从你的命令，会处理掉你的敌人，助你登上帮主之位。"

韩立从怀里把那引魂钟掏了出来，用手轻抚了一下后，郑重地交与了孙二狗。

持有引魂钟的人，即使不是曲魂的主人，也可以使唤曲魂，这是墨大夫教给韩立驱使曲魂的另一种方法。并且只要引魂钟上滴下精血的原主人不死，那其他人再在此法器上做手脚也毫无用处，因此韩立也不怕孙二狗心怀不轨，打其他主意。

孙二狗亲眼见过曲魂大展神威，因此接过小钟后格外惊喜，胆色立刻就壮了许多。

"多谢公子爷厚爱，小人一定对公子爷肝脑涂地！"不过他也机灵得很，知道自己即使真当了四平帮的帮主,也只是这位大爷的傀儡,因此一有机会,仍不停地大表忠心。

"你回去准备一下吧!只要那个帮主一死,你就趁乱接管四平帮。但有一点你要牢记,把那个见到男女神仙的家伙给我毫发无损地送过来,我有话要问他,记下了吗?"韩立最后一句话说得严厉无比,显然对此非常重视。

"请放心,公子爷!小人一定会把他完完整整送过来,绝不会让公子爷失望的!"孙二狗立即手拍胸膛赌咒发誓道,看上去一脸的精忠模样。

"知道就好!带上曲魂下去吧。再次来见我时,你就是一帮之主了!"韩立不动声色地吩咐道。

"小人告退了!"孙二狗见韩立下了逐客令,马上识趣地退出了屋子,而曲魂则紧跟其后。

孙二狗刚离开屋子,韩立就起身站了起来,他在屋内转了半圈后,突然一张嘴,轻吹了一声婉转悠长的口哨,那云翅鸟就从窗外一头扎了进来,停在了韩立的肩上。

韩立从怀里取出一个瓶子,倒出一粒云翅鸟最爱吃的黄栗丸,轻塞进了鸟嘴里,然后柔声道:"小家伙,跟上那个刚走出屋子的人,如果他一离开此城范围想逃的话,就马上来告诉我。"

云翅鸟听了韩立的话后,极通灵性地鸣叫了几声,就又飞出了窗口,消失在空中。

沈重山现在的心情很不错,因为他正坐在潇湘院的包房内,拥着一名娇艳的女子,用大手在其身上粗鲁地乱摸个不停,惹得那女子一阵"咯咯"地娇笑个不停。

"金姑娘,我看你就从了我们帮主吧!我们帮主可头一次对女人这么上心,连帮中的事务都没有处理完,就急急忙忙到这儿来了。"说话的人是穿着一身肥大灰衫的黑胖子,此人腰粗如水桶,说完此话后,就立刻有些气喘起来。

"就是的,金芝姑娘!我们帮主可一连五天,天天下午都来捧你的场,花了不少的银子！可你倒好，只让我们帮主搂搂抱抱一下，连夜都不让过一次。这也太说不过去了吧！"这次开口的是一个脸上有颗黑痣的中年儒生，此人的双眼流露出阴狠之色，看来是个工于心计之人。

在此房间内，除了沈重山外，还另有三人，正是四平帮的三大护法。

黑胖子是"狂拳"钱进，别看其奇胖无比，可一手"疯癫十八打"却练得熟练至极，击杀过不少颇有名气的高手。

儒生则是"毒秀才"范沮，虽然练有一手凌厉的"雪风剑法"，但令他声名在外的却是他心黑手狠的毒辣心肠。

而待在一旁始终没有开口说话的黑衣人，则是三大护法中武功最高的"飞刀"沈三。这人的十八柄飞刀连发的绝技，替沈重山除去了不少前来寻仇的高手名宿，再加上他本人也是沈重山的远亲，因此在帮中最得沈重山的器重。

这三人也和沈重山一样，怀里都有一名面容姣好的女子陪坐着，只是这些女子都没有沈重山怀里的那位长得那么娇艳，那么丰满，那么风情万种。

此时这位"咯咯"笑着的小金芝，听到钱进和范沮如此一说，立刻两眼雾气腾腾，似乎随时都有泪珠掉落下来。

"钱爷和范爷这样说人家，可真是冤枉金芝了。人家第一次见到沈爷，就知道他是一位英雄好汉，能和沈爷双宿双飞，那是金芝求之不得的事！可是二位也不是不知道，奴家的身子是属于这潇湘院的，没有院内的王嬷嬷同意，金芝如果擅自留人接客，会被活活打死的。不如沈爷去问一下那王嬷嬷，若是同意让金芝接客，那人家今晚一定好好伺候沈爷你。"这位潇湘院的头牌娇滴滴地说道，一副对沈重山情根深种的模样。

这番似真似假的话，让那钱进、范沮面面相觑，一时之间无话可说。

他们当然不是没问过这小金芝的过夜财资，可那王嬷嬷却狮子大开口，以这小金芝还未曾有留人过夜的先例为借口，喊出了一个让沈重山这样的一帮之主也大感为难的价钱，因此一直未曾谈拢。

当然如果想强上的话，就更不行了！这潇湘院可是嘉元城三大帮派之一天霸门的产业，在此闹事那岂不是自寻死路！

在这位大红头牌这里碰了个不软不硬的钉子，钱进和范沮只好把气撒到了怀里的潇湘院姑娘身上，狠狠地在她们身上摸了几把后，才肯罢休。

"呵呵！多谢两位贤弟为沈某之事操心了！不过没关系，沈某前两日做成笔大生意，这点小钱不算什么。倒是美人你，可别食言啊！到时要好好伺候大爷我！"抱着小金芝正过干瘾的沈重山，突然间往怀中艳女的香腮上硬啃了一口，然后有些自得地说道。

沈重山其人是一个手臂、胸膛都长满黑毛的大汉，两只胳膊比普通人要长一大截，因此整个人看起来如同一个穿着衣裳的人形野兽，甚是丑陋吓人。

可就这样一个粗鲁不堪的丑陋汉子，在几年前用一身炉火纯青的"通臂拳"，击杀了四平帮的前任当家人"金笔"苟天破和他的心腹四大金刚，夺得了帮主之位。所以在嘉元城的江湖道上，绝对属于有名有姓的一流高手，不容人小觑。

"沈爷！"小金芝对沈重山的"偷袭"显得娇羞无比，在其怀中撒起娇来，引得沈重山发出一阵得意的大笑。

"咚咚！咚咚！"就在这时，有人敲响了房门。

"谁啊？"正有些不痛快的黑胖子钱进，没好气地喝问道。

"给几位大爷送酒水的。"屋外传来了一个年轻男子的声音。

"那还不快送进来，钱爷正嫌酒水太少呢！"黑胖子闻言，不假思索地说道。

随着钱进此话一出，一个身穿小厮衣裳的青年走了进来，这相貌普通的青年双手捧着托盘，托盘上有一些饭菜和两壶酒。

"快拿酒过来，大爷先尝尝味道怎么样！"钱进是个典型的酒徒，因此一见那两壶酒，立即两眼放光，不停吵嚷起来。

"是，小人这就端上来！"这小厮模样的人几步走上前去，把酒壶端到了桌上。

胖子一见酒壶，马上一把抓在手里，就要往嘴里倒一口，品品滋味。

"慢着,胖子!"一直沉默寡言的黑衣人沈三,突然间喝住了钱进往嘴里灌酒的举动。

"怎么了?"钱进奇怪地问道,但出于对沈三的一贯信任,他还是下意识地停了下来。

"刚才上菜的人不是你,原来的人呢?"沈三没理会胖子的疑惑,反而把手按在腰间的刀囊上缓缓地站了起来,盯着这上酒的小厮冷冷问道。

"因为客人太多了,李二给其他厢房跑腿去了,我是替他来的。大爷,有什么事吗?"这小厮被沈三这么一盯,脸色"唰"的一下全白了,惊惶失措地回答道。

看了小厮的这番表现,沈三的神色倒缓和了几分,不过他似乎仍不放心,转头向那沈重山怀里的小金芝开口道:

"金姑娘,这人你认识吗?真是你潇湘院的人吗?"

"这个……"这位最红的头牌露出了为难的表情,但最终还是有些尴尬地说道,"不瞒沈爷,这个人看起来的确很眼生,不过我们潇湘院上上下下数百口人,奴家没见过此人,也不是什么稀奇的事。"

"哈哈!老三,你这不是难为金姑娘吗?这么娇滴滴的大美人,怎么可能会认识一个下人呢?难道你认为此人是外面混进来的杀手不成?"沈重山低头在怀里的艳女身上猛嗅了几口,满不在乎地说道。

"大哥,我们在刀口上混饭吃的,还是小心点的好!"沈三面无表情,仍死死地盯着送菜的青年。

"嘿嘿!这人脚步轻浮,两眼无神,一看就是不会武功之人。如若还不放心的话,我倒有一法可立即辨认其真伪,让大家安心下来。"范沮突然间冷笑了几声,阴阴地说道。

范沮对比自己后入四平帮却更得沈重山信任的沈三早已不满,一向以四平帮智囊著称的他,决定要让沈三好好出一下丑。

"哦,有什么方法?范老弟尽管一试。"沈重山表面上虽然表现得豪气万分,其实却对自己的小命珍惜得很,因此立即改口,赞同让范沮一试。

"这小厮既然不会武功,如果真想对我们不利的话,也只有在这酒菜里动手脚了。所以让他把这酒菜全都试吃一口,岂不就水落石出了!"范沮胸有成竹地说道。

"范兄,好主意啊!小子,先给大爷把这酒喝上一口,然后把菜也吃一下。若是有什么迟疑,大爷立即把你脑袋拧下来。"钱进鼓掌大喜,然后立即冲着小厮大声呵斥道。

沈三一听范沮此言,觉得此法还真是不错,就没有出言辩驳,冷眼旁观起来。

至于那沈重山和其怀里的小金芝,就更没有什么意见了。

于是,这送酒菜的小厮,在几人的关注之下,哭丧着脸,先喝了一杯酒,又夹了几口菜吃进了肚子。

看到小厮吃了酒菜后一直安然无恙,范沮脸上得意地一笑,他对着沈三大有深意地说道:"看来沈老弟谨慎过头了,这人真是个下人而已,下次可千万别再扫大家的酒兴啊!"说完,他就夹上几口新上的菜扔进了嘴里,悠然地咀嚼了起来。

"哼!"沈三哼了一下,并不理会范沮的冷嘲热讽,但也浑身放松地坐回了原位。

"哈哈!没事了!原来是个误会。"沈重山自然知道手下二人的不和,不过这也是他乐意看见的,所以他故作豪爽地"哈哈"一笑。

"既然只是个误会,你这小厮下去吧,这锭银子算是赏你的了!"沈重山摸出了一块二两重的银子,扔给了小厮。

"谢谢大爷,那小的就告退了!"小厮装扮的青年接过银子,欢天喜地地退了出去,并顺手关上了屋门。

"哎呀!沈爷出手可真大方啊,以后对金芝也不能小气哦!"屋内传来了小金芝娇滴滴的撒娇声。

"当然了，美人儿，你可是爷的心肝宝贝！只要伺候好大爷，绝不会亏待你的！来，兄弟们！都喝上一杯，今天不醉不归！"沈重山那破锣般的声音随之响起，隔着屋门被青年听得一清二楚。

门外的青年突然间冷笑了一下，并没有马上离开这里，而是悄悄站到了附近的屋檐下，如同幽灵般伫立不动，似乎在等待着什么。

大约一盏茶的工夫后，屋内突然传来一声惊恐的叫声："有毒！这酒菜有毒，我中毒了！"话音刚落，此人就诡异地大笑两声，随之气息全无。听嗓音，正是那黑胖子钱进。

"贱人！你们竟然谋害本帮主，我要你们的命！"沈重山惊怒地吼道，但似乎已迟了，不由自主地干笑两声后，也倒地身亡。

毒秀才范沮和沈三惊恐地对视一眼后，异口同声地说道：

"那小厮！是他下的毒！"

"那小厮肯定有解药！"

二人立即如火烧屁股一般，把怀里的女子一推，向门口冲了过去。

但可惜的是，刚来到门边，他们就"哈哈"两声，慢慢地滑倒在了地上。

"看来，那黑胖子喝得最多，所以毒性最先发作。而那沈重山喝得也不少，所以是第二个。至于那黑衣人和儒生虽然没喝多少，但我那'笑魂散'毒性何其猛烈，只要一滴入口，就必死无疑。"青年悠然地想着，然后又等了一会儿，才推开屋门，走了进去。

只见屋内此时早已无一活口，连小金芝和其他三名陪酒的女子也已气绝身亡。

韩立仔细察看了一遍，确定没有活口之后，才起身离开。

"想必沈重山被人毒杀的消息传出后，只会被人认为是江湖仇杀，不会惹上什么大麻烦才是。"韩立在路上轻松地想道。

"这清灵散还真是好用，只要事先吃上一颗，不但可以预防百毒，而且对迷香之类的药物也有奇效，上次就靠此戏耍了严氏等人一把。"他有些古怪地笑了笑，不禁摸了摸怀里装着清灵散的瓶子。

韩立顺利地回到了客栈，一进屋就躺到了床上，香甜地睡了起来。

这是韩立无意中养成的习惯，只要一干完某件大事，他就特别嗜睡，可以在睡梦中好好放松疲惫的身心。

没过多久，沈重山和他三大护法的死就被潇湘院的人发现了。消息传回四平帮，立刻引起了许多有心人的骚动。

没有人想追查沈重山的死因，因为在嘉元城，弱肉强食是天经地义的事，沈重山也是杀害了四平帮的前任帮主才登上此位的。因此，四平帮剩下的大小头目都只关心这空出的帮主之位，应该由谁来继承。

于是在没有得力的候选人，谁也不服谁的情况下，一场为争夺帮主之位的火并，终于在四平帮内部，当晚爆发了。

结果第二天早上，那些底层的、未曾参加火并的普通帮众起来时，惊讶地发现，整个四平帮竟然落到了一个毫不起眼的小头目孙二狗身上。

这孙二狗竟然在一个晚上就杀光了所有反对他的其他高层，在没人敢站出来反对的情况下，顺利地登上了四平帮帮主之位，并且在第二天就发帖给了西城的其他帮会，确认了他继承帮会帮主的事实。

而整件事的幕后策划者韩立，在睡足一顿好觉后，出现在了墨府中，仍是那幢很别致的小楼，面前也还站着严氏等几位美妇人。只是在她们身后，多出了在嘉元城艳名在外的三位大美女——墨氏三娇。

墨玉珠和墨彩环，韩立都已见过了，因此他的目光集中在了墨大夫的义女——墨凤舞身上。

墨凤舞是一位有着鹅卵形脸蛋的黄衫美女，看上去十六七岁的年纪，整个人长得非常秀气，给韩立一种秀外慧中的感觉。

此时的墨凤舞因为一直被韩立盯着看，所以有些羞涩地低下了头，露出了雪白细腻的修长脖颈。

"韩公子，不要再这样色眯眯地看我家凤舞了！我们凤舞脸皮可薄得很！我们是不是该继续昨天的话题了！"刘氏狐媚地一笑后，娇声对韩立说道。

"话题？什么话题？我是来听你们的最终决定的！是离开这里去隐居，还是让我出手击杀你们的哪一个大对头？"韩立把目光从墨凤舞身上收回来后，毫不客气地板起脸说道。

严氏听了韩立的话，微皱了一下眉头，冲着韩立缓缓说道：

"韩公子，别急！我们姐妹昨日左思右想后，还是决定选第二条路。不过这条件嘛，我们希望稍微变动一下。"

"我好像已说过了，不希望几位夫人讨价还价。这事没得改，要么完全答应我的条件，要么就选第一条路。"韩立勃然变色道。

"公子看我几位小女的容貌怎样？"严氏没理会韩立的不快，突然把话锋一转，扯到了墨氏三姐妹身上。

"国色天香、天生丽质用来称赞几位小姐，绝不为过！"韩立一愣，但随即轻笑道，他隐约有些明白严氏打的什么主意了。

"我们的要求也不过分，只要阁下能把五色门和独霸山庄的魁首都给灭掉，我们不但把暖阳宝玉给你解毒，而且还可以把她们姐妹三人全嫁与你为妻妾。你刚才不是一直瞅着凤舞吗，只要你答应，她就是你韩家的人了。"严氏一指身后的墨玉珠等人，认真地说道。

"四娘！"

"娘！"

墨玉珠和墨彩环脸色大变，不禁叫出声来，显然，二人事先并不知道这样的安排，被严氏的这一轻易许诺给惊得花容失色。

而墨凤舞除了脸色有些苍白外，还能保持镇定。

难怪她们如此惊慌，韩立其人实在是貌不惊人，和她们二人心目中的如意郎君有着天壤之别，没有一丝相符之处，这让她们怎甘心嫁给韩立？

"住口！这件事我和你们几位姨娘已决定好了，不容你们反对，否则立即逐出墨府去！"严氏把脸一沉，厉色说道。

这句话一出，墨氏三姐妹都惊呆了。

墨玉珠微咬杏唇，脸色铁青，而墨彩环则失魂落魄地望向平常最疼爱她的二娘和五娘，眼中露出了恳求之色。只有墨凤舞略为镇定些，但身子也在轻轻颤抖着，靠在了身后的墙上一动不动。

"用不着威逼几位小姐，你们的条件我不能答应。还是那句老话，不论是什么条件，我都不会冒无谓的风险，我自己的小命，我还是很珍惜的！"韩立沉默了一会儿后，沉声答道，一口拒绝了严氏的提议。

要说韩立面对貌美如花的墨氏三姐妹不动心，那纯粹是假话。可韩立仔细斟酌过了，要是真的一口气杀掉岚州的另两个霸主，肯定瞒不过有心人的耳目，要惹来杀身之祸。

只要想一想，五色门和独霸山庄垮台后，严氏肯定会带着惊蛟会崛起，成为最大的利益获得者。再加上自己这个陌生人突然出现在墨府，并一下子把墨氏三娇都娶了，这不明摆着告诉别人，自己就是此事的最大功臣和杀人凶手吗！要是因此惹出和修仙者有关的神秘力量来，他这个半吊子修仙者绝对没有好果子吃，小命多半会保不住，那这墨氏三姐妹长得再千娇百媚又有何用？

韩立这番推辞的话一出，虽然让严氏等人脸色并不好看，但却让墨氏姐妹好感大起，最年幼的墨彩环甚至破涕为笑，冲着韩立扮了个鬼脸。

就连墨玉珠和墨凤舞望向韩立的目光也柔和了许多，对他另眼相看。

严氏叹了口气，对李氏等人使了一下眼色后，又转过身子，无可奈何地说道：

"韩公子既然不同意，那就算了！我们就按公子说的条件成交，只要韩公子能杀掉独霸山庄的庄主'怒狮'欧阳飞天，我们就将暖阳宝玉给你，为你解毒。"

"呵呵！几位夫人好心计啊！我听说欧阳飞天此人正当壮年，而且尚无子女。一旦他死后，想必独霸山庄会立刻崩溃，其部下会四分五裂，无暇再顾及惊蛟会了。"韩立摸了摸鼻子，轻笑着说道。

严氏一听这话，白了韩立一眼。

"不仅仅像你说的那样，你知道那位吴剑鸣是谁派来的吗？就是这位欧阳霸主指使的，而且他还是欧阳飞天的七弟子，甚得其宠爱。

"这位独霸山庄的庄主和我们夫君是同辈人，一直雄心勃勃地想要称霸整个岚州。因此他采用了先弱后强的策略，谋划着先吃掉我们惊蛟会，然后再对付五色门。

"他在几年前鼓动我夫君的义弟马空天和夫君的二弟子赵坤，试图分裂惊蛟会，结果被我们姐妹给识破，将这二人及其同党先下手给杀了。但惊蛟会也因此实力大损，被大军压境的独霸山庄给打得节节败退，不得已只好收缩人力，固守嘉元城了。"

严氏轻轻道出了一些有关惊蛟会的隐秘。

"可你们如今在嘉元城的势力好像也没有多大，独霸山庄就不会一鼓作气把你们给灭了？"韩立想了一想，有些不解地问道。

"欧阳飞天那个狂徒不敢进攻此地，自然是有他的原因。如果想知道的话，只要答应我们姐妹原先的条件，我就告诉公子。"刘氏咯咯一笑，半真半假地娇声说道。

"那还是算了吧，我只是有点好奇而已！"韩立还是不动声色。

"真是的！一点都不像个男子汉，多出那么一点力都不愿意！"刘氏把小嘴一撇，好似和韩立打情骂俏一样。

严氏等几位夫人对刘氏的举动视若无睹，可墨氏三姐妹却有些面红耳赤。毕竟自己的长辈和原本自己要嫁的家伙当面调笑，这也太说不过去了！

墨彩环把嘴一噘，狠狠地瞪了韩立一眼。

可韩立似乎毫无察觉，仍我行我素地说道："三夫人说得好轻松，这点力可会把在下的小命也搭进去的，不当这个男子汉也罢！只要还是个男人就行！"

也许韩立最后这句话说得太露骨了点，不但让对面的刘氏为之一愣，抿嘴媚笑起来，就连李氏和严氏也有些不悦起来。

"公子打算如何取那欧阳飞天的性命？此人整日都躲在山庄内，极少外出。而且他武功绝顶，心计过人，可难缠得很。"严氏脸色一板，正色说道。

"这就不劳四夫人挂心了，只要夫人为在下备好一匹好马和一幅此人的画像，在下自会让此人从世间消失。"韩立满不在乎地说。

"希望如此！"严氏淡然地说道。

"不过在此之前，几位是不是也应该给我一个保证，以确保在下完成任务回来，夫人们不会翻脸不认账啊！"韩立关心地说道。

"阁下要什么保证？"严氏并没有露出什么不满，看来早有所预料了。

"这瓶内的药丸，请几位每人都服用一颗，至于是什么药，在下就不说了。反正等我杀了欧阳飞天回来时，我用解药换你们手中的暖阳宝玉。"韩立摸出了一个瓷瓶，放到了桌上，然后冷眼看着严氏等人。

严氏二话不说，伸出纤细的玉手抓起瓶子，倒出了一颗碧绿色的药丸，然后望了李氏等人一眼，就仰头吞下。

"好胆色！好决断！真不愧为惊蛟会的当家人。"韩立不禁鼓掌赞道，然后目光又瞅向了其他几人。

第四章
墨凤舞

"我这几位姐妹就不用服此药了吧！我一人的性命还不够作抵押吗？"吞下药丸的严氏，阻止了李氏也准备服药的举动。

韩立一听严氏此话，微微一愣，露出些惊讶之色，沉吟了一下后，随即轻点了下头，道："既然四夫人姐妹情深，都这样说了，我韩立也不是不通情理之人。好吧，二夫人她们不用服药了。"

韩立说完，就把瓶子从严氏手里收了回来，重新放入了怀中。

"既然事情说好了，在下就先告辞回去了。等明日此时，在下再来墨府取画像等物品，然后就直接赶去独霸山庄。"

"那就有劳公子了！"严氏等人起身相送韩立。

韩立淡淡一笑，潇洒地转身，离开了屋子。

韩立刚走下小楼，身后有匆忙的脚步声传来。

"韩师兄，等一下，我二姐找你还有事！"墨彩环那小丫头大呼小叫的声音传了过来，韩立听闻此声，叹了口气，无奈地转过身子。

只见那小妖精一马当先地冲在最前面，而墨凤舞和墨玉珠跟在其后，正向自己这边走来。

墨彩环几步就追上了韩立,然后瞪大双眼围着他转起圈子来,嘴里还"啧啧"个不停,似乎在看什么稀罕物件一样。

"行啊!韩师兄,骗得我好苦啊!没想到你也是个冒牌货!竟然用些小东西,把人家哄得团团转。"

韩立一听,翻了这丫头一个白眼,什么叫小东西?分明是你强要礼物,自己要去的!

"三妹,不得无礼,别跟韩公子胡闹。"

韩立头一次听到墨凤舞的声音,软绵绵的,十分温柔,让人听了甚是舒服。

"什么啊!人家不是替娘亲她们出口气吗,谁让这个家伙在我娘跟前那么神气的!"墨彩环娇嗔地说道。

韩立一听,果然如自己所料,这丫头是纯粹来给自己找不痛快的,便不再理会这个小妖精,而扭头对墨凤舞道:"二小姐,有事找在下吗?"

墨凤舞见韩立对自己说话,脸色微微一红,仍是轻声细语地说道:"凤舞找公子只是想问,三妹身上的紫香丸,是否真是公子所赠?公子得了家父医术上的真传了吗?"

韩立初见到墨凤舞就对其大有好感,如今再听到玉人说话如此温柔羞涩,心里不禁对此女生出不少怜惜之情,于是很和气地回答道:"二小姐想知道此事,韩某自然知无不言。彩环姑娘的紫香丸,的确是在下所赠。在下也的确从墨师那里,学到了不少医术和药方,这紫香丸就是其一。莫非凤舞姑娘也对此大有兴趣?"

韩立自从看到墨府后院种植的药草后,就知此地肯定有一位学了墨大夫医术的人,如今听墨凤舞这么一问,心知多半眼前玉人就是那人了。

果然,韩立的话一出口,这位原本看上去文静至极的姑娘,眼中流露出了些许喜色,说道:

"不瞒公子,凤舞从小就对家父的医道大感兴趣,钻研了不少家父的医书和心得。可惜的是，家父离开墨府时，凤舞年纪还小，因此所得实在是有限。"

说完这些话后，墨凤舞有些犹豫，随后还是继续说道：

"所以凤舞有个请求，还望公子能够成全。阁下能否把家父的医道心得给凤舞誊录一份，让凤舞可以多学些东西，精进一下自身的医术？"

说完以上这些话后，这位墨府二小姐脸上有些羞红，显然对自己的贸然请求，感到很不好意思。

而韩立听完墨凤舞的请求后，连想都没有想，就立刻应允了下来。

"没问题，我明天来墨府时，会把墨师的一些遗稿和药方都给二小姐带来。这些原本就是墨府之物，我本打算交与四夫人的，既然二小姐想要，交与小姐也一样。"韩立笑了一下，说道。

"多谢公子成全！凤舞感激不尽！"墨凤舞脸上有了感激之色。

"二姐，谢他干吗？没听他说吗，那些东西本来就是我们的，他给你也是应该的。"墨彩环在一旁眨了几眼后，突然插嘴道。

韩立听完小丫头这话后，斜瞥了她一眼，心说："若不是你二姐求我，那些落入我手里的东西还能再还给墨府？想都别想！"

"三妹别胡说，韩公子能把父亲的遗物毫无保留地交与我们，足以说明公子的胸怀了。"

也许看出了韩立和墨彩环两人间的不对头，墨凤舞急忙呵斥了小丫头一声，然后拉着她，对韩立轻盈盈地施了一礼后，告辞回去了。

而从始至终，那位墨府大小姐墨玉珠却未开口说一句话，见墨凤舞两姐妹离开后，她用带有深意的眼神看了一眼韩立，就跟了上去。

"这位墨大小姐看我那么一眼是什么意思？感激我，憎恶我，还是两者都有？"韩立倒被墨玉珠的这一眼弄得有些摸不着头脑。

但韩立耸了耸肩后，就不再想此事，离开了墨府。

当韩立回到客栈时，四平帮的新任帮主孙二狗和另一人已在韩立的屋外等候了多时，曲魂当然也在那儿。

韩立对孙二狗点点头，就推开屋门进了房间，孙二狗等人也紧跟着进了屋内，然后孙二狗就和另一人恭敬地侍立在两旁。

韩立坐下后，才仔细地打量起跟孙二狗一起来的陌生人，一个三十来岁，满脸横肉，面目凶恶的壮汉。

"看你满面红光的样子，这四平帮的帮主位子已经坐上去了吧！"韩立冲着孙二狗淡淡地说道。

"坐上了！坐上了！这全靠公子爷的一力支持，否则小人何德何能，哪能有今天！"孙二狗眉开眼笑地急忙应声道。

"你知道就好！四平帮的大小事务，我不会插手的，但是你必须用四平帮的力量，把我交代的事情办妥当才行，否则我不会介意再换一位帮主的。"韩立冷冷地说道。

此话让本来有些得意忘形的孙二狗，立即打了一个冷战，清醒了许多。

"在下对公子爷的事，绝对全力以赴，拼了这条命不要，也会完成的！"孙二狗慌忙摆出了一副忠心耿耿的模样。

韩立"嗯"了一声，就不再理睬孙二狗，而是转头看向另一人。

"你就是听到神仙对话的人？"韩立颇有兴趣地问道。

"是的，小人席铁牛，的确曾听到过！"壮汉恭敬地答道。

别看此人长得五大三粗，可是并不笨。他很清楚，眼前这不起眼的青年，才是让孙二狗登上帮主之位的幕后操纵者，因此丝毫不敢怠慢。

韩立很满意，只要是个聪明人，那事情就好办了许多。

"你把那日见到男女神仙的事再从头到尾给我说一遍，如果让我满意了，我让你当孙二狗的副手，成为四平帮的副帮主！"韩立深知，只有重赏才能调动别人为自己办事的积极性，因此毫不吝啬地许诺道。

席铁牛闻言果然大喜，激动得连忙拍胸表示，一定让韩立满意。

孙二狗在一旁听到此话，心里有些不大乐意，可脸上却不敢有丝毫的表示。

于是，席铁牛在稍微冷静下来后，就把那日遇到修仙者的事，一五一十地重讲了一遍。

席铁牛的这番讲述与孙二狗说的在细节上有许多不同，但大体上的过程没什么大的差别。

"那男女神仙提到什么时间或地名没有？"韩立听完了对方的陈述后，还是问出了他最为关心的事情。

"时间？地名？"席铁牛闻言一愣，似乎没什么印象，但见眼前的韩立如此的郑重，知道这是自己能否立功的关键，便低头苦思冥想起来。

半刻钟之后……

"有了！"席铁牛突然抬头大喊了一声，满脸的喜色。

"我记得那女神仙曾说过，在参加'神仙大会'之前，要那男神仙先陪她去一个叫太南谷的地方，似乎那里也有其他的神仙。"

"太南谷？"韩立轻声念叨了两遍，脑中丝毫印象也没有。

韩立把目光转向了孙二狗，如果本地有这个地方的话，这个地头蛇应该知晓才对。

"嘉元城没有这样的地方，要真有这样的山谷，我一定记得很清楚。"孙二狗皱着眉，把头左右摇个不停。

"没记错吧？"韩立把目光又转回到了席铁牛身上，语气有些寒厉起来。

"绝对没有，那女的还说，只要再赶半日路，就可和她的朋友在太南谷碰头了。"席铁牛急忙对天发誓道。

"半日路程！如果是步行的话，那还没有出嘉元城的近郊，可是这二人是骑飞禽赶路的，那范围就大了，但也不应该超出岚州的地界才对。"韩立暗自思量道。

"你二人可知道，整个岚州有没有叫太南谷或太南的地方？"韩立神色缓和了些，向二人问道。

孙二狗和席铁牛对望了一眼，几乎同时张口叫道：

"太南寺！"

"太南山!"

"有两个叫太南的地方?"韩立一愣,有些头疼起来。

"公子爷,不是的,只是一个而已!"孙二狗抢着答道。

"那太南寺就建在太南山上!"席铁牛也不甘示弱地跟了一句。

"哦! 太好了,看来那太南谷就应该在此处了。"韩立轻松地说道。

"可是公子爷,我们从未听过在太南山附近有什么太南谷啊! 会不会弄错了?"孙二狗疑惑地提醒道。

韩立一听,嘿嘿一笑:"错不了,就是这地方了!"

"你们不是修仙者,当然不会知道此地,估计那里应该就是某些修仙者的长居之处了。"韩立兴奋地想道。

"这太南山到底在何处?"兴奋过后,韩立才想到这地方在哪里还没有搞明白呢,就随口问道。

"公子爷,太南山在岚州的最南部,广贵城西边四十里处就是了。"孙二狗恭声地说。

"岚州最南部?"韩立皱起眉来,和他要去刺杀的独霸山庄,正好一南一北,根本就不顺路,看来只好多跑几趟了。

"孙二狗,回去后让席铁牛做四平帮的副帮主。我知道你不太乐意,但是既然我答应了此人,就一定要兑现。"韩立向孙二狗吩咐道。

"不敢,公子爷怎么说,在下就怎么做,绝不会有半句怨言!"孙二狗一听,吓了一跳,想起韩立开始给他说过的话,脸色就更白了。

"放心,你是不是忠心,我心里有数。这一瓶是解毒丹,可彻底解去你身上的毒,让你再无后顾之忧,这也是我事先答应过你的事。我也一视同仁,不会哄骗你。"韩立掏出了一瓶丹药,递给了孙二狗。

孙二狗见此,喜出望外。他身上的腐心丸之毒一直都让他吃饭吃不香、睡觉睡不好,如今能彻底解除掉,怎能不让他激动。

"谢谢公子爷! 谢谢公子爷! 小的一定对公子爷肝脑涂地,死而后已!"孙二狗接过瓶子后，诚恳地说道。

韩立不置可否地点点头。

他之所以这么爽快地给孙二狗解毒，主要觉得每个月都给这孙二狗一次解药实在是麻烦了！而他又要远离嘉元城一段时间，因此既然如此费事，那还不如彻底给解除掉算了。当然，如果日后这二人真的有什么背叛之意的话，韩立也绝不介意再换他人上位。

而且暂时用不上四平帮的韩立，已准备把四平帮当作自己狡兔三窟的其中一条退路。

韩立很明白，这世上没有无缘无故的忠心，也没有无缘无故的背叛。而以暴力控制对方，更是所有驭下手段中最容易见效，但也最下乘的方法，随时都有可能遭受对方的反噬。因此，如果想让对方长久地忠心，还是恩威并施的方式最好。

所以韩立给孙二狗解毒，一方面可让孙二狗的忠心程度在很长一段时间内大大提高，另一方面也可在其和席铁牛面前树立起一言九鼎、有功必赏、有错必罚的上位者形象，有利于对二人的长远控制。

韩立看着孙二狗吃下解药后，突然对其说了这么一番让他又惊又喜的话来：

"我以后就把曲魂长久留在你这里，但是绝不准你用他来招惹是非，要知道这曲魂虽然很厉害，但这世上的奇人异士更多，说不定反而会给你招来杀身之祸。你可记住了！"韩立沉声说道。

"是的，小人记住了，绝对会妥善安置曲魂大人的，公子爷尽管放心。"孙二狗如同啄米的小鸡一样，把头点个不停。

"要不是已不需要曲魂贴身保护，而他的样子又太引人注意，不方便随自己远行，又怎会把曲魂交与此人代管！"韩立叹了口气，摇了摇头，暗自不舍。

"你二人都好自为之，下去吧！最近就无须来见我了，我要远行一段时间，不知何时才能回来。"韩立轻轻挥挥手，示意二人出去。

孙二狗和席铁牛闻听此话，恭敬地退出了屋子，只留下韩立一人，在沉思着什么。

"这太南谷到底有什么样的修仙者？我找上门的话，会不会有什么不妥？不会遭遇什么危险吧？"韩立痴痴地想道，此时他不由得神游天外，进入了忘我的境界……

日月如梭，时间飞快，转眼间就是两个月后了，而这时的嘉元城里再也找不到韩立其人，并且以后非常漫长的一段年月里，都再没有出现过韩立的身影……

广贵城位于岚州最南部，城市不大，只有数十万人口，只有嘉元城的五分之一，但此地三面环山、一面靠湖，环境优美，是那些富贵人家休闲时的好去处，再加上此地生有几种罕见的水果，别处都无法见到，因此小城也颇有些名气。

太南山位于广贵城西面不远处，整座山高达三千米，是岚州第四高的大山，常年被山雾笼罩着。山顶上还建有一座不大的寺庙——太南寺，因为此庙的占卜问签非常灵验，所以每年都有些达官贵人不辞辛苦来此上香许愿，捐赠大批的香油钱，倒让此庙香火不断，声名远扬。

而此时在太南山山脚下的一处树林里，有一人正盘坐在一棵茂盛的巨树之下，双手握着一个红光闪闪的物体，正紧贴着丹田处来回滚动个不停。

突然，这人身子一抖，闷哼了一声，接着手中之物红光大减，露出了本来面目，竟是一块上好的青色美玉。此玉不但纯净无瑕，而且在玉体深处还隐隐有几丝红光渗出，让人一看就知此玉价值不菲，不是凡物。

这人缓缓地把青玉从腹部拿开，然后抬起头看了看天色，露出了一张年轻男子的普通面容，正是在嘉元城消失不见的韩立。

韩立把头低下，看了看手上之物，脸上不禁露出喜色。

从得到这暖阳宝玉至今，他一路上不停拔除身上的阴毒，过了半月之久，直到今日才彻底清除干净，实在是不易。而且拔毒时那种酸痒入骨的感觉更是让韩立吃尽了苦头，回想起来还心有余悸。

不过这暖阳宝玉还真是一件异宝，它竟可以容纳自己的灵气，让其祛起毒来事半功倍，若没有此发现，他恐怕还要十来日才能彻底解除身上之毒。

想到这里，韩立把暖阳宝玉放入身旁的一个木匣内，然后把它慎重地贴身藏好。

随后，韩立站了起来，活动了一下有些僵硬的手脚，回想着自己这两个月来的经历。

当日韩立安排好一切后，第二天就去了墨府，从严氏那里得到了独霸山庄和欧阳飞天的情报，然后骑着墨府提供的一匹宝马，日夜不停地赶路，终于在十日之内赶到了独霸山庄。

经过数日的不停刺探和潜入，韩立抓住了一次欧阳飞天独自赏月的良机，趁其不备法宝全出，祭起了剑符，取了他性命。

整个过程出奇地顺利，一点波澜也没起，几乎让韩立疑惑这被杀的莫不是个冒牌货，后来检验了尸体上几处欧阳飞天独有的伤痕和胎记，确定没有杀错，韩立这才感慨地提了他的脑袋回了嘉元城。

回到墨府，把欧阳飞天的首级交与严氏检验后，韩立才从其口中知道，欧阳飞天此人练有江湖上最顶尖的横练硬功"霸王甲"，早已把全身练得刀枪不入，就是削铁如泥的神兵利刃，也难伤其分毫，没想到竟被韩立一下就取下首级。

韩立这才明白，这欧阳飞天多半把自己的剑符当成了什么暗器来对待了，所以才没有躲闪，被自己如此轻松就得了手。

剩下的事情就简单了，严氏确认完首级后，当场就把暖阳宝玉拿出来，和韩立交换了解药。韩立得到暖阳宝玉后，拒绝了严氏的竭力挽留，无心再和墨府等人应酬，就立即再次离开嘉元城，往太南山赶来。

这一路上，韩立一边解毒，一边在想着怎么才能结交太南谷的修仙者。

因为不知对方是邪是正，韩立也不打算就这么贸然找上门去，万一里面的修仙者都是些邪魔歪道，那他自动送上门去，还不被当成盘菜，一口给吞了才怪呢！

于是，韩立刚到太南山时，便开始向附近几处村子里的人打听太南山的一些奇闻闲谈和古怪离奇的事，结果还真让他听出了些门道来。

听村民说，在太南山北面，有一个被传得非常神秘的山坡，此山坡常年都被浓浓的白雾笼罩着，伸手不见五指。

按理说，太南山有些山雾这是很正常的事，可是像这样浓密、一年四季都不散的雾，就有些太不可思议了。

因此一些胆子大些的村民，曾冒险进入过几次。可是离奇的是，每次有人进去，都会不知不觉地迷失方向，但没多久又会不知不觉走出山雾，回到原地，令人惊讶不已。

因为山坡如此古怪，进去后也不会出什么大事，于是村民们便乐此不疲地闯进闯出，想要解开此谜。但似乎村民此举惹怒了山坡上的迷雾，也不知从哪天起，所有进入怪坡的村民不再是马上就能走出迷雾，而是要被困个两三天，直到饿得浑身无力，才能走出来。

这样一来，再也没有几人敢闯怪坡了，到最后，村民们也就对此处习以为常，视若无睹起来。

韩立知道这些事后，心中大喜，知道这怪坡多半就是自己要找的地方，而且此处即使不是那太南谷，也肯定是其他修仙者的居所。

最令韩立高兴的是，从那些村民的口述来看，此地主人的心性并不算坏，应该不是那种见面就下死手的修仙者，这可大有可交往的余地。

即使如此，韩立还是不打算就这样前去拜访，而是待在这树林内，准备把身上的阴毒祛除干净后，再以最佳状态去登门拜访，万一有什么不对劲，自己也好多几分逃走的把握。

韩立想到这里，打算在借住的村民家中吃些饭菜，歇息一晚，明日再正式去探访那怪坡。

于是韩立走出了树林，往附近的小村走去。

刚一进小村，韩立就看见一名身穿白衣的十五六岁少年，正站在村口和几个村民手舞足蹈地说着什么。

韩立微微一怔，此时能在这里出现的外人，很有可能都不是普通人，就自然地用天眼术察看了这少年一番。

一望之后，韩立心中狂喜，果然，这白衣少年身上笼罩着淡淡的灵光，其亮度仅比他略逊一点而已，这少年也是名修仙者。

远处的少年似乎察觉到有人在看他，转过身子望向韩立，脸上立即泛出喜色，急忙一溜烟地跑了过来。

"这位兄台也是去太南谷的吧？在下枯崖山万家万小山见过兄台了！我们一起去拜门好吗？"这少年跑得气喘吁吁的，还没等自己气息平稳，便迫不及待地向韩立说道。

此时韩立才看清了少年的长相，只见对方眉清目秀，皮肤白嫩，一副养尊处优的世家公子哥模样。

"当然可以，不过你知道太南谷在哪里吗？"韩立听到对方的建议后，不动声色地说。

"嘿嘿！我只听家里人说，太南谷在太南山北面，门户长年被迷雾锁住，具体在哪里我可不知道。问了那几个村民，他们也不知道。不过兄台肯定知道的吧？"少年有些不好意思地挠挠头，然后又用期盼的眼光注视着韩立。

"小兄弟是第一次出远门吧？"韩立听了对方的话，强忍住心头的笑意，微笑着问道。

"兄台看出来了？在下的确是第一次离家这么远。"少年有点害羞地点点头。

"好吧，跟我来吧！我带你去。"韩立原本并不十分肯定那怪坡就是自己要找的太南谷，但现在听这少年一说，却有了十足的把握。

"太好了，这下可以好好见识一下了！"少年一听韩立此言，不禁兴奋得欢呼起来。

韩立见少年这样，淡淡一笑，自己正好也可从对方口中套出一些情报来，对修仙者多了解一些。

"你想去太南谷见识些什么？"韩立领着少年向怪坡的方向慢慢走去，那个地方早已被他暗中勘察了数遍，记得一清二楚。

"那可太多了，既想看看其他家族和流派的法术、秘法，也想和他人交换些自己喜欢的东西。"少年随口说着。

"哦！"韩立轻声应道，可心里却有些疑惑起来，怎么听对方话里的意思，这太南谷正有众多修仙者聚在那里，难道还有什么大事要发生不成？

韩立有些惴惴不安起来。

就这样，两人一边走一边闲聊着，其实说是闲聊，倒不如说是韩立在问，少年在答。韩立从这少年口中套到了一些修仙界的信息，知道了不少修仙者应该知道的常识性东西。

比如说，修仙者按照境界划分，可分为下境界、中境界以及上境界三大阶段。

下境界包括了炼气、筑基、结丹、元婴、化神等五层关口，中境界有炼虚、合体、大乘三层，到了上境界其实只剩下渡劫这一层，过了这一层就可飞升仙界，与天地同寿了。

不过说起来容易，真修炼起来可是遥不可及的事！

不要说是三大境界的提升，就是最初的下境界，修炼到最顶层化神期的，据这少年所说，在整个越国也未曾有一人；就是在元婴期徘徊的也是少之又少，只有那么几个福缘深厚的老怪物而已。

据少年所说，修仙者的寿命和修炼的境界息息相关，每一层境界的提升，都代表寿命的成倍增长。

世俗的凡人，能活到一百多岁的，那已是世间少有的长寿。而筑基成功的修仙者，活个两百多岁，这都是很正常的事；如果有人能结成金丹，活到四五百岁，更是大有指望；假如再有奇迹发生，走了逆天的狗屎运，炼成了元婴，那么即使要过个千岁寿诞，也不是不可能的！

白衣少年说到这里，不住地咂着嘴，对那些能活个千八百岁的老怪物大为羡慕，这可是普通人十倍的寿命啊！

韩立在一旁听得目瞪口呆，他虽然也隐约猜到修仙者的寿命肯定比普通人长久一些，但没想到会长这么多！竟能有上千年的寿命，那不真成了千年的王八？

不过元婴期都能活这么久，那化神期以及其他中境界，乃至上境界的人，岂不更是长寿得离谱？

韩立终于还是没忍住，旁敲侧击地问出了这个问题。

"谁知道呢？也许活得更长，也许根本就长寿不死了。"少年大大咧咧地说道。

"据传言，凡是哪个修仙者真的炼到了化神期，并把此境界炼得大圆满，那么他就必须脱离我们这个世界，去另外一处更高层的空间，具体是什么世界和空间，谁也不知道，也没见有人回来过。"

"没有人回来过？那这些化神期以上的境界是怎么划分的？"韩立有些郁闷地想道，不过就算问眼前的这位大少爷，估计他也解释不清楚，还是强忍着没有问出来。

除了修仙者的境界划分外，韩立还对这越国的修仙门派和修仙家族有了大致的了解。

别的地方这个少年也不知道，但就整个越国的修仙门派的事，少年倒说得头头是道。从他嘴里韩立得知，在越国，共有修仙门派大小七个，分别为掩月宗、黄枫谷、灵兽山、清虚门、化刀坞、天阙堡、巨剑门，其中掩月宗实力最强，灵兽山紧随其后，其他的几个门派则实力全都差不多。

如果说这些修仙门派是支撑整个越国修仙界的参天大树，那修真家族就是或多或少盘缠在他们身上的各种枝蔓，须借助这些门派才可在修仙界生存下去。

少年神秘兮兮地说，只要稍微有些年头的修仙家族，其祖先都是这些门派中的弟子,是这些弟子们的血脉再续。

之所以会如此,就要说到所有修仙者共同具有的"灵根"上了。

灵根是什么,大部分修仙者都搞不清楚。但是他们都知道,一个人若是没有灵根,那修仙的事想也不要想,因为你根本就无法感应到灵气,更不要说修炼出法力了。

但生来就有灵根的人在普通人中实在是太少了,甚至可以说是万里挑一。但就是这样,拥有灵根、能走上修仙路的人,还是只占其中的一小部分,绝大多数人还是平平庸庸地过完一辈子。因为具有灵根的人,实在是不好选出来,他们分布得太松散了,让那些希望广收弟子的修仙门派大感头疼。

而且并不是只要有灵根就一定符合修仙门派的要求,因为灵根和灵根还大不一样,有好有差。

一般来说,灵根分为金、木、水、火、土五行属性,大部分人的灵根都是多种属性混杂,这些人虽然也可以感应到天地灵气,但是修炼的效果可以说是惨不忍睹,基本上只能把炼气阶段的五行基本功法练至三、四层就寸步不前了,一般一生都无望跨过筑基期。

所以具有五种或四种属性的灵根,也被修仙界称为"伪灵根",以示和具有两种或三种属性,修炼起来较为快速的"真灵根"相区别。

至于只有一种属性的单一灵根,则被修仙界称为"天根",意思是上天的宠儿。因为拥有单一灵根,不论是何属性的人,其修炼的速度都是混杂属性灵根修仙者的两到三倍,而且修炼到筑基期顶峰时,无须面对跨入结丹期时本应面对的瓶颈,可轻易地开始结丹。

如果说修炼的惊人速度就令其他修仙者羡慕异常的话,那么"天根人"的无瓶颈就可结丹,则让其他修仙者嫉妒得快要吐血了。

要知道,如果说十个炼气期修仙者中只有一个可以在筑基丹帮助下进入筑基期的话,那么一百个筑基期的人中也不一定能有一人可结丹成功,进入到结丹期。

如此悬殊的结丹比例，怎能不让其他修仙者大为眼红"天根人"的得天独厚。

因此每当有"天根人"出现，往往就被各个修仙门派疯狂争抢，毕竟这可相当于为本门预定好了一个结丹期的大高手，能大增本门的实力。

不过像"天根"这样逆天的灵根，出现的概率小到可以忽略不计，基本上每隔数百年才可被修仙门派发现一个。倒是另外一种虽不是"天根"，但也不属于五行灵根的"变异灵根"，出现的概率较大一些，每二三十年就能出现一个。

所谓的"变异灵根"，指的是两种或三种五行属性混在一起，变异和升华了的灵根，如"土灵根"和"水灵根"变异产生的"雷灵根"，"金灵根"和"水灵根"变异产生的"冰灵根"，当然还有"暗灵根""风灵根"等其他变异灵根。

具有变异灵根的修仙者，虽然没有跳过结丹瓶颈的天赋，但修炼的速度倒也丝毫不差于"天根人"，并且如果能找到与其属性相配合的功法的话，这些人多半都会是了不起的高手，一般能顶三四个同等实力的普通修仙者。

所以具有变异灵根的人，也是各大修仙门派极为欢迎之人。

但是在以前，不要说具有天根和变异灵根的奇才修仙门派轻易寻觅不到，就是普通的具有真灵根的人，也不好寻找。

修仙门派总不能把世俗界每户人家的小孩都拉出来测试一番，要知道一万个人中才可能有一个生有灵根的人，而五六个有灵根的人中，又只能找出一个有真灵根的人。

于是，在这种苛刻的条件下，修仙界历史上甚至曾出现过，某些小门派只剩下阿猫阿狗寥寥数人，差点让整个门派断了传承的奇闻。

面对这种尴尬的局面，一些有心人经过苦心研究后终于发现，这灵根极容易出现在相同血脉的继承人身上。

比如说，男女二人如果有一个具有灵根，那么他们生的小孩则有四分之一的机会也会有灵根。当然了，如果父母都是灵根的拥有者，那其后代出现灵根的概率就更大了，甚至所生小孩全是灵根拥有者也不是稀奇的事。

这件事的发现，让那些研究者大为激动。在他们的推动下，当时不少门派的年轻弟子纷纷被其师门长辈打发了出去，在世俗界成家立业，等到他们有了子女之后，再回师门继续修炼。

就这样，当这些修仙门派再缺少弟子时，就直接从自己门户弟子的家眷里挑选具有灵根的小孩，其中拥有真灵根之人的比例也大大地增加了。

如此一来，修仙门派门人弟子缺乏的大难题，总算是缓解了。

虽然普通人诞生灵根的概率还是非常低，但总的来说，拥有灵根的人却越来越多，那些灵根血脉传承的人家，拥有灵根的弟子层出不穷。等时间一长，慢慢地开枝散叶后，就形成了如今的修真家族。

这些修真家族高级的功法也许没有，但稍浅些的修仙法诀倒是不缺，就渐渐成了各个修仙门派的外围门户，同时也具有一定的独立性。

所以说，每个修真家族背后，一般都有一个修仙门派在支撑着，不容小觑。

这白衣少年很久都没有在他人面前说得这么痛快了。那种有人聚精会神听自己说话的感觉，让他有了越说越起劲的势头，对韩立的好感也大大增加，就不假思索地把自己知道的修仙界的事全抖了出来，颇有在韩立面前卖弄的样子。

韩立自然也在一旁听得很高兴，有时还插嘴几句，让那少年说得更欢畅一些。但可惜的是，那终日被迷雾笼罩的怪坡离小村子并不太远，大约走了半个时辰，两人就来到了坡前。

这么短的路程让韩立大为不爽，修仙界的事他还没听够呢，恨不得再掉过头重新走一遍。不过，他当然知道这不可能，所以也只好干看看已闭嘴不再说话的少年两眼放光地瞅着迷雾。

"兄台是哪家的弟子啊？"少年从兴奋的情绪中回过神来，似乎想起了什么，扭头问了一句。

韩立在与少年刚才的闲谈中已得知，修仙界除了各修仙门派和修真家族外，还有不少的散修存在。

所谓的散修，其中大部分人要么是破落修真家族的后代，要么是像韩立这样无意中得了某些修仙的功法，自行进入修仙界的普通人，要么则是些已快断绝传承的小门户传人。这些散修的修为大都不高，一般都只能在炼气期徘徊，所以散修一向不大被修仙家族的人所看重，就如同世俗界的富户看不上穷困潦倒的破落户一样。

"在下可不是任何家族的人，而是一直自行修行的。"韩立想了一下后，还是决定说实话，毕竟冒充其他家族的人，太容易被揭穿了。

"阁下是散修啊！"少年有些意外，不过脸上倒没有任何歧视的神情，反而有些惊喜。

他激动地围着韩立绕了一圈，如同看稀罕之物一样重新打量起韩立来。

"小兄弟刚才不是说，修仙家族是看不起散修的吗？怎么还如此高兴？"韩立有些惊讶地问。

"他们是他们，不要把我们万家和其他修仙家族混为一谈。我们家族的人可一向都和散修们交好的！"少年把嘴一撇，骄傲地回答道，看来很为自己家族的做法自豪！

"我们万家的祖先原先也是一名散修，但后来有幸进了修仙派，成了巨剑门的正式弟子，这才有了我们万家。所以我们万家族规里，就一直都有不准歧视散修的祖训。"少年笑嘻嘻地说道。

"其实不止我们万家，还有其他一些家族的祖先也是散修，所以他们对散修也很友好，只是这些家族在所有修仙家族里占的比例太小了，这才有修仙家族歧视散修的说法。"少年摇头晃脑地说道。

"这样啊！看来我还是比较走运，第一次就碰上小兄弟这样的万家人。"韩立听明白对方的话后，对少年有些提防的心思也就淡了许多。

"不过兄台，你一路上问了这么多修仙界人人皆知的事，难道也是刚出山的新人？"少年眼珠一转，不知怎么忽然聪明了起来，有些恍然大悟地说道。

韩立一听，脸上微微一笑，用手拍了拍少年的肩头，有些歉意地说道："在下不是存心欺瞒小兄弟，只是刚进入修仙界不久，有些顾虑。"

"没关系，我不介意的！不过兄台，你的名字该告诉我了吧！还有，以后直接叫我小山就行了。"万小山明显也是自来熟的人，满脸不在乎地说道。

"呵呵！在下韩立，的确是刚接触修仙界不久，还望小山兄弟多照应一下！"韩立对万小山好感更盛，说话的语气也随和多了。

"没问题，韩大哥有什么不懂的尽管问，嘿嘿！没想到我万小山还有教导别人的时候。"万小山神气活现地说道。

"在下有什么问题一定向小山兄弟讨教。不过，我们是不是该进谷了！"韩立一指天色，微微一笑。

"哎呀！我差点把正事给忘了。"万小山顺着韩立的手指往天上望了一眼后，立即手忙脚乱地大呼小叫起来。

万小山在身上忙乎了半天，终于从怀里掏出了一张符纸来。

他拿在手中比画了几下，嘴里还低声念叨了几句，然后把符纸往空中一抛，符纸立即化为一道火光冲进了迷雾，消失不见了。

"韩大哥稍等一下，我这张通音符一会儿就会传到谷内，谷中之人自会放开阵法接应我们的。"少年见韩立瞧着那火光消失的方向有些出神，便解释道。

"哦！"韩立点点头，表示理解。

"韩大哥这次来太南谷，想必身上带了不少交换的物品吧？能不能说说看，让小弟听听。别不好意思嘛，那小弟先开口说说自己的东西了！我带了初级下阶空白符纸一打，初级下阶隐身符、遁地符各两张，初级中阶连珠雷符一张，初级下阶冰弹符一打，铁母一块，初级朱砂一瓶，妖兽三尾猫的胡须一束，药草……"万小山根本没注意到已呆若木鸡的韩立，叽里呱啦地掰着手指，说出了一大堆东西来。

"好了！该韩大哥说了……咦！韩大哥，你的脸色怎么这么白，你……"少年眨了眨眼睛，有些不明所以地望着韩立。

"难道进太南谷，一定要准备东西吗？"韩立的脸色很难看。

"那倒没这规定！"万小山很干脆地回答。

一听此言，韩立顿时脸色好了许多。

"不过既然这时来太南谷，那肯定是来参加太南小会的，谁又会不带东西啊？这可是五年一次，专为我们岚州小辈们举办的交易盛会！特别是这次的升仙大会，一个月后也在我们岚州举办，那顺便来此参加太南小会的人，就更多了。难道韩大哥不是闻名来参加太南小会的？"少年惊愕地说出了上面一通话来，用将信将疑的目光望着韩立。

韩立苦笑了起来。

"小山兄弟，在下的确不知这里要开什么太南小会，只是无意得知此地有其他修仙者居住，所以想来结交一番而已，哪曾专门准备什么东西啊。"韩立两手一摊，无奈地说道。

"原来是这样啊！那太可惜了，韩大哥只能白白浪费这次的良机了。要知道，弄到自己所缺物品材料的机会可并不多。"万小山一脸的惋惜之色，连声为韩立叹息。

"不过，也不能说身上一点可以交换的东西都没有，最起码不是还有两张符吗？"韩立自嘲地想道。

这时韩立二人前的浓雾突然间翻滚起来，然后像被人用刀劈开一样，分出了一条可供两人并肩而行的小路，小路一眼望不到尽头，似乎很长。

"行了，我们走吧！"少年高兴地冲韩立扮了个鬼脸，就兴冲冲地先跑了进去，消失在了小路上。

而韩立则冷静地端详了小路一会儿，才迈步走了进去，走得稳稳当当，不慌不忙。

这条路看起来很漫长，可仅走了片刻，就到了路的尽头。

当韩立走出路口时，感到眼前忽然一亮，一个长满了奇花异草的绿色山谷出现在了眼前。山谷三面靠山，唯一的出口就是韩立进来的被迷雾封锁的山坡。

整个山谷面积很大，占地上百亩还多，在中心处有一大片雕栏玉砌的宫殿式楼阁，正有些奇装异服的人出出进进。

而在楼阁前面的空地上，有一个很宽阔的青砖广场，里面有许多人像小商贩一样，围着广场的四周摆起了小货摊。在这些摊位的前面，时不时地会有一两人挤到一起，看上那么一两眼，或者低声问两句，但能当场成交的，韩立并没有见到多少。

见此情景，韩立不禁深吸了一口气。这就是修仙界了，这里的人应全都是修仙者，能一下子见到如此多的修仙之人，还是让韩立有些精神恍惚。

韩立轻晃了一下头，让自己清醒一些。他不断提醒着自己，他进入的是一个以前无法想象的世界，这里的人谁都有可能轻易地灭掉他，他一定要谨慎低调些才是。

想到这里，韩立回头望了一眼已彻底消失的来路，抬腿向广场内走去。

韩立刚走了几步，就听到远处有人在叫他。

"这边，韩大哥！"

韩立闻言向呼声处望去，只见万小山站在一名青衫老者的身侧，向他不停地招手示意。

韩立微微一笑，快步走了过去。等走到那青衫老人身旁时，万小山向韩立介绍道："这位是太南谷的青颜真人，和家父是至交，这次的太南小会就是他和另外几位前辈共同主持召开的。"

韩立一听万小山此言，不禁仔细看了青颜真人一眼。

只见这老者身材瘦高、肩宽手长，身穿青色儒衫，倒颇有些出尘的神仙中人的风采，只是他一张满脸青斑的面孔实在有些惊人。

接着，少年又对老者说："韩兄是我在谷外刚刚认识的，虽然是位散修，可是我们却很谈得来，世伯可要多照顾几分！"

老者这时也把韩立打量了一番，突然间他眯起了双眼，对韩立说道：

"韩小友的木属性功法练得不错！小小年纪就已练到第八层了，这样的水准，即使是在修仙家族内也不多见啊！"

韩立听到青颜真人的赞言，心里一阵苦笑。要不是靠大量服食灵丹妙药，他哪有什么可能练至第八层，估计还在三四层之间徘徊呢！

不过表面上他还是很恭敬地谦让道："青老谬赞了，在下只是侥幸而已。"

青颜真人淡淡地点点头，不再对他说些什么，而是转头对万小山道：

"小家伙，你家里的其他几位已经来了，他们都特别担心你，让我一见到你就把你带去见他们，现在就跟我过去吧！"

万小山闻听此言，不禁哭丧起脸来。

"不会我七姐和九哥也来了吧？我可最怕他们二人的唠叨了，不去行吗？"万小山满怀希望地望着青颜真人。

青颜真人把脸一板，道："你说呢？"

"当然不行！"万小山垂头丧气地自己答道。

"哼！你胆子倒不小，竟敢瞒着家里人，自己偷跑出来。要是半路上碰到些心术不正的修仙者，你有几条小命也得交待在这儿了！"青颜真人说出此话时，微微斜瞥了韩立一眼。

"这老头可不地道，此话分明是暗示我就是心术不正的修仙者，故意接近这万小子的。"韩立自然听出了这青颜真人话里的意思。

"咳！难得碰见这么一位知无不言的小少爷，看来得暂时分手了！否则这青颜真人随便给点小鞋穿，我都要吃不了兜着走！"韩立无奈地想道。

"既然万兄弟要去见家人，那在下就先一人四处转转了，以后有机会再和小山兄弟把酒言欢。"韩立一抱拳，向万小山和青颜真人说道。

"哎呀！别急着走啊，我还要把你介绍给……"

"韩小友还有要事要处理呢，你就别给人家添乱了！"

万小山见韩立要走，急忙想要再说些什么，却被青颜真人一把拉住，抢先把话给截住了。

韩立见此，冲着万小山灿烂地笑了一下，就转身继续朝广场走去。

而万小山则如同被押赴刑场的囚徒一样，苦着一张脸，跟在青颜真人身后，慢慢向着楼阁方向移动。

韩立被青颜真人如此对待，倒也没什么气恼的，毕竟任何一个长辈见到自家子侄身边出现了一个来历不明的朋友，都会留几分心眼，更何况万小山家这样的修仙大族。

不过，韩立对万小山倒真没有什么恶意，只是纯粹想从其口中多了解一些修仙界的事罢了，却没想到被青颜真人横插这么一杠子，只有另找他人见机行事了。

韩立这样想着，渐渐靠近了摆着小摊的广场。

修仙者们的小摊围着比较宽阔的广场，稀稀拉拉地摆出了个"回"字形小路出来，而那些挑选交易物品的人，则三三两两地走在两侧都有摊点的空地中间，你来我往的，倒也颇有些世俗界生意买卖的气息。

这时天色已有些昏暗，广场上灯火通明起来，大部分的货摊前都已摆上了式样统一的巨大灯盏，这些灯盏由青铜制成，通体古色古香，足有一米来高。

但这些灯盏里并没有灯油之类的燃物，而是托着一块拳头大小，通体都散发着柔光的白石。

这些石头散发的光芒可比普通油灯亮多了，不但把灯下的摊点照得如同在白昼一样，就连附近的道路也被照得清晰可见。实在是个妙物！韩立见此情景，不禁在心中啧啧称奇。

天色虽然已晚，但广场上的人却比刚才多出了许多，不但新增了一些货摊，逛摊的人也猛增了一大截，有大批修仙者在此时拥入了场内，让这个地方一时间热闹非凡。

韩立慢慢地接近了广场，却并没有马上进去，而是待在附近，观察起这些来来往往的修仙者。

因为离得比较近，所以这些修仙者的样貌打扮韩立看得清清楚楚，着实让他大开眼界。

有的修仙者穿的衣服简陋得很，仅有几处关键的地方被遮住，其他地方都光溜溜的。而有的却又全身上下包裹得严严实实，一丝肌肤也不外露。更让人惊奇的是，还见到一位，明明是男人相貌，但穿着打扮却和女人一样的修仙者。

就这样观察了一会儿后，韩立神色突然间一动，眼中神光一现！

他发现，广场内不管是摆摊的，还是闲逛的修仙者，全都是十几、二十几岁的年轻人，连一个三十多岁、年纪大些的人，都没看见。

这时万小山说过的，"太南小会"是五年一度专为小辈们开办的话，在他脑中浮现。如此看来，那些年龄大些、辈分稍高点的修仙者是不会在此出现了，而那青颜真人恐怕也是凭着主办者的身份，才能在此露面的吧！

韩立想到这里，心里不由得轻松下来，毕竟那些老家伙可实在不好应付，而且他们想要对付自己的话，恐怕比捻死一只蚂蚁麻烦不到哪里去。

不过，即使那些所谓的小辈修仙者，他们的实力也都个个不弱。像韩立这样的人，在人群中只能算是中等水平，而韩立曾见过的蓝衣人那样水平极高的修仙者，在这里也比比皆是，短短一会儿韩立就见了五六个这样的高手，这令他大为汗颜。

"兄台为何一人站在这里，是在等朋友吗？"一声清朗的声音忽然从韩立身后传来，让韩立心中一惊。

韩立缓缓转过身，只见身后不远处站着六七人，说话的是个二十七八岁、道士打扮的修仙者，此人白面无须，五官端正，胳膊上搭着个拂尘，正微笑地望着韩立。

"道长找在下有事？"韩立没有理会对方的提问，反而面无表情地回问了一句。

"呵呵！不要误会，我等找兄台可没什么恶意。只是见兄台单独站在这里，对这里一切都很好奇的样子，所以猜测兄台是独自赴会的散修，想上来结交一下而已，我等数人也全是散修，和兄台一样。"道士一脸善意地解释道。

"你们全是散修？"韩立微微一愣。

"不错，兄台若是散修的话，最好还是和我等结伴而行，这样在这会上大家就可以互相照应一下。"这次说话的是个面目清秀、脸上却有条疤痕的妇人，在她身旁则是个满脸大胡子的背刀大汉，二人似乎是夫妇。

"不错，往年独自参加交易会的散修，因为势单力孤，经常被大家族的人欺辱！"道士神情肃然地说道。

一听二人此话，韩立略有些明白对方的意思了。

这些赴会的散修害怕在会上被修仙家族的人欺负，因此便自动聚集在一起，组成个小团体，试图形成一定的自保能力，所以才到处找像他这样的落单散修。

既然已明白对方的用意了，韩立自然不会拒绝这样的好事，毕竟他的确需要一个小团体作掩护，就算是临时性的也无所谓。

不过在此之前，他还要仔细问对方几个问题，才能放心地加入对方。

"既然几位已看出来了，那在下也没什么好隐瞒的，在下的确是散修。不过几位想让我加入你们这个团体，能否先介绍一下自己？以及说说真成为你们的一员后，需要做些什么。"韩立坦然承认了散修的身份，但等面前几人刚露出喜色，便提出了要求。

"看来兄台还有些顾虑，哈哈！这没什么，其他几人刚进来时，都说了和阁下差不多的话！"道士和那几人听闻韩立此言，非但没有露出不悦之色，反而互相看了一眼，突然都哈哈大笑起来，然后道士才说出这一番话来。

"我来给阁下介绍一下这几位朋友！"道士指着那几名修仙者，对韩立笑着说道。

"这两位是同胞兄弟，苍狼岭的黑木和黑金兄弟俩。"道士把韩立引到一对面目相似的青年跟前，大大方方地介绍道。

这二人冲着韩立一抱拳，韩立也神情自若地回了一礼。

"这是飞莲洞的红莲散人和菩露山的苦桑大师。"这回被引介的是一个相貌普通的少女和一个苦着脸的小和尚。

"至于这对……"

"我夫妇二人是天水寨人氏，胡萍姑和熊大力。"道士指着刚才和韩立说过话的妇人与她身旁的那个大胡子，还没开口，便被那少妇咯咯一笑，抢过了话头。

道士被抢了话，也不生气，只是淡然一笑。

"贫道是卧牛山青牛观的挂单道士，道号松纹。呵呵，贫道就是这个小团体的发起人，暂时还被大伙推为领头人，不过贫道一般不会命令大家，只是在处理外部纠纷时，才由贫道领头说话罢了！"道士最后也自谦地介绍了一下，并把这小团体的性质也大概说了一下。

这个道士倒也颇有些气度，似乎人还不错！

而且其他人的法力也大多不弱，几乎都有长春功七八层那样差不多的法力。这个松纹道长更是厉害，虽然还没有达到蓝衣人的程度，但也比自己强多了。

韩立心里合计了一下，觉得和这些人在一起的确是有百利而无一害，便说道："既然大家都是散修，而且在一起的确好办事，那么在下韩立，就暂时加入你们吧！"

"太好了，有韩兄的加入，我们这个团体的实力又强了一分！"松纹道士一听韩立此言，立即高兴地说道。

其他几人也都面露喜色，毕竟韩立看起来法力不弱，对他们可能帮助不小。

"我们这个团体的人都在这儿了吗？"韩立这时向左右看了看，开口问道。

"还有另外两人，他们一个在屋内大睡，另一个四处闲逛去了。"胡萍姑撇撇嘴，似乎看其口中所说的二人不怎么顺眼。

"也没有胡夫人说的这么差劲，只是一个贪睡了点，另一个贪玩了些罢了！"这次是那光头小和尚替那二人辩解起来。

"你……"胡萍姑听苦桑和尚这么一说，有些不乐意了，想要再说些什么。
"好了！大家不要争执了，毕竟当初大家都说好了，除了和外部势力争斗时大家要统一行动、听从指挥，其他时候，所有人都是自由的，任凭各自的喜好行动！"松纹道士急忙上前打了个圆场。

胡萍姑见此，除了有些不高兴外，倒也没有胡搅蛮缠，毕竟人家松纹道士的实力在那儿摆着呢，不能不给几分面子。

"等到晚上聚头时,韩兄弟就会见到那二人了,到时给你介绍一下,那二人的确是有那么一点点与众不同!"道士一副无可奈何的样子,似乎对那二人颇为头疼。

韩立虽然心中好奇心大起,但也不好意思追问下去。

接下来,松纹道士问韩立,是打算和他们一起行动,还是独自一人闲逛,韩立自然选择了后者。松纹道士并没有惊讶,因为刚进太南谷的人,自然对这里比较好奇,大都喜欢独自行动,不过等看得差不多了,就会和他们几人一样,聚在一起活动。

道士倒也很负责,向韩立讲述了一些忌讳性的东西和某些常识性的惯例,让他对太南小会有了一定的了解后,又给了韩立一道符。

他指着那一片楼阁中的某幢小楼,对韩立说,那就是他们的落脚处,让韩立累了的话可以去那里休息,而这符则是解开小楼禁法的钥匙。

然后这几人就向韩立告辞,消失在了夜色之中,不知是不是继续寻觅其他的散修去了。

韩立一直望着几人的背影,等到他们已远去不见踪影时,才低头瞅了瞅手上的这道符。这张黄符上银光闪闪,上面画了一些他看不懂的符咒,看起来真有些妙用。

韩立沉吟了一下,然后轻笑了起来。

他把符纸折叠好,放入了怀中,接着向松纹道士消失的方向颇有深意地看了一眼,然后就毫不犹豫地转身向广场走去。

进了广场后,韩立便和其他的修仙者一样,一边慢慢走着,一边一家家挨个查看各个货摊上的物品。

据松纹道士刚才所说,这些修仙者们的交易,一般采用两种方式。一种是以物换物的原始方式,一些修仙者希望用自己不需要的东西换来自己急需的物品,所以这些人往往一连摆摊数天,一件物品也没交易成功,这也是常有的事。另一种则是更大众化的方式,就是用一种叫"灵石"的东西充当交易货币,在修仙者中买卖物品。

第五章
灵石与灵符

　　灵石，顾名思义，是一种汇集了天地灵气的石头，它所蕴含的灵气对修仙者来说，是大补的东西。平时打坐练功时如果吸纳灵石中的灵气，会使修仙者修炼的速度变得惊人，修仙者自己吸纳炼化散乱的灵气，与精纯灵气就在身边任其吸纳提取相比，毕竟有着云泥之别。

　　但灵石最大的功效还不在此。它最主要的用途是在布设法阵和施展法术的消耗上。一个高级法阵布设成功与否，效力如何，往往要视其采用的灵石效力而定，好的灵石不但可确保法阵布设的成功，而且法阵的威力也会大幅增加。

　　而施展法术所消耗的灵石数量比布设法阵还要多得多。因为一个修仙者能施展法术的等级和效力，一般都是根据他自身的法力修为而定，不大可能仅凭自身就能施展出超等级的法术，于是灵石就成了最好的法力增幅物。

　　如果修仙者在施展较厉害的法术时，手里能握有一块灵石，则灵石内的灵气就会源源不断地补充修仙者施展法术时损耗的法力，能支撑施展法术者将原本无法使出的法术强行施展出来。

　　所以灵石就成了修仙者们争强斗狠、以弱胜强的绝佳辅助，而且也是法力大损后立即恢复原有实力的最好补品，能大大增加争斗中的生存机会。

灵石这么多实用和不可思议的功效，自然让它的身价一路高涨。

但随着巨量损耗、过度开采和灵石矿脉的日益稀少，在今日的修仙界，灵石渐渐成了奢侈品，成了修仙者交易的最佳保障和独有的流通货币。并且，修仙界还定出了灵石规格和等级的详细划分标准。

灵石按蕴含灵力的多少被分为四等，分别是低阶灵石、中阶灵石、高阶灵石、超阶灵石。按照所蕴含的灵力属性不同，灵石也可分为金灵石、木灵石、水灵石、土灵石、火灵石。另外还有一些风灵石、雷灵石等稀有属性灵石，当然，这些灵石就更少了。

灵石这么好的东西，韩立可半块也没有。

他自认身上也没什么可交换的物品，所以一开始就抱着开眼界的想法，这么悠哉地东看看西瞧瞧，一路走了下去。

虽然韩立的表情是淡然的、从容不迫的，可这些摊点上的东西，还真有许多让他大为眼红和极为心动的。

别的不说，就说那每个摊点上都有的一打打的空白符纸吧！这些东西虽然很普通，却是韩立目前最需要的物品之一。

虽然韩立还不知道这符纸的几级几阶代表着什么意思，有什么具体的区别，但也知道以自己目前的功力，那初级下阶的符纸肯定足够他施展定神术用了。

所以如果能得到一些符纸的话，那他马上就能多一种法术可以运用，使自己的实力立马增强那么一分。

当然除了符纸外，那些什么"雷火符""火龙符""巨力符"等各种五花八门的灵符，也令韩立颇为动心。

甚至韩立还在一个不起眼的货摊前，见到了一张和自己那个能放出金罩的符箓一模一样的灵符，旁边的标价牌上写得很清楚：金刚符，金属性初级中阶防御用灵符，价值九块低阶灵石。

韩立逛了这么多的摊位，对这些符箓的价钱也有了一定的了解。一打初级下阶空白符纸一块低阶灵石就可买到，而已炼制完成的初级下阶符箓，则视其法术种类的不同，可卖到一到两块低阶灵石。

至于初级中阶的灵符，标价则立刻翻了几番，而且防御性的灵符要比进攻性的灵符贵那么一些。

既然自己也有同样的物品，韩立自然要留意一下了。

仔细观察完货摊上的金刚符后，韩立发现此符箓的灵气比他怀中的那张可要充足得多，显然是尚未用过的新品，而他那个残旧品估计顶多只能卖到人家三分之一的价钱。

得出了这样的结论后，韩立苦笑了一下。看来在这些修仙者中，他还真是个穷鬼，他不禁摸了摸身上的物品，突然心中一动，想到了怀中那画有小剑的灵符。

虽然还不知那符的名称，但韩立相信，这符肯定要在金刚符的价值之上。

想到这里，韩立开始注意各个摊点，留心是否有卖和那画有小剑的符箓一样的灵符。

但可惜的是，他转了多个摊位后，仍没有见到类似的物品，倒是在一个同时围有五六个修仙者的地方，发现有人在卖一张初级高阶灵符。灵符旁边的牌子上写着：飞天符，风属性初级高阶飞行类灵符，价值三十块低阶灵石，或换同等价值的固本培元类丹药。

韩立一见到此牌子，心里就一怔。

要知道，转了这么多摊点，这还是他见到的第一张高阶的初级灵符，不禁用心观察。果然，那符箓上的灵气浓郁得惊人，不是以前所见的低中阶灵符所能比的。

"二十块灵石，换不换？"围着观看的一个赤足的长脸汉子，忍不住开口说道。

这个摊位的主人是一个头戴草帽的精悍青年，他用手指了指那个牌子，就不再理睬这人了。

"只是飞行符而已,又不是攻击性或防御性灵符,二十块就不少了!"出价的长脸汉子,不甘心地说道。

"哼!真是攻击性或防御性灵符,我会只卖三十块吗?没有五十块,看都不让你看一眼!想占便宜,到其他地方去!我这不欢迎!"青年终于冷冰冰地说话了,但他一开口,就把那汉子气得满脸通红。

"好小子!我秦叶岭叶豹记住你了,有种的大会结束后,我们好好切磋一下。"长脸汉子气急败坏地说道。

"秦叶岭!"韩立原本在一旁笑眯眯地看得正高兴,忽闻此地名,心里一惊。

那不是被他杀死的金光上人所说过的出生地吗?虽然不知那侏儒说的是真是假,但这汉子既然自称叶家的人,自己还是小心点的好!

想到这里,韩立下意识地往后退了几步,悄悄地离开了此地,去了下一家摊位前。不过那个牌子上写的换固本培元类丹药的话,倒被他放进心里去了。

他记得自己还有不少未用完的黄龙丹和金髓丸,不知是不是符合那青年的要求,等到人少的时候,再去问一下吧。若是真能成功,自己就有了点资本,可以换些所需的物品了。

韩立思量到这儿,回头望了一眼那青年的摊位,却发现叶豹已不在那里,不知去了何处,而剩下的几人中,又有一人掏出了个瓶子,递给了那青年。

青年打开瓶子,嗅了嗅,就轻轻地摇摇头,把瓶子还给了主人。瓶子的主人只好一脸遗憾之色地离开了,而另外几人似乎和此人是一起的,也紧接着离开了,如今摊位前空无一人。

韩立一见,心中暗喜,就慢慢踱着步子,回到了青年的摊位前。而那青年见是韩立,微微一愣,显然认出他是刚刚来过一次的人。

韩立却满不在乎地冲着青年笑了笑,道:"我有两种药物,看看合不合你的要求。"

说完,他就拿出了一青一蓝两个小瓷瓶,放在了青年面前。

青年也不废话,伸手把两个瓶子拿在手中,挨个打开了盖子,然后把鼻子靠近了瓶口，分别使劲地闻了闻，脸上露出了若有所思的神情。

青年沉吟了片刻，并没有立马回复，而是把瓷瓶轻轻放回了韩立面前。

"怎么样？"韩立眨了眨眼睛，问道。

"说实话，你这两瓶丹药，比前边几人给我看的要好那么一点，但对我来说还是不太够。"青年犹豫了一下，还是摇头拒绝了。

韩立一听，心里有些失望，不过倒也没有很惊讶，毕竟黄龙丹和金髓丸只是世俗界的圣药，对普通人来说也许是灵丹妙药，但对修仙者来说的确是差了一点。

对方既然没看上，韩立也不打算再啰唆了，他伸出手去，想把瓷瓶收回。

"不过即使这丹药差了点，但如果再多几瓶的话，我也就和你换了！"青年忽然开口，一脸惋惜的样子。

韩立本来伸出的手，在听到青年此话后，顿时缩了回来。他轻笑了起来。

"我说过就只有这两瓶药吗？"韩立眼睛眯了起来，盯着青年缓缓说道。

"你还有？"青年微微一惊，但随即露出喜色。

"当然，不过如果想要太多的话，我还要考虑是否做这笔交易。"韩立不置可否地说道，生怕对方给他来个狮子大开口。

"太好了！不用太多，只要再给三瓶就够了，足可以让我在短时间内突破瓶颈。"青年兴奋起来，显得热情无比，与此前的冰冷态度截然相反。

这也难怪，凡是固本培元，能促进功法精进的丹药，谁舍得拿来交换，自己用还不够呢！这也是青年在这几天内，没能把那飞行符换出去的主要原因。

即使韩立的黄龙丹和金髓丸对修仙者来说算不上上等的灵药，但凭借数量上的优势，也足够让这个在第九层顶阶徘徊了好久的家伙，突破到第十层。

但也只有像韩立这样把这类药物当零食吃的家伙，才舍得拿这么多丹药来交换。不过韩立深知财不外露的道理，他不想给对方留下那种可轻易拿出大量丹药而毫不心疼的印象。

于是他摸着下巴，做出了心痛不舍的样子。

"这样啊！太多了点吧？要把身上的药都换走啊！"韩立故意小声嘀咕着。

"这可不算多！毕竟是高阶灵符啊！想想看，只要有这灵符在身，万一碰到什么危险，立即就可腾空远行，而且还比一般飞禽飞得快多了，相当于多出一条命啊！并且只要此符灵气不散，还可反复多次使用，是很实用的灵符啊！"青年见韩立好像真能拿出自己所需的丹药，脸上的笑容更盛了，一力推荐自己飞行符的妙处，生怕韩立反悔不愿交易了。

"要交换的话，也行。把那打符纸做添头送给我。还有那本书！"韩立见对方真想换自己的丹药，便不客气地指着摊子上放的一打空白符纸和一本破旧的《基础咒诀残本》，对青年说道。

青年开始愣了一下，但见韩立指的只是下阶符纸和一本根本卖不动的咒书，心里顿时大喜，连声应允了下来。

就这样，飞行符成了韩立的囊中之物，还另外得到了一打符纸和一本早已被他盯上多时的咒书。

韩立把那本旧书略为翻动了一下，里面都是些最基础的初级咒诀，有七八个下阶位的法术和一个初级中阶的"地刺术"记载在书内。

这样的书对其他修仙者来说，根本就一文不值，却让韩立大为满意。

因为他现在所欠缺的就是这类基础咒法，而前面摊位虽然也有卖这类书籍的，并且更好更全，但是价钱却贵得惊人。

一本《五行初级咒诀大全》就标价九十块低阶灵石，而另一本《水咒符法基础》要价六十块低阶灵石，这些书虽然都厚厚的，里面的法诀更多些，但现在的韩立实在是买不起。

得到了这几样物品后，韩立觉得有些倦了，也无心继续闲逛下去，就直接出了广场，向楼阁群走去。

离开广场不远，韩立回头又望了一眼，发现场内的人似乎又多出了一些，看来喜欢夜晚出来的夜猫子型修仙者，还真是不少。

一走近这些宫殿式建筑，韩立才发现，这些楼台竟然是用极其名贵的桐木和大块的青石搭建而成的。不但每座楼都雕龙画凤，建得极其精美，而且在一幢幢楼台附近还隐约有灵力波动的显示，看来就是松纹道士所说的禁法了。

韩立转了一圈，终于找到了要找的楼阁，便走上前去。

但在离楼阁数丈远的距离时，韩立突然觉得撞到了什么，然后被一股无形的巨力猛然间给推了开来，硬生生地后退了好几步。

韩立有些惊讶也有些兴奋，看来修仙界他不知道的东西太多了，他真想把这一切全都学会。

韩立这样想着，心中却一动，施展了天眼术，再向小楼望去。

结果在不远处，韩立看到了一层淡淡的青光挡在眼前，整座楼阁都被这青光遮盖住，如同被一个巨碗倒扣住一样。

韩立再次上前，并伸出一根手指，轻轻地戳了一下青光，有一种软软的、弹性十足的感觉；再稍用力点，则有股隐隐的力量反弹了过来，看来这青光的防御力还真是不错。

韩立既然弄明白了青光的作用，就不再研究下去了，而是取出了松纹道士交给他的那道符，往这光幕上一贴，青色光幕上立即荡起了一圈圈的波纹，随后就出现了一个圆孔，刚好能让韩立通过。

韩立也不客气，把符箓收好，就迈步走了进去，向楼台走去。而这时圆孔又慢慢地变小，最后完全弥合上了，光幕又恢复了原样。

眼前的楼台并不算大，上下两层加起来也就十余丈高的样子，不过住进十几个人还是绰绰有余的。

韩立微微一笑，抬腿进了一楼的大厅，只见厅内除了两张八仙桌外，就只有十余把木椅，被布置得典雅简洁，倒还真有几分修仙的清淡。

而那个叫苦桑的小和尚正低着头坐在厅内一角的空地上，闭目念禅，一副得道高僧的模样。至于其他的人，韩立未曾见到。

"苦桑大师，松纹道长回来没有？"韩立几步走到和尚面前，和气地问道。

小和尚并未理睬韩立，而是嘴中继续念念有词，直到韩立等得不耐烦时，才睁开眼，一脸歉意地对他说道："韩施主莫怪！小僧刚才正背诵《金刚经》到关键之处，无法立刻停止回话，请不要怪罪！"

韩立听和尚此言，干笑了一下："哪能啊！在下最佩服心无旁骛的人了！"

小和尚听韩立这么说，笑了一下，又不紧不慢地说道："松纹道长等人正在二楼等候韩施主，嘱咐我，让我见了施主立刻叫你上去，似乎找施主有事。"

韩立一听和尚此言，心里有些郁闷。

这小和尚真是的，既然有人在找我，那还不立刻告诉我，还这么婆婆妈妈的！

韩立腹诽着小和尚，脸上却毫无变化地点点头，向厅堂附近的楼梯走去，"噔噔"地上了二楼。

一进二楼，就见到黑木和黑金两兄弟正在楼梯口说着什么，看到韩立上来了，就马上停下了交谈，迎了上来。

"韩兄，松纹道长正在屋内等你，跟我们兄弟过去吧！"韩立神情淡然，也不言语，就和他们顺着走廊七拐八拐地进了一间屋子。

屋内人很多，除了和尚之外，其他的人都在，而且还有两个不认识的陌生人。

一个是笑嘻嘻的十六七岁的少年，一个是二十一二岁的白嫩胖子。看来这二位就是连松纹都有些头疼的家伙了。

"韩兄弟来了！快坐。"松纹道士很客气地指着身边的一张椅子，对韩立说道。

韩立点点头，坐了下来。

"这两位是云门涧的吴九指和石拓谷的黄孝天。"松纹分别指着少年和胖子介绍道。

"哎呀！我一见兄台就觉特别亲切，莫非我们前世就有缘？来！回头咱们拜把子喝血酒，做兄弟！"

松纹道士的话音刚落，那个笑嘻嘻的家伙吴九指，突然间蹿了过来，扑到了韩立面前，并伸出一只手扯住了韩立的胳膊，然后一脸真诚地说道。

韩立开始一惊，但随后就轻笑了起来。

"做兄弟不是不可以，但是阁下的这只手不要往在下身上乱摸好吗？在下对清纯美少年可没什么兴趣！"

韩立嘴角带笑地调侃道，一只胳膊猛然一抬，再一反手，快如闪电地抓住了一只前半部分已悄悄伸进其衣襟内的手腕。

"咳！咳！这可真奇怪，我的手怎么会跑到兄台的怀里，肯定是它也和韩兄一见如故，迫不及待地想去打个招呼！"少年被韩立当场揭穿，先是一惊脸色泛红，但干咳了几下打趣几句后，就若无其事地慢慢抽回了手腕。

韩立并没有死扣住对方不放的意思，少年一用力，他就随意地放手了。

这时韩立倒对这叫吴九指的家伙起了兴趣，明明是个修仙者，却用江湖人的偷技扒窃他的东西，还真有些意思。

不过他的手法颇为高超熟练，若不是自己也修炼过类似的秘术，恐怕还真不易发觉他的小动作，想必屋内的不少人都吃过他的苦头了吧！

韩立刚想到这里，果然听见胡萍姑幸灾乐祸的声音："吴小子，碰见硬茬了吧？竟被韩兄当场抓住，看你还自吹什么偷技一流，干些小偷小摸的勾当！"

"小爷我乐意，怎么了？你想让我再偷你一次，我还不偷呢，浑身上下一点值钱的东西也没有，还来参加什么太南会？"吴九指撇撇嘴，刻薄地说道。

"你说什么，小屁孩！上次偷本夫人东西的事，还没和你算账呢！"胡萍姑一下子从椅子上蹦了起来，脸色铁青地说道。

而她丈夫大胡子虽然不曾言语，但也手按背后的大刀，怒目瞪视着少年。后来，韩立才知道，这位熊大力竟是个天生的哑巴，所以一切事情都以他夫人为主。

"好了！我们都是修仙之人，应以和气为主，你二人都退让一步，不要再争执了。"松纹道士见此皱了下眉，但还是出口劝解起来，然后又专门对吴九指郑重说道：

"吴兄弟,我知道你偷东西只是好玩而已,而且每次都会把失物还给主人,并无恶意。但是你这样做,迟早还是会惹出大祸的,并不是所有人都是好说话的,万一惹到修仙家族的人,怪罪于你,岂不是让我们想帮你也根本不占理吗?所以还是不要对其他同道开这种玩笑的好!"

少年听到松纹道士如此语重心长的劝说,也有些不好意思起来,他挠挠后脑勺,颇为诚恳地说道:

"其实我是在来太南谷的路上无意中得到这偷技的,只因为觉得好玩,就不知不觉地练了起来,并在各位身上小试了一把,实在对不住大家!不过既然这位韩兄都能让小弟失手,那说明大会上厉害的家伙会更多,所以大家尽管放心,小弟不会拿小命乱开玩笑,在大会上再使用偷技的。"

松纹道士听闻少年此话,脸上露出欣慰之色。

"吴兄弟资质过人,小小年纪就把第八层练至大圆满境界,实在是我们散修中的奇才,就是要这般多加珍重才对!"

"小弟不会辜负道长的厚望,还请大家以后多加关照!"吴九指向四周深深环抱了一礼,算是把这个梁子和大家解开了。

胡萍姑虽然脸上还有些不悦之色,但脸色却比刚才好多了,看来是勉强接受了对方的善意。

松纹道士这时才回过头来,对韩立笑眯眯地说道:"想不到韩兄弟刚刚一来,就立此大功啊,贫道要多谢了!"

韩立微微一笑,沉声推辞:"这和在下有何关系,全是道长化解有功!"

道士摇头笑了笑,便不再说什么。这时一个嗡嗡的含糊不清的声音响了起来。

"道士,你把我们都找来所为何事?和尚怎么不参加呢?"原来是皮肤白嫩的胖子,毫不客气地说了一句。

不过此人倒也有资格对松纹道士如此态度。韩立早已发觉,场上的所有人中就这胖子法力最为强大,似乎比那松纹还要深厚那么一分。所以也没人敢因这胖子的声音如此难听而有丝毫嘲笑之意，就连那吴九指也一本正经的样子，未表露丝毫不敬。

"看来这修仙界和世俗江湖也差不多，只有实力强大的人，才受人尊敬！"韩立见此有些讥讽地想道。

"呵呵！黄兄还是急性子啊！好吧，贫道说下把几位叫来这里的原因。"松纹把拂尘一甩，不紧不慢地说道。

"太南会已过了一半的时间，还有十几日就要结束，大家是不是也该出手了？如果要摆摊的话，最好还是一起行动的好，因此我找大伙商量一下。至于苦桑大师，他带来的东西已经全部换了出去，所以不必再参加商议了！"

"这样啊，的确是该把东西出手了，换些灵石还能买些其他东西。"顿时，屋内的人窃窃私语起来。

经过一番七嘴八舌的议论后，这些人纷纷表示明日一起摆卖东西，除了韩立之外。

"韩兄不愿一块行动吗？"吴九指有些愕然地问道。

其他人也都疑惑地看向韩立。

"在下带的东西本来就少，昨晚正好碰到几个合适的买主，就全都换了出去，所以就不打算跟几位一起行动了。"韩立神情自若地淡淡解释道。

"这样啊！那的确不需要和我们一起受罪了！韩兄弟还真是走运，刚来就把东西全出手了。"胡萍姑有些羡慕地说道。

其他人也都露出了"你这家伙真走运"的神情。

韩立闻言，笑而不语。

松纹道士见事情商议完毕，就高兴地站起身来说道："那大伙儿今晚好好休息一晚，明日打起精神来，希望都有个好收获！"

几人一听，也都站了起来，笑着准备离开。

就在这时，松纹道士似乎想起了什么，忽然神情郑重地对众人说道：

"对了，等太南会结束后，大家可别慌着离开。我听说近几次太南会结束后，有些和我们一样的散修在会后莫名其妙地失踪了。大家还是小心点的好！想来几位都不会错过天雾台升仙大会，大伙儿正好结伴而行，这样就安全多了！"

黑木兄弟和胡萍姑夫妇闻言变色，吴九指和那个红莲散人却一脸茫然，而胖子黄孝天却冷哼了一声，脸色阴沉了起来。

"对，松纹道长的话，我们兄弟赞同，还是结伴而行的好。"

"我们夫妇也不反对！"黑木兄弟和胡萍姑夫妇都连声赞同，看来吓得不轻。

"什么天雾台升仙大会？"吴九指突然问出了韩立也一直疑惑的问题。

"升仙大会"的名字，韩立从万小山那里开始已经听人说起数次了，但就是没有机会详细了解。"难道也是和太南会一样的交易会吗？"韩立暗自思量着。

"不会吧！连升仙大会都不知道？这可是越国十年一次，所有年轻修仙者拜入修仙大派的最佳良机。"黑木有些愕然，还有些兴奋地说道。

"吴兄弟这么年轻，肯定一直在其他地方潜修，不知道升仙大会也是情有可原。"松纹道士却没有大惊小怪。

"哦！那能说说吗？能加入七大派，这可是一步登天啊！"吴九指顿时兴趣大起，向黑木追问道。

"现在不是说什么升仙大会的时候，关于我们散修失踪的事，才是我们现在该讨论的问题。"胡萍姑也不知是不是针对吴九指，有些不满地说道。

"没事的，给吴兄弟讲讲也好，也许还有其他人也不甚清楚升仙大会的具体情况。"松纹道士含笑说道，韩立却感到对方有意无意地望了自己一眼。

韩立心中一凛，这松纹道士难道看出了什么？他可已尽量模糊了自己修仙新手的特征，并尽可能避免和这些人接触，但如今看来还是没瞒过此人的眼睛。这松纹道士的眼睛还真毒啊！

"既然松纹道长这么说了，那我就给吴兄弟讲讲吧。"黑木见此，也兴致高昂起来，颇有不吐不快的意思。

于是众人又再次坐回了原位，除黄孝天这胖子外。

"我对升仙大会的事清楚得很，就先回去睡了，你们继续吧。"胖子神情冷漠地道，然后不等其他人说话，就离开了屋子，留下了一屋子面面相觑之人。

"大家不要介意，黄兄所练的功法比较奇特，较为嗜睡，并不是有意怠慢的！"松纹忙替黄孝天解释。

屋内的人闻听此言，都苦笑了起来。介意？谁敢介意啊？这位可是法力比道士你还强的猛人啊！

屋内的气氛变得略有些尴尬起来。

"黑木兄，你继续吧！"还是吴九指打破了此局面，催促地说道。

黑木一听，笑了一笑，便又开口讲述起来。

"说起这升仙大会，就不得不说筑基丹了，这令所有炼气期修仙者疯狂的丹药……"

原来，所有炼气期的修仙者如果想要进入筑基期，成为修仙界的真正一员，除了要把基础功法练到七层以上，还必须服用只有大门派才可炼制成的灵药"筑基丹"，才有望突破境界瓶颈，筑基成功。

这就造就了筑基丹"升仙丸"的美名，让那些修仙者为之疯狂。

而在修仙大派，筑基丹也是奇缺无比。

因为筑基丹的原料极为难觅，即使整个越国修仙门派联手出物出力，也要每隔十年才有望出炉那么几鼎丹药，区区千余颗而已。

而这些丹药即使被各门派全瓜分干净，也远远无法满足他们自身的需要，所以根本不可能再有筑基丹流到外面。

可是，整个越国的修仙界还是有许多把基础功法练至七层以上的修仙者存在，这些人也迫切需要筑基丹来帮助自己突破瓶颈。

这样一来，一方面因为筑基丹极为缺少，且都被大门派把持在手，另一方面，需要筑基丹的散修也越来越多，在外界又找不到一颗丹药，这就造就了两者之间的尖锐矛盾，甚至一度让那些怒火中烧的低阶修仙者极为仇视这些门派。

那些修仙大派的人自然也察觉到了这种不妙的势头，可一时之间也是无计可施，毕竟筑基丹他们自己都不够用，怎么可能再拿出一些给门派外的人呢！

但天下没有解决不了的难题，最终这个危机还是被某个门派中的一个天才给解决了。他想出的办法是：每当筑基丹出炉时，就从外界挑些资质过人的散修，让他们加入这些大门派，再给他们服用筑基丹。

这样做，既能让筑基丹不外流门派外，肥水不流外人田，还能够挑出资质优秀的弟子，又可消除其他低阶修仙者的不满，毕竟能加入修仙大派，这些修仙者哪能不乐意，真是三全其美的好事。

不过这挑选的方法自然要做到公正严明，不能给人留下口舌，否则就会适得其反。

于是这些门派就采用了最经典、最能令人信服的弱肉强食之法，以打擂台的方式，让实力过人者来夺取加入他们门派的资格。

而七大门派各自拿出了十个弟子名额和十颗筑基丹，奖励给最后的十名胜出者。

当然，他们会对年龄做出一定的限制，不会收年龄在四十岁以上的人入门，这些人即使资质再好，也实在没有培养的前途了。

就这样，升仙大会便诞生了。

而能在擂台上胜出的人，果然大都是法力深厚、资质过人的良才，让得到这些优质弟子的修仙门派乐不可支。

而其他修仙者的怨气也随着大会的举行烟消云散，他们的注意力全都放在了这十年一度鲤鱼跳龙门的机会上了。

这升仙大会就这样一届届地办了下来，而每届都有七十名幸运儿成为七大门派的弟子，这让其他修仙者更加为之疯狂了。

到最后，几乎每个适龄、自认实力不弱的炼气期修仙者，都会拼死尝试几次闯擂，希望能走狗屎运，化鱼为龙！

但这擂台也不是那么好打的，毕竟法术可不是他们这些低阶修仙者说控制就能控制得了的，每次都会死伤不少人，也让打擂的不少人之间结下了深仇大恨。

黑木这一说就是近一个时辰的工夫，吴九指听得津津有味，大有收获。而在一旁一同听着的韩立更是获益匪浅，对修仙界的事有了更深的了解。

"我要是闯擂成功，岂不是也能成为大门派的入门弟子了？"吴九指听完之后，一脸的向往之色。

"做梦吧，你这样的水平去打擂，不是死也是伤！"胡萍姑听完吴九指的白日梦话，忍不住讥讽了几句。

"为什么，我不行吗？第八层的功法还没资格上擂吗？"吴九指这次倒没生气，反而一本正经地向胡萍姑请教起来。

胡萍姑有些惊讶，但犹豫了一下后，还是说道：

"吴小子，你知道去年夺魁的七十人都是什么样的人吗？在擂台上死伤的和你同样水平的修仙者又有多少？"

"还望胡大姐赐教！"吴九指颇为诚恳地说。

"那次升仙大会的夺擂战，我亲眼目睹了全过程，现在想起还后怕不已。"胡萍姑似乎想起了什么可怕的事情，脸色有些发白。

而她丈夫大胡子见此，连忙把手搭在她肩上，以示安慰。胡萍姑回头深情地望了她丈夫一眼，脸色缓和了许多。

"我们夫妇二人是不打算参加擂台赛了，只计划去看看而已，预备在炼气期待一辈子了。而你们既然还有雄心壮志，那我就告诉你们一些擂台赛的厉害之处，免得你们死得不明不白。"胡萍姑淡淡说道。

"首先，报名参赛的人，五行基础功法必须过第七层境界，这也是服用筑基丹最起码的要求。其次，报名之人年龄要在四十岁以下，超过此年龄的人也不要想蒙混过关，因为大会负责报名事宜的人，会用观骨术察看每个报名者的真实年龄。

"只要符合以上两个条件，谁都可以去报名，没有其他任何限制！但也因此，这擂台赛变得更加惨烈。"

"你们觉得太南谷现在这么多人正常吗？这里面大部分人其实都是冲着升仙大会来的。要知道我们太南会原本只是岚州本地年轻修仙者的交易会，往年这会召开时，总共只有数百人而已，而如今你们看看，这谷内少说也已聚集了上千人了，而到最后几日，来自更远地方的人才会陆续到来，到那时才是这太南会交易的最高峰。

"这些人之所以会先来我们太南谷参加太南会，一方面是想淘换些所需的物品，另一方面又何尝不是想趁此机会，先观察一下即将在升仙大会上遇到的对手，好做到知己知彼！"胡萍姑苦笑着说道。

吴九指一听脸色大变，骇然说道："照胡大姐所说，这谷内我见到的那些功法达到了十层的高手，也是来参加升仙大会的了？那还比什么，其他层次低的人上去，不是找死吗？"

"这可不一定，谁说层次高的人一定能赢层次低的？要是法力弱些的人使用了一些大威力的符箓，或随身携带某些厉害的法器，照样能把那法力高的人打得满地找牙。"原本从进屋开始就一直没有说话的黑金，突然冒出了这么一句话。

"不错，黑金兄弟说的很有道理，像我等修仙之人的争斗，法力深些浅些并不是最主要的，最重要的还是看所掌握的法术威力大小和对它们的灵活运用，以及所能借助的随身器物的威力！"松纹道士也十分赞同地说道。

"黑金兄弟和松纹道长的话，的确是说到点子上了，否则这升仙大会根本不用召开，只要所有参加的人往那一站，比一下法力深厚就可以了。"胡萍姑笑了起来。

听了黑金等人的话，吴九指并未高兴起来，却愁眉苦脸地嘴里嘀咕个不停。

"厉害法器……大威力符箓……"

胡萍姑这次没有理会吴九指，而是继续说道："因为参加擂台战的人太多，所以升仙大会会同时摆下七座擂台，代表越国七大修仙门派，谁想成为哪派的弟子，就可上哪座擂台进行比试。擂台选拔采用的是两两胜进制，两人比试，胜者可进入下一轮，败者立即淘汰，然后再换另外两人重新比试。就这样一直比下去，直到经过全场通告，再也没人参加这擂台比试为止，就开始下一轮胜者间的比试。如此循环往复，最后剩下的十名胜者，就是此修仙门派的新入门弟子，不用参与门内同样激烈万分的竞争，就可获得服用筑基丹的资格，可谓一步登天！升仙大会擂台比试的流程说起来就是这样的。不过别看我说得简单，可实际台上的那种惨烈景象，根本无法形容！"

胡萍姑说着说着，感慨起来："我记得上次的擂台战中，光死去的功法十层的修仙者就有十几个，甚至还有一对十一层的大高手也撞到了一起，结果同归于尽！至于九层和八层的修仙者，死在擂台上的就更多了，听说不下百人，毕竟到了最后几回合的人，没有哪个会轻易放弃即将到手的大好前途，死伤得就更厉害了！"

胡萍姑说到这里，脸上一片惋惜之色。

"基础功法练到第十一层的，还要上台比试吗？我听人说过，修仙派不是自动收录这样资质过人的奇才吗？那两人何必还要上台拼命？"

一个女声突然响起，竟是那沉默寡言的少女红莲散人开了尊口。

胡萍姑闻听此言，笑了起来。

"红莲妹子的疑问，当年我也有过，也曾百思不解，后来遇上了一位我们散修的老前辈，略加指点才恍然大悟！吴兄弟和韩兄弟，恐怕也都有此疑问吧！"

"不光他们不明白，就连我们兄弟俩也觉得纳闷，十一层的奇才有好好的光明大道不走，干吗非要挤这座独木小桥，一个不慎就摔死了！"黑木也紧锁眉头，一脸的不解。

"我看松纹道长气定神闲，想必对此早就了然于胸，还是道长来给他们解释一下的好！"胡萍姑咯咯笑了几声，轻飘飘地把问题甩给了道士。

松纹道士有些意外，但沉吟了一下后，随即开口说道：

"其实那两人都是修仙家族的人，他们的十一层境界恐怕是花了不少的丹药硬提升上去的。"他摇摇头，似乎对这二人的做法不以为然。

"用丹药提升境界不是很正常的事吗？他们还是可以拜进修仙门派啊！"吴九指睁大了眼睛，有些疑惑。

"吴兄弟忘了一件事，能在四十岁前练成十一层功法的人，对我们来说也许是奇才不假，但在那些传承多年的大门派眼里，这些人也只是资质普通，刚达到他们入派要求的后备弟子而已，否则这些人在小时候就早已被修仙大派收为正式弟子了。就是他们家族觉得，他们这样的人勉强进入修仙门派也没什么前途，根本没希望在众多比他们资质更好的弟子中夺得服用筑基丹的资格，这才干脆把他们留下，专门培养。他们一直潜伏数十年，就是为了在这升仙大会上一鸣惊人，直接夺得服用筑基丹的资格，也算是另走捷径。只是他们家族也没想到，竟然那么巧地让两个抱有同样打算的人碰到了一起，结果还同归于尽了！要不然，肯定会让他们如愿以偿！"

松纹道士一边说，一边不停地叹息，而吴九指等人早就听得眼睛都直了。

"我说近几届的升仙大会怎么越来越激烈了，十层、十一层往日听都没听过的高人，一个接一个全都出现了。"黑木喃喃自语道。

少女和吴九指也默然无语。显然，这情报大出他们的意料。

"想想看，一边是修仙家族精心培养和全副武装的大高手，另一边是我们这些缺钱少物的散修，你们觉得我们散修，能有几人夺擂成功？"

胡萍姑神色淡然，还带有几分自嘲。

"照这样说，先前那些修仙门派通过升仙大会得到如意弟子，也是假的了，是在打肿脸充胖子？"韩立摸了摸鼻子，显得若有所思。

"韩兄弟说得没错，世上哪真有三全其美的好事？能两全其美就不错了！"胡萍姑斜瞥了黑木一眼，让黑木脸色微微一红。

"难道我们散修真不如修仙家族弟子吗？即使他们那些修仙门派挑剩下的人，也比我们普通散修强这么多？"红莲散人不服气地问道。

"虽然不想承认，但我们散修中出现高手的概率，的确比对方低得多，更何况我们单独个人在人力和物力上更不能和人家一族相比，在外部条件上，就比对方差得远了！"松纹道士的声音，有些苦涩之意。

"我也听朋友说过，即使我们散修有侥幸成为修仙门派弟子的，服用筑基丹后，能筑基成功的也寥寥无几！"黑木也沮丧地说道。

"好了，大家不要垂头丧气！我们都还年轻，这次不行，还有十年后的下一次！说不定那入门弟子的身份，正在未来等着大家呢！现在还是说说会后结伴而行的事吧！"松纹道士给众人打完气后，又把话题岔开了。

"没有什么可说的，我到时和大家一起走就是了，听到这修仙界有这么多厉害的家伙后，我还真有些不敢独自上路了！"吴九指还是有些无精打采。

松纹道士无可奈何地摇摇头，又看向了红莲散人。

"我也继续和几位一起。"红莲散人倒很干脆。

"好，好！韩兄是不是也打算好了？"道士很高兴的样子，又向韩立问道。

韩立听闻此言，犹豫起来。

按理说，像他这样的新人，继续跟着这小团体应是最佳的选择，但韩立心里却不知怎么了，总觉得有不妥的地方，似乎真的要这么做的话，肯定会后悔的。

"在下还是等交易会结束后，再做决定，并不急于一时。"韩立微笑着说道，他决定先拖拖再说。

"咦！"韩立的这句话显然出乎了其他人的意料，让松纹等人有些愕然。

"韩兄有什么好犹豫的，我们散修在一块才能不被人欺负，更何况小弟对韩兄能识破在下的偷技还大有兴趣，想在以后的日子里多切磋一下呢！"吴九指有些不满。

韩立听了吴九指的话，并未动气，只是笑而不语。

"呵呵，韩兄并未说一定不和我们一起上路，只是说要考虑一下，这也是人之常情嘛！"松纹道士连忙劝解道。

"是啊，松纹道长的话说到在下心里去了，在下的确有些难言的苦衷，所以才要慎重一些！"韩立露出了一副感激的神情。

"这样啊，那算我多事了！"吴九指觉得自己好像变得里外不是人，大为不悦。

松纹道士无奈地笑了笑，用一种兄长包容顽弟的神情，暗自冲韩立抱以歉意。韩立自然不会把此事放在心上。

不过既然此事已解决，众人都纷纷起身，告辞回去了。韩立也在二楼找了间空屋子，安歇了下来。

到了第二日，除了和尚和韩立外，其他人都走出阁楼，结伴出摊去了。

此时，和尚在一楼厅内继续念禅，而韩立则在屋内用手指轻抚着一打符纸，陷入了沉思。

"这所谓的初级下阶符纸，上面有灵光微微闪动，果然和普通的符纸大不一样，看来不是其原料有特殊之处，就是需要某种法术给予加持。"韩立想道。

韩立拿出这符纸，原打算实践一下以前所学的定神术，但是他突然间想到，似乎绘制定神符光有符纸是不行的，还需要毛笔和丹砂之类的东西。而这两样东西，在修仙者的小摊上好像都有卖的。难道这些物品，也不能用世俗界的，必须是修仙者特制的吗？

想到这里，韩立在屋内坐不住了。他决定去找一下和尚，反正他是修仙新手的事也瞒不住了，还不如大大方方地直接去问。

"施主所想不错，想要成功绘制一道灵符，除了必须用特殊原料制成的符纸外，也须用蕴含灵气的妖兽之血调制的丹砂才行，至于笔则视情况而定了！"苦桑和尚在听完韩立的疑问后，平静说道。

"苦桑大师，什么叫'视情况而定'？"韩立盘坐在和尚对面，认真地问道，没有一点不好意思的样子。

"我们修仙者绘制灵符所用的笔，除了可以用妖兽身上灵毛制成的毛笔外，还可以用某些天材地宝之类的炭笔，这些都可以增加制符的成功率和符箓的威力。但如果没有条件的话，世俗界的普通笔也行，只是那制符的成功率实在是低得可怜。"和尚轻摇着头，看来是不赞成韩立用最后一种方法制符。

"多谢大师指点啊，那我出去看看，有没有可能换到一支制符笔！"韩立站起身来，冲着和尚一抱拳。

"施主慢走！"和尚再次闭上眼睛，继续他的参禅大业。

看来今天不出去一趟不行啊！记得那笔和丹砂都不便宜，大概要六七块低阶灵石的样子，难道还真要把那刚到手的飞行符给卖了？

韩立一边走一边想着，人就出了阁楼，向交易场走去。

现在是上午，所以路上的修仙者三三两两，并不算冷清，但瞧他们的方向似乎都是往交易场去的，看来大部分都是像道士他们那样出摊的人。

"快看，好大的鸟啊！"一名修仙者突然惊呼起来。

接着，一个巨大的黑影从韩立等人的头顶一掠而过。

韩立大吃一惊，急忙抬头望去。

只见一只小牛般大小的双头怪鸟，正从他们头顶飞过。

这鸟似鹰非鹰，长满了灰色的羽毛，双翅展开有数丈之宽，身下还有一对如同镰刀般锋利的爪子，而脖颈上两颗秃顶的凶恶鸟头，则有四只小眼微泛着绿光。

好凶恶的一只妖禽啊！

"好丑啊！"

"这么大！"

"快把它抓住，当坐骑用正好！"

…………

下面的修仙者们纷纷驻足，议论了起来，还有些甚至跃跃欲试起来。

"你们不要命了！这是第一修仙大族姑雨山燕家圈养的灵禽'双首鹫'，上面肯定有燕家的人在，想自寻死路吗？"

几句冷冰冰的话语，把某些人的美梦给浇醒了。

"燕家？那个在修仙大派外，唯一拥有结丹期修士的修仙家族？"有人失声大叫起来。

"不是这个燕家还是哪个燕家？我比你们来得早些，所以见过这'双首鸳'一次，还知道此次燕家派了兄妹两人，要参加升仙大会的擂台战！"又一名修仙者得意扬扬地显摆道。

"不是吧！燕家也派人参加升仙大会了，往年他们可从不派人啊！这样一来，岂不就少了两个名额了！"

"就是，万一在擂台上碰到了燕家二人，岂不要倒大霉！"

…………

这些修仙者脸色都有些不好看，有的人甚至唉声叹气起来。

韩立却冷冷望着远去的怪禽不语，看此妖鸟形象，分明就是那席铁牛曾见过的怪鹰，而那对神仙男女就应是燕家兄妹了。韩立若有所思地想着，而附近的修仙者们经过这一小小风波，又各行其事了。

最后，韩立淡淡一笑，一脸洒脱地继续向街场走去。

此时的广场上人已不少，虽然还比不上昨晚看到的那么热闹，但也算是人气十足。

韩立摸了摸怀中尚存的多瓶丹药，决定看看能否用这些药再换些东西来。

于是，他这次没从原来的入口进去，而是从广场的另一端切入，打算从另一边开始逛起。

路上，韩立的目光不时地左右打量着，货摊上的各种材料和符箓，还有一些古里古怪的法器，让他目不暇接。

突然，韩立的脚步在一个货摊前停住了。他望着摊上的一本不厚的书籍，有些出神。

这本书前面的标价牌上标注着：《长春功》，木属性修仙基础功法，价值两块低阶灵石。

"这本书，我要了！"韩立缓缓低下身子，拿起此书略为翻了一遍，就抬头平静地对摊主说道。

"两块灵石！"一声清脆的女音，传进了韩立耳中。

韩立一愣神，这才发现对面一直低头看书的摊主，竟是个甜美可人的少女。

"这本书没有残缺吧？"韩立回过神来后，问道。

"没有，一到十三层长春功法诀，一句不少。"少女大方地说道。

韩立点点头，又胡乱翻了几页，这才把书给合上。

"接不接受丹药兑换？"韩立直截了当地问道。

"丹药？"少女有些愕然，把美目睁得大大的。

"这要看什么药了，若是疗伤治病之类的药，可不太值钱！"少女温婉地抚了一下额前的乱发。

听少女这么一说，韩立就知道此事极有可能，便不客气地摸出了一瓶黄龙丹，放在了少女面前。

"固本培元类，可精进法力的丹药！"韩立也不谦虚。

"固本培元类？"

少女本来一直从容不迫的神情，瞬间紧张了起来。她把身子一探，凑到韩立身前，轻轻托起了玉瓶，倒出了一颗丹药，然后低头辨闻起了药性。

韩立站在对面，把少女探露出的一截玉颈看得一清二楚，而且因为少女离他太近了，一股清雅的女儿家体香扑鼻而来，让韩立心跳不由得加速，脸色也微红起来。

"真的是精进法力的丹药！"少女闻了一会儿后，惊喜地叫道。

她抬起头，一脸喜色地望向韩立，期盼地说道："这样的丹药阁下还有吗？如果有的话，有多少就换多少，我这摊子里的东西可以随意挑拣。实在不行的话，我也可用灵石收购！"

说完，少女把那瓶药抓得死死的，眼睛一眨不眨地盯着韩立，生怕从对方嘴里听到个"不"字。

韩立看到原本温婉可人的少女突然间紧张成这样，反而觉得好笑起来。但也不由得暗想，看来他对这类丹药的价值还是低估了，以后要更加谨慎点才是！

"这位姑娘别急，我们先把眼前这笔生意做完，再谈下一个好吗？"韩立原本想拒绝对方的，但看见对方清澈的眼神时，不知怎么忽然想起了家中的小妹，心一软，这番话就脱口而出了。

"实在不好意思！我有些失态了。"少女仿佛也察觉到了自己的失礼，脸色绯红起来。

"这本书，只要两颗这种丹药就行。"少女神色平静下来后，说道。

韩立一听，觉得对方提出的条件还算公道，就答应了下来，然后开始把目光往摊子上其他物品扫去。

"这是什么？"

一个不起眼的灰色小布袋引起了韩立的兴趣，特别是这个袋子还被一条细丝红绳把袋口给扎得紧紧的，里面鼓鼓囊囊的。韩立伸手抓起了它。

"这些是七星草的种子，十年以上的七星草是制作符纸的最佳原料。"少女脆声解释道。

韩立心中一动，这个东西可大有用处，便毫不犹豫地把袋子放到了身前。

"其他东西，对我没什么用处了。"韩立大致又看了一遍后，缓缓说道。

"真的不选了吗？这个寒冰符很厉害的，还有这回春符，可以让你体力大幅恢复……"少女有些不甘心，主动上前，给韩立推荐起来。

韩立见少女一副你真不识货的娇憨样子，不禁有些哑然失笑。

"有什么好笑的？"少女再次脸红起来。

"我其实只是想买些丹砂和一支画符用的笔，可惜你这里并没有！"韩立还是难得地说了大实话。

"丹砂和画符笔啊！"少女皱了一下眉，有些犹豫起来。

她低头沉吟了片刻，好像下了很大的决心，猛然抬头对韩立说道：

"丹砂我没有，但我有一支妖兽金睛猿颈毛制成的上好符笔，只是它的价钱很高，你有足够的丹药换取吗？"

韩立一听，有些惊讶，但仍笑吟吟地道："只要东西好，丹药嘛，我会让姑娘满意的。"

少女听闻此言，这才放下心来。

她掏出了一张灵符，用手在符上虚画了几下，然后把符往空中一扔，符立即化为一溜火光消失了。

"阁下稍等片刻，我兄长一会儿就会把东西带来！"少女有些不好意思。

"没问题，只要的确是好东西，多等一会儿，我不在乎的！"韩立坦然道。

等待的过程中，韩立和少女没有再说话，倒让两人间颇有些暧昧的感觉。

"妹妹！"一个大嗓门突然打破了这种微妙的气氛，让韩立不禁想狠狠地瞪对方一眼。但等韩立转身，看清楚来人后，不禁吓了一跳。

一个身材完全不下曲魂的魁梧巨汉正向这边飞奔而来，一路上把一些修仙者撞得东倒西歪，那些修仙者正准备发作，但是等看清楚巨汉远超常人的身材后，全都面露骇然之色，犹豫了一下，也只好捏着鼻子认了。

少女看了巨汉的举动，有些头疼起来。自己这位兄长行事太莽撞了些，这不是无缘无故与其他修仙者结怨吗？

"给，妹妹！我把东西带来了。"巨汉夹带着一股狂风，冲到了韩立身边，伸出一只蒲扇般的大手把一个细长的木盒递给了少女。

少女顾不得埋怨兄长的莽撞，而是立马把木盒转交给了韩立，示意韩立打开来看看。

韩立接过盒子，看了少女一眼后，才把盒子打开，露出了一支从笔尖到笔杆通体散发着淡淡黄光的金黄色毛笔。

"此笔曰金竺，笔尖用二级妖兽金睛猿颈毛制成，笔杆则用金精和乌铁混合而制成，再经筑基期的修士用文武火祭炼三天三夜，才大功告成。"少女轻轻说道，但一脸留恋地盯着此物，神情中颇有不舍之意。

他虽然对少女所说的不全懂，但也知此笔非同寻常，是大有来历之物，不禁对对方愿意割舍此物而大感惊讶，难道就是为了那些丹药？

"姑娘真要把此笔换给在下？这可是件异宝啊！"韩立用手指轻轻抚摩着滑溜溜的笔杆，打量着笔杆末端铭印的"金竺"二字，沉声确认道。

少女看出了韩立的疑虑，犹豫了一下后，还是决定道出实情，免得对方以为此物来路不正，不敢收取。

"这支笔是我族上遗留之物，是某制符高手用过的。但可惜的是，我兄妹两人在制符上没什么天分，白白浪费了此物，而我兄长要参加此次的升仙大会，功法已到了瓶颈，非得借助药力才可突破，所以才愿意用此物换取阁下的丹药。"少女幽幽道来，神色有些无奈。

"怎么又遇上一个功法到了瓶颈的家伙！这也太巧了吧？"韩立疑惑地想。

其实倒是韩立想左了。

凡是准备参加升仙大会擂台比试的人，十个人中有七八个都是卡在瓶颈期，无法再突破之人。因为凡是自认还有潜力渴望能更进一层的人，大都不会立即参加升仙大会的擂台战，而是会躲起来继续苦修，希望能更进一层。这样参加下次大会时，他们闯擂成功的把握会更大一些。这也就造成了每届升仙大会召开前，能精进法力的丹药全部有价无市的局面。

第六章
制符之道

韩立欣喜异常地揣着装有金竺笔的木盒，走在回阁楼的路上。

他用了三瓶黄龙丹和四瓶金髓丸，从少女手中换下了这件宝物和那袋七星草的种子。随后，他又在其他摊点随便买了些丹砂，就兴冲冲地赶了回来，准备进行他的画符大业。

解开禁法进了小楼后，韩立看见小和尚还在打坐中，便未去惊扰他，自行上了二楼，回到了屋内。

把符纸和丹砂分别在桌上摆好，韩立就拿出了金竺笔，开始投入到定神符的制作中。

他按照定神术所说的制符方法，把身上的灵力通过持笔的右手，缓缓注入到笔杆之中，再用笔尖蘸上些许丹砂，在一张符纸上，画起了符咒。

一刻钟后，韩立面带喜色地直起了身子，伸了伸有些酸痛的腰身，看着桌上银光闪闪的灵符，不禁心花怒放。

从外观上来看，这张灵符和墨大夫使用过的那张一模一样，上面蕴含的灵气虽然淡了点，但不管怎么说，也比韩立以前练习时制作过的伪劣货强太多了。

毕竟那些练习品仅是外形相像而已，一点灵力也没有。

韩立拿着新出炉的灵符，兴奋地观摩了起来，感到满意之后，就准备尝试一下定神术。谁知还没等他施法念诀，那纸符上的灵力突然间紊乱起来，大有暴起的迹象。

韩立一惊，不假思索地急忙把此符抛了出去。

"扑哧"一声，那定神符在空中无故自燃起来，变成了一团火球，烧得一干二净。

韩立呆呆地望着半空，半晌之后，叹了口气，看来此符还是失败了。

韩立略有些沮丧，但信心并未失去，毕竟他觉得刚才那道符已经离成功很近了，相信再努把力，多制作几次，肯定会成功的。

就这样，接下来的半日里，韩立制作了一张又一张定神符，但也一次又一次地失败了。

那些做出的灵符，不是自己燃烧，就是会突然间爆炸，还有的干脆一画完灵力就迅速消失殆尽，成了废纸一张。

当韩立看着最后一道刚完工的纸符也"啪"的一下爆得粉身碎骨后，一向冷静的他再也忍不住了，抬头望着屋顶，突然张口大骂：

"死老天，你要我！一打十二张符纸，怎么也应成功一次吧。这只不过是初级下阶的定神符啊！莫非今天的日子没选对？"

此话出口后，韩立顿觉心中郁闷轻了许多，心情也舒畅了些。

他歪头想了一想，侧眼看了一眼桌上只剩下小半存量的丹砂盒，以及那根金竺笔，觉得原因不是在这些物品上面。因为他将灵力注入笔杆的过程非常顺利，而那丹砂一被画在符纸上也是灵气昂然，不像是假货。

一时之间想不出原因的韩立，思虑了片刻后，还是决定去问问小和尚，看看对方能否给他解惑。这时，韩立才觉得在修仙路上能有个师辈之类的人给予指点真是太重要了，心中颇动了些拜师的念头。

小和尚听完韩立画符失败的抱怨后，用一种异常古怪的眼神直盯着他，像是韩立脸上突然间开了朵好看的小白花一样。

韩立见和尚如此模样，心里也有些发毛，不知自己刚才所说有什么不对之处，让对方这样盯着自己。

"韩施主恐怕对制符一道了解甚少吧！"小和尚终于开口了。

"苦桑大师说得不错，在下是第一次制符。"韩立老实地承认。

"在我们修仙者中，其实没有多少人会亲自制符，有什么需用的灵符，一般都会去各地的交易场换买。即使是那些大家族中的人，也是一样。"

"为什么？"韩立惊讶了。

"很简单，经验丰富的专职制符师太少了，而培养一名合格的制符师花费的代价又太大了，只有那些修仙的大派，才有实力培养得起。"和尚微笑着说道。

"韩施主觉得自己一连失败十几次，很是窝囊，对吧？"和尚问道。

"是的，光材料钱，都够我买数个现成的定神符了！"韩立懊恼地说。

"可是，施主知道吗，想学制符的新手，一开始在制符上接连失败个上百次是正常的事。要是碰上资质差点的人，就是持续失败数百次，也不稀奇。只有在制符上千次以后，成功率才可能逐渐增加，这还只是指同一种灵符的绘制。要是换了另外一种符箓，虽然不能说还像新手一样，但一开始的失败率还是高得惊人。所以一个合格的制符师，要没有经过数万次的制符练习，根本不可能培养出来。可韩施主想想，这样的材料损耗又有几人能受得了？不要说修仙家族，就是修仙大派培养出来的制符师，也只能在初级制符上有所建树，要让他们去练习中级符箓的制作，恐怕那些大派也要倾家荡产，无法负担得起。毕竟越是等级高的符箓，所用的制符材料越是昂贵得出奇。"

和尚说出的这通话，让韩立目瞪口呆。

"那怎么在货摊上，还有人在卖丹砂和符纸！"韩立转念一想，又觉得不对劲。

"呵呵！那些丹砂和符纸，是卖给修炼符术的人用的。"小和尚笑着说道。

"符术？"韩立不解起来。

"就是和阁下所习的定神术一样,必须使用事先绘制好的符箓,才可生效的法术。和那些把法术存储在符纸内,意图让人使用方便的符箓不同,符术所用的灵符无法简单用灵力激发,还需要念咒施法才可,不过一般都不复杂,很容易就上手了。

"符术因为经常要使用同一种符箓,所以这些人觉得去买的话太不划算了,于是就和施主一样,自己去练习符箓的绘制,因为品种比较单一,花费虽然不小,但总算能承受得起。所以施主真想修习定神术的话,从长远上来说,自己制作符箓最好了,但如果不常用此术的话,还是花点小钱,干脆买几张定神符备用即可。"小和尚细细讲道,最后还给了韩立一些建议。

"多谢苦桑大师指点!"韩立很有诚意地深施了一礼。

"施主多礼了!"和尚忙回执了一礼。

"这小和尚倒很好说话,以后若还有什么疑难之事,倒可以继续去请教他。"韩立在回屋的路上,暗暗想道。

"看来,现在专门练习制符是不可能了,还是以后抽空去买几张定神符备用吧。倒是身上的长春功早已练到第八层顶峰了,如今得了后几层的心法,看来是到突破瓶颈,进入第九层的时候了。另外新得到的几种法术也要练习一番,早些把它们掌握住,也可增加几分实力。"

韩立推开屋门的一刹那,脑中就已想好了今后的安排。

就这样,韩立在之后的日子里,白天在屋内大把地吃药,打坐炼气修炼长春功,晚上则跑到谷内无人的地方,练习新学到的几种法术。这几种法术分别是"流沙术""冰冻术""升空术""缠绕术""传音术""匿身术""火花术",以及最难练的"地刺术"。

经过十余日的苦修,韩立终于在太南会结束前的最后几日,把长春功突破到了第九层,令吴九指等人目瞪口呆,松纹道士更是连称韩立是散修中的奇才!

可韩立却心知肚明,若没有那十来瓶丹药下肚,他哪有这么容易破关的!不过说起来,他身上的丹药也不多了,看样子应该再调配些出来了。

至于那几种法术，匿身术和传音术都是和天眼术相类似的辅助法术，只要略懂法力谁都可以学会，所以韩立很轻松地就上手了。

其中的传音术就是韩立见过数次的必须使用传音符才可运用的符术。

匿身术则是普通法术，是让灵力附在全身，使身体变成和周围环境相似的保护颜色，让人不易发觉。这个法术有些鸡肋，因为天眼术可轻易地把它破掉，根本起不了瞒过其他修仙者耳目的作用。

流沙术和冰冻术都是地域性法术，一个可以让法力所及的地方化土为沙，一个可让有水的地方凝结成冰。这两个法术的威力大小完全视施法者的法力深厚而定。若是大神通之人来施展，就是化千里良田为沙漠，凝长江大河为冰川，也不是不可能的。

它们之所以会被列为初级下阶法术，只是因为这两种法术比较好学，就是炼气期的低阶修仙者也可轻易学会，只不过因法力所限，范围小得可怜而已。

韩立原本学习这两种法术很吃力，但是在忽然突破到第九层，法力比以前激增一倍后，这两个法术也一下子得心应手起来，已可把一块桌面那么大小的地方随心所欲地变沙或凝冰，让韩立一度激动不已。

而剩下的几种法术，韩立一时无法领会，无奈之下只能待以后慢慢推敲和研究了。因为太南会就要结束了，来参加交易的年轻修仙者的人数，终于在太南会的最后两天达到了最高峰。

此时，在韩立所处的大交易广场，挤满了两千多名修仙者，出摊的人更是比以前翻了数倍，他们大都想抓住最后机会，把还没有换出的物品，全都兜售出去。而许多不知一直窝在哪里的高层修仙者，也纷纷露面，他们也想乘此良机，观察那些可能成劲敌的同道。

韩立则苦笑了起来，他发现即使自己已进入了第九层，但在这么多修仙者中，还是只能排在中等之流，九层之上的人还真是不少啊！

韩立现在既没有灵石，丹药也寥寥无几，所以没有什么淘宝的念头，只是顺着人流一个摊位一个摊位地走过去，哪里人多就往哪里去，为的只是听听修仙者对买卖物品的评论和见解，好长长见识。

别说这一路听来还真让韩立大开眼界，对一些法器和材料了解了不少。比如说：可以自动追敌的飞镖法器，可以往外喷火的葫芦，能砍到人让人冻结的长刀；银翅蚁的卵可以制药，百年铁线蛇的鳞片能铸器；等等。

韩立越听越觉得有趣，不知不觉就来到了广场的中段。

"不行，你这个东西我不要，拿其他物品换！"

"这可是法宝的残片！就这材料换你的钵绰绰有余！"

"我要这残片有什么用？还能找到结丹期的修士把它炼化不成啊！休想换我这回风钵！"

一阵激烈的争吵声，从前面一个摊位传来。

"法宝残片？"这个让所有人大吃一惊的声音，立刻让附近的修仙者炸了锅，哗啦一下把那个摊位围得水泄不通。

要知道，法宝可是低阶修仙者白日做梦也不敢想象的东西，如今竟然在这太南谷出现，就算只是个残片，那也是个稀罕物件，让这些修仙者如同闻到了腥味的猫一样，心痒难耐。

"在哪里？"

"让我看看！"

"这就是法宝吗？"

"啧啧！真美啊！"

"就这破布啊！"

…………

韩立因为离那个摊位比较近，再加上身手原本就比普通修仙者敏捷得多，所以倒让他抢了个里圈的好位置，把眼前的一切看得一清二楚。

只见在这摊位前面，站着一个二十七八岁模样的汉子，皮肤黝黑，手脚粗大，猛一看还以为是哪个田里的农夫混进了太南谷。然而，凡是用天眼术看过此汉子法力的人，都不禁倒吸了一口凉气。这黑兮兮的汉子，竟是个十层的大高手。

"和这位较劲，那不是找死吗？"有些修仙者暗自称奇，把目光落到那摊主身上。这摊主是很普通的青衣人，法力只有七八层的样子，但面对眼前的汉子，脸上却没有丝毫畏惧之色。

有人注意到摊主衣领上绣着一片树叶形状的图案，这时修仙者们才恍然大悟。原来这位是有名的修仙家族秦叶岭叶家的弟子，怪不得这样有恃无恐。

在这两人之间的摊子上，放着一个有奇怪花纹的黄钵和一小块半透明的布料状物品。

这破布一样的物品，皱巴巴的，周边还参差不齐，像是狗啃过的一样。唯一引人注意的地方，就是上面不时闪烁着白色光芒，有些奇特。

这就是法宝残片？看到实物之后，围观的人中有不少大失所望，觉得和他们心目中的法宝相差甚远。

"这残片很奇妙，只要用它罩住的物体，会立即隐形，而且一丝灵气都不会外泄，还不会妨碍灵气从外面进入。"黑汉冷着脸，大声给摊主解释道。

说完他突然把袖口朝下，从里面钻出了一只银色小鼠。

"一级妖兽吃金鼠！"围观的修仙者中，有人叫出了此鼠的名称，又引起了一阵骚动。

"真不愧是十层的高手啊！竟然连一级妖兽都抓得住！"许多人不禁暗暗想道。

这时，黑汉子拿起那块"布"往银鼠身上一罩，结果，奇迹出现了！银鼠和"布"立即消失不见。即使许多人用天眼去看，也毫无所获。

汉子看到众人的惊讶之色，有些得意，然后猛然在原地一抓，手中立即多出了一块"布"，而那银鼠也立即显出了身形。

"而且不仅是活物，就是死物也有同样的效果。"

说完此话，汉子拿出了一把寸许长的、灵气逼人的小刀放在摊上，并再次把"布"罩上，结果同样消失无影了，而且一丝灵气也没外泄。

"真奇妙啊！"

"能隐形呀！"

"啧啧！不可思议！"

…………

围观的人，议论纷纷起来。

"怎么样，换你的钵绝对物有所值！"汉子再次取下"布"，把小刀收好后，向摊主说道。

"不换！要想隐形，买张初级中阶的遁形符就行了，而且这么小的东西，能让我隐头还是让我隐脚？"摊主摇摇头，讥讽地说道。

"不是跟你说了吗，这是法宝残片，不是结丹期修士就是元婴期修士炼制出来的，不是同样水平的修士，谁能看得破它的隐匿功效？遁形符怎么能和它比！"黑汉生气地说道。

"你再说得天花乱坠，我也用不上此物，要它干吗！你还是拿三十块灵石买，或其他等价物品来交换这钵！"摊主冷冷地说道。

"你……"汉子看来极为恼火，两手一握拳，上前了一步。

"干吗？你还想强买强卖不成！我们叶家的人可不是好欺负的！"摊主把眼一翻，毫不客气地说。

"哼！叶家好了不起！"黑汉虽然嘴上没服软，但还是把拳头松开了，显然对叶家大为忌惮。

黑汉对摊主用叶家来压自己，心里恼怒异常。他身为十层高手，本是被他人恭维惯了的，现在受此难堪，按本意早就想拂袖而去，但心里又着实舍不得那回风钵。要知道此法器与他的功法极为相配，若是能换下来，绝对能让他的实力大增不少。但此时他身上除了这法宝残片外，其他物品都有用处，灵石也在数天前就全部花完了，如今进退两难。

"这位兄台，你这个残片卖给在下如何？我出十块灵石。"从观看的人群中走出一个身穿肥大灰袍的人，他来到黑汉跟前一抱拳，很诚恳地说道。

"不卖！要买就拿三十块灵石。"黑汉把头摇得跟拨浪鼓一样，这个价钱他根本无法接受。

"咳！阁下这法宝残片若是再大那么几分，倒也值这个价钱。可惜它实在是小了点，能盖住的物品太少了！"灰衣人见黑汉不肯答应，脸上露出遗憾之色，也不多纠缠，就回到了人群。

"十二块，卖吗？"

"我出十三！"

....

四周观看的修仙者对这法宝残片心动的有很多，即使这东西拿回去用不上，但留着慢慢研究也好啊！说不定能让他们参悟出什么来呢！

就这样，一会儿价格就抬到了二十，出价的人是一个憨乎乎的圆脸青年。

在这么高的价格面前，其他人都不再出声了，他们都觉得这个价钱已很高了，如果再高些的话，那就有些不值了，而且也根本买不起，毕竟他们这些低阶修仙者身上能有十来块灵石，就已算不错了，而刚才喊价的人，也是各家族的弟子居多，只有他们才会稍富足一些！

"二十？"黑汉神色一动，这个价钱已经触及他的底线了，如果他再稍微搭配一件其他的物件，也许就可以从摊主那里换来回风钵。

"你愿意出二十块灵石？"黑汉冲着圆脸青年，和颜悦色道。

而圆脸青年不知为何，脸上一会儿红，一会儿白，极为慌乱。

"我……没……有这么多灵石！"一句结结巴巴的话，从忐忑不安的圆脸青年口中蹦了出来，让围观的人全部为之愕然。

"没有！那你刚才喊什么？莫非存心戏耍我！"黑汉闻言大怒，原本就一肚子的怒气，立即爆发了出来，从身上蹿出的强大气势把青年压得死死的。

"我只是看人家喊价觉得好玩，就顺口多了这么一嘴，请兄台见谅！"圆脸青年急忙为自己开脱。他已满头大汗，黄豆大的汗珠不停地滚落下来。他区区一个五层修仙者，如何能抵抗得了这种灵压！

"刚才喊十九块的是哪位啊？我愿意送出一块灵石，让阁下买下此物！"青年急中生智，连忙喊道。

可惜，四周静悄悄的，无人接话。看来那位也已经反悔不想要了。

"那喊十八块的兄台呢？"青年看着黑汉越来越愤怒的面孔，几乎要哭出来了。他只是个区区小散修，身上也只有两块灵石而已，这还是辛苦了一整年才换来的。

就在所有人都以为将有一场好戏看的时候，"且慢！"一个不紧不慢的声音忽然响起，从场外走进来一人，叫住了黑汉。

"你想干什么？"黑汉阴沉着脸，望着来人。他的耐心已快磨没了，若是这人也是来捣乱的，他不介意把此人一起收拾了，虽然这人也不弱，是个九层境界的家伙。

"在下对这东西很有兴趣，想买下来！"这人指了指那块"布"，微笑着对黑汉说。

这个被黑汉误会的修仙者，不是旁人，正是韩立。

原来韩立一开始听此人说这法宝残片能隐形和遮掩灵气就心动了，一个模模糊糊的想法跳入了他的脑中。

等到黑汉做了隐匿小刀的演示后，韩立脑中的想法更清晰了，对此法宝残片立刻变得势在必得。因此即使圆脸青年真的有二十块灵石，想买下此物，他也会站出来横插一杠子，把东西截下。

"你出多少买？"黑汉一愣，但神情缓和了下来，开口问道。

"在下不打算买，而是用此物换。"韩立从容不迫地从袖口内掏出了一张符，摆放在摊子上，让所有人都能看得一清二楚。

"飞行符！"有识货的人，立即惊呼道！

"是初级高阶的灵符！"其他的修仙者也惊讶起来。毕竟初级高阶的灵符，从这太南会开始到现在，也只出现过五六张而已，而且每张都卖出了惊人的价钱！

一见这飞行符，黑汉和那摊主都动容起来，瞧向韩立的眼光也郑重了许多，毕竟拥有高阶符的人怎么也不大可能是平庸之辈。

"好，我换！"黑汉很干脆，这种明显占了便宜的买卖，怎么能不做呢？

"不过在此之前，我想试一下阁下曾说的，此残片不妨碍盖住之物从外界吸入灵气的说法。若是真的，在下立即交换。若有所不实，在下就不能赔本换此物了！"韩立不慌不忙道。

黑汉听韩立这么说，先是一愣，但听清楚所说内容后，就笑了起来。

"我所说的此物功效，句句属实。阁下尽管一试！"黑汉信心十足地说。

韩立闻言也不客气，从身上摸出一个酒杯一样的器物放到了地上，随后拿起那"布"罩在了上面，等酒杯消失后，韩立伸出一根手指，在指尖处凝聚出一豆粒大小的白色灵气团，并往下面轻轻一点。结果，这光团一点点地消失不见了，似乎被吞噬掉了一样。

见此情景，韩立脸上露出喜色。他轻轻一抓，把"布"提到了手中，酒杯出现了，并且杯中飘荡着刚才消失的光团。

"不错！兄台所说确实不假。这法宝残片我要了，那飞行符就归阁下了！"韩立把那"布"往袖口一送，收了起来，冲黑汉一抱拳，说道。

"好！阁下爽快！"黑汉一听大喜，一低身把那飞行符拿到了手中，急忙翻来覆去看了几遍，确定不是假货后，才笑眯眯地说道。

韩立微微一笑，不再说什么，一转身挤出了人群，但还没走出几步，就听身后的人群中传来了众多的议论声。

"这个人傻啊！竟然用高阶符换这样一个鸡肋的东西！"

"就是的，这个残片这么小，能有什么大用处？如此换法，根本就不值！"

"可别这么说，人家说不定另有妙用呢！"

…………

韩立听到这些，暗自冷笑了几声："这些修仙者怎么知道此物对我的重要性？"

"这位兄台，慢点！等等在下！"韩立没走出多远，一个声音突然从后面传来，紧接着一阵匆促的脚步声越来越近。

韩立有些愕然，难道是喊自己？他不由得回过头来。

只见不远处有一个人正满头大汗地向这边奔来，一边跑嘴里还一边喊着，竟是那差点惹出大祸的圆脸青年。

韩立眨了眨眼睛，有些好奇地停在原地。他想知道，这个活宝到底有何事，要如此拼命追赶自己。

"兄台，总算追上你了！"青年一追上来，就气喘吁吁地说道。

"这位兄弟，有事吗？"韩立瞅了对方一眼，疑惑地说道。

"这个东西给你，算是谢谢兄台的解围之恩。"青年二话不说，一伸手将一个小册子塞到了韩立手里，然后有些羞涩地跑开了。

韩立微微一愣，但随即就笑了一笑。修仙者中还有如此淳朴的人，这还真出乎他的意料。他并未追赶，而是低头看了一眼手中之物。

《青溪笔录》是此书册的名字，看起来不像是法诀之类的东西，韩立略有兴趣地翻看了几页。

原来是越国某位不喜修炼，只爱四处闲逛的前辈修仙者"青溪真人"，把自己所知道的秘闻传说给详细记录下来的一本杂记，有些页面还画有一些栩栩如生的图画。韩立虽然翻得不多，但也对此物颇有兴趣，就把书册放进了怀中。

接下来，韩立并没再碰到什么特别的事情，觉得有些无趣，就回到了住处。在自己屋内，他躺在床头，仔细翻看起了《青溪笔录》。

这本书上讲的事情，有些是青溪真人亲身经历之事，有些则只是道听途说，但无一不是稀奇古怪、罕见难闻之事。甚至有些还是修仙家族从不外传的秘闻，也不知这青溪真人是如何得知的。

韩立看得津津有味，但当把书册翻到最后几页时，眼前出现了七个不同图案的令牌一样的图画，而在图画的最下方则标有几行字：

"升仙令"，越国七大修仙门派所制，是各修仙门派奖给立下大功的修仙家族之物，只要有人持令找上发令牌的修仙门派，就可不通过升仙大会，直接获得筑基丹和入门资格。

只是此物一直只在各修仙家族内部流传，普通修仙者是无缘一见了，因此只是按照传闻中的形状描绘出此令的样貌。

最后，青溪真人还用稍小些的字标注出这么一句话：此令可被各修仙家族互相转让和交易，而且发令的年代可追溯到很久以前，所以发令的修仙门派认令不认人，只要有人持令去，就可一步登天，堪称低阶修仙者的逆天改命之物！

韩立看完下面的文字说明，再看了看那七幅插图，就感到口干舌燥，心扑通扑通地激烈跳动起来。

当初韩立一听到"升仙大会"这几个字时，就隐隐联想到了从金光上人那里得到的奇怪令牌，那令牌有一面也铭刻着"升仙"二字，让韩立觉得两者间是不是应该有某些关联。但后来听他人详细说起升仙大会，却丝毫没有提到和升仙令有关的字眼，便以为这只是巧合而已，就扔到了脑后。可没想到，竟然在这无意中得来的小册子中，得到了此物的来历和真正用途！而且这升仙令的作用竟如此之大！

韩立越想越激动，急忙从身上翻出了那枚黑乎乎的令牌，然后对照着插图，找出了和它图案差不多的那一幅。

"黄枫谷！这枚升仙令是黄枫谷发出的！"韩立手抚令牌，喃喃自语道。

"不过如此贵重之物，怎么落到了金光上人这样一个不入流的修仙者手上呢？"韩立冷静下来后，疑惑了起来。

其实说起来，那金光上人还真是这枚令牌的原主人。

原来现今赫赫有名的秦叶岭，当年除了叶家外，还有另一个威名不下于它的修仙家族秦家也住在那里，两家因为是姻亲关系，所以相处得倒还不错。

这枚升仙令就是秦家祖上代代传下之物。之所以没有把它用掉，只是因为秦家一直都找不出能配得上此令的修仙奇才，所以宁愿把它继续传下去，也不愿平白糟蹋了此宝物。

但是传了许多代之后，秦家因为男丁日益稀少，渐渐衰败了下来。而叶家反而日渐兴旺，更加昌盛发达，弄得修仙界的人只知道秦叶岭有个叶家，而对秦家知之甚少。

到了金光上人这一代时，秦家竟只剩下他这么一个男丁了，而他的资质又奇差无比，根本无望能够筑基。就这样，秦叶两家实力如此悬殊，再加上两者的姻亲关系早已时过境迁了，于是，叶家的人终于把主意打到了秦家世代相传的几件奇宝上，而那升仙令更是他们的必得之物。

但那金光上人别看修仙资质不行，但察言观色的本领倒不小，再加上他胆小如鼠，因此叶家刚要有所行动时，提前得到风声的他就急忙带着升仙令和画着小剑的符箓，逃之夭夭了。至于还剩下的几件宝贝，因为有结界封禁住，金光上人一时半会取不出来，也只好忍痛割弃，留给了叶家。

结果金光上人一逃就是十几年，一直隐居在蛮人地界的某道观内，凭着低浅的法力骗吃骗喝，倒也逍遥自在。时间一长，他原本想使用升仙令的心思也渐渐淡了下来。他自问即使服用了筑基丹，也不可能进入筑基期，既然这样，那何必去修仙大派当个低级弟子受苦呢！

就这样，在后来发生的围攻七玄门事件中，这枚升仙令就便宜了韩立。

韩立对秦家之事一无所知，但这并不影响他的狂喜心情。他兴奋得一边在屋内走来走去，一边把那升仙令拿在手上不停地摆弄，并且越看这令牌越觉得它格外顺眼。

一炷香的时间后，韩立终于冷静了下来，他按捺住了心头的激动，开始考虑今后的安排和前往黄枫谷拜师的可行性。

韩立一宿辗转难眠，第二天早上，许多修仙者纷纷开始离谷而去，谷内的人一下就少了一小半——太南小会终于到了结束的时候。

到下午时，有几个年纪大些的前辈高人出现在广场上，说了一些鼓励称赞的话后，就宣布了太南会的正式结束，而那个青颜真人也在其中。

顿时，剩下的修仙者或三五成群，或孤雁单飞，都飘然而去。而这时，松纹道士和其他几人找上了韩立，并再次邀请韩立同行。

韩立沉默了一会儿后，还是摇头拒绝了松纹等人的邀请，惹得吴九指和黑氏兄弟大为不满，就是松纹道士的脸色也有些难看。

"既然韩兄不愿与我等同行，松纹也不好勉强。兄台自己路上多保重吧！"最后，松纹叹了口气，略带惋惜地说道。

然后，他拍了拍韩立的肩膀，就与其他几人离开了山谷。

韩立未曾发现，松纹道士拍肩的一瞬间，将袖口内的一些无色无形无味的粉末撒在了他的衣服上，而被撒到的地方，却丝毫异样都看不出。

在吴九指等人刚走出谷口前的浓雾时，松纹道士不知何时落在了最后。他趁前面的几人不注意，露出一丝狰狞之色，突然一扬袖口，一道火光斜飞了出去，消失在了一侧的灌木丛中，随后脸上又恢复了正常，仍是那么正气凛然，似乎刚才的一切都未曾发生过一样。

韩立并不知晓松纹道士所做的一切，但出于一向谨慎的习惯，他并未立即从太南谷出发，而是又在谷内住了一晚，等早上天刚蒙蒙亮时，才神不知鬼不觉地悄悄溜出了山谷。

等一出了太南谷，韩立就认准了方向，在身上施加了御风诀，然后脚尖轻轻一点地，人就飘出去数丈远。就这样，韩立的身影迅速远去，很快就消失不见了。

韩立刚离开这里不久，又有两人匆匆赶来。在他们身前有一个拇指大小的绿光团在带路，在韩立刚刚停留过的地方打了一个转后，顺着韩立离开的方向飞了过去，而那两人也紧跟着绿光团追了上去。

韩立一路上片刻未停，一连奔出去百余里地，直到了一个小山丘，才停下脚步，坐下来吃了些东西，恢复了下体力和法力。

韩立不知道，他的这一串不合常理的举动，让身后一路追逐而来的二人组破口大骂不已！

这也难怪，哪有人天还没亮就起来赶路的？若不是事先在韩立身上做了手脚的话，他们说不定就把人给跟丢了。但就这样，他们原先计划好的事先在前面设圈套准备埋伏韩立的计划，还是破产了！

更令这两人恼怒无比的是，韩立这一抬脚一走就是百余里地，让二人在后面吃了一肚子的灰，差点没累趴下！毕竟他二人作为修仙者已久，养尊处优惯了，像这样硬凭双脚长途赶路的事情，他二人好久都没经历过了。

不知过了多久，韩立盘膝坐在山丘下的一块洼地里，闭起了双目，一动不动，似乎进入了忘我的境界。而四周除了山虫一长一短的鸣叫声外，就再也没有其他声响。

就在这时，附近的某处突然破土而出了十几道白光，直插向韩立。

原本一动不动的韩立猛然一睁眼，寒光毕露，身子瞬间腾空而起，然后轻巧地双脚着地，落在了另一侧。

这样一来，那些白光自然落空，"噗噗"地纷纷斜插进了韩立刚才打坐的地方，露出了半截晶莹透明的真面目，竟是十余支锋利无比的冰锥！

韩立见此，神色阴沉起来。

他一伸右手，五指张开，"吱啦啦"的一阵爆响，五个指尖上都出现了一个小火球，只是这些火球比普通火弹术的火球小了一半。

"尝尝我的五弹连发吧！"韩立盯着那飞出冰锥的地方，森然说道。然后，把五根手指微微一屈，再猛然一弹，五个火球排成了一条直线，飞射了出去。

眼看火球就要碰触地面，一个黄色人影突然凭空出现，然后一闪，就闪到了别处，避过了火球的攻击。

"砰"的一声，那一小块地方被韩立的五枚火球炸了个大坑出来，坑内一片炎热之气，有些地方还露出了被高温熔化的迹象，让那险险逃出生天的家伙，出了一身的冷汗。

韩立并未理睬那大坑，而是死死盯住了一跃而出的黄衣人，一个三十来岁一脸狡诈之色的精瘦汉子。

"为什么偷袭我？"韩立寒声问道。

黄衣人一听此言，眼珠一转，奸笑了几声，道："想知道，下辈子吧！"

随后，他忽然厉声喝道："动手！"

韩立一惊，刚想有所行动，却突然听到脚下传来两声轻微的破土声响，然后一双闪烁着黄色光芒的大手，闪电般地左右一分，死死抓住了韩立的双脚。如同瞬间上了两道精钢箍一样，韩立寸步难行。

"小子，你死定了！双脚动不了，看你如何躲过我的冰锥术！"黄衣汉子得意地奸笑道，接着把双手一抬，直对着韩立，口中开始念念有词。

不多时，他的双手前方寒气涌现，竟慢慢凝结出来了白色的晶体，并渐渐形成一根根尖锐的冰锥。

韩立脸色大变，他手往腰间一按，"锵铒"一声，寒光一闪，一把明晃晃的长剑亮了出来，接着毫不迟疑地一剑砍了下去。

"当！"这一剑如同砍在了岩石上，火星直冒，而那只黄色大手竟毫发未伤！

韩立又惊又怒，正想另外设法时，对面却响起了黄衣人的狂笑声。

"哈哈！小子，去死吧！"

韩立心里一沉，连忙抬头一看，只见二十来根尖尖的冰锥，已从黄衣人那里激射了过来，速度之快、数量之多让他无从躲起。

韩立见此，神色凝重无比。他深吸了一口气，一咬牙，脚下未动，身子却突然诡异地左右扭动起来。那些冰锥被这番扭动闪过去了大部分，只有右肩和左腿无法避开，各被一枚冰锥一穿而过，鲜血刹那间从伤处流了出来，渗透了韩立的衣裤。

"啪"的一下，韩立把手中长剑扔了出去，十指跳动，飞快地封住了伤口附近的血脉，鲜血戛然而止。这时原本得意扬扬的黄衣人却睁大了双眼，不敢置信地望着刚才发生的一切。

韩立神情阴厉，两个小腿一用劲，竟无骨般地扭曲起来，两只脚也在一阵啪啦啪啦的异响后，突然活生生缩小了一圈有余，接着全身猛然向上一蹿，双脚竟如同滑鱼一样从两只大手中轻松地抽了出来，然后整个人在半空中倒射了出去，在十几丈远的地方才停了下来，冷冷地望着巨手。

"不可能！怎么能在巨力术的加持下，还能把脚抽出去？"从巨手下方的泥土里，发出嗡嗡的惊怒声。接着，两只巨手往外一分，一个浑身冒着黄光的魁梧身影，从泥土里钻了出来。

从土里钻出的大汉和一开始的那名黄衣人，就是一直在后面追赶韩立的二人组。他们追上来后，生怕韩立再次上路远行，稍微恢复了些体力后，马上偷偷地摸了过来，策划了这次的偷袭。

这时，韩立觉得受伤的大腿火辣辣地疼，看来刚才的一番举动让那里的伤口又严重了一些。

不过，现在不是考虑这些问题的时候，因为那个刚才藏在土里的大汉从背后抽出了一把黑气萦绕的长刀，恶狠狠地向韩立扑了过来。

韩立看着对方的身形，虽然速度很快，但动作生硬，很明显，这人只是倚仗着法术的加持而已，心里不由得轻松了些，要知道单论身形的诡异灵动，韩立自问对方还远远追不上自己。

想到这里，韩立不再理睬眼前气势汹汹的大汉，而把注意力放到了黄衣人身上，因为这人取出了一个青黑色的葫芦，正把葫芦口对着自己，似乎又要作法了。

"你看哪里呢？去死吧！"

大汉已冲到了韩立跟前，身上黄光大盛，举起那妖异的长刀，向韩立狠狠劈了下来。

韩立哼了一声，身子一晃，人就闪出了刀势的范围。

"小子，你上当了！"大汉突然狂笑道，接着，手里的长刀黑光一闪，化为了一道长长的黑索，如同长蛇一般，紧跟着韩立的身形缠绕过来，大有不把韩立锁住而不罢休之势！

韩立吃了一惊，身形立即模糊诡异起来，一会儿左，一会儿右，一会儿前，一会儿后，仿佛同时有数个韩立，在围着大汉团团打转。

大汉见此，开始吓了一大跳，但随即就仗着全身有"土甲术"护身，便不予理会，而是继续催动着伸缩自如的黑索，拼命追逐着韩立。

"咻咻！咻咻！"韩立从大汉的身边一掠而过。但就在这一瞬间，他把双手扣着的火球连环激射到大汉身上，打得他身上的黄光一阵晃动，但可惜立即就恢复了正常。

"大爷身上的护体术，小小的火弹术岂能破得了！"大汉一脸的猖狂，手上法诀的捏掐却更加迅速，对黑索的驱动丝毫没有放松下来。

韩立心里有些急了，虽然大汉的黑索比自己慢了一些，奈何不了自己，可同样，他的身法也一点不敢慢下来，否则肯定会被套锁住。虽然不知这黑索到底是什么法器，这么的难缠，也不敢随便让其给缠住啊！

他匆忙中偷看了黄衣人一眼，只见对方神情肃然，手中的葫芦法器也开始从葫芦嘴中往外隐射出青光，不知要有何物即将从里面出来。

"不行，再这样下去，我肯定小命不保！不冒些风险是不行了！"韩立眼看情况危急，暗自想道。

于是，韩立取出了那张从金光上人那儿得到的金刚符，这金刚符也是一种符术，其口诀韩立早已从苦桑和尚口中得知，如今总算派上用场了。

韩立低声念了几句咒诀，因为在晃动中，所以听起来有些含糊不清，但那符箓上的金色漆字却亮了起来。等到金字全亮之时，韩立把那符箓往身上猛然一拍，顿时身上金光大放，一层金罩蓦地出现了，但他的身形也突然慢了下来，被后面赶上的黑索缠了个正着。

使用金刚符会使身法变慢，韩立早已试过了，心知肚明。看到黑索虽然缠身数圈，但全都被挡在金光之外，韩立心里就不慌了，知道自己赌对了，金罩果然能防住对方法器的进攻。

而大汉见此却低吼一声，迈着大步，紧握双拳再次冲了上来，手上的黄光耀眼刺目，近似实质，也不知又加持了什么功法。

经过上次的教训，韩立不会让大汉再次近身了。他突然蹲了下来，双手按在地上，随后一阵低沉的咒语声从韩立口中发出，接着两手竟也微泛出黄光。

大汉见此，微微一惊，急忙想停下脚步，但已迟了。他脚下的地面全部化为了软绵绵的流沙，他的双脚深陷进去，一直深埋至大腿根部，整个人一阵手忙脚乱。

"哒！"一道尖锐的呵斥声传进了韩立的耳中。

韩立心里一沉，向黄衣人望去。

只见从那青黑的葫芦嘴里一连喷出七八个黑乎乎的圆球，有鸡蛋大小，直奔韩立飞驰而来。

韩立脸色很难看，双手黄光猛然一散，接着起手往怀中一阵乱摸，掏出了个木匣。

而这时，几颗圆球已到了跟前，狠狠地砸在了韩立的金罩上，打得金罩不停地变形波动，似乎随时都有可能破裂掉。

韩立没有理会，人却盘膝坐下，把木匣横放在膝上，掐起了咒诀。

"砰砰！砰砰！砰砰！"那些圆球的攻势更猛了，在金罩外的攻击一刻也没有停下，韩立身上的金光渐渐黯然了下来，看来罩破人亡就在眼前。

这时，韩立大吼了一声："起！"

随着此喝声一发出，从木匣内飞射出了一道丈许长的灰芒，这光芒如蛟龙出水一般，围着四周就转了那么一圈，那些圆球就如同遇到克星一样，全都被一一劈分为二，跌落到了地上。

"符宝！"黄衣人如同见了鬼一样大叫起来。

韩立一听，心里一动，不过也顾不得多想，因为较近的那个大汉已经脱困而出了，不过这人见到韩立那灰蒙蒙的剑光后，脸色也变得煞白煞白的，不但没有向韩立这边冲过来，反而扭头狂奔。

但这时杀心已起的韩立，怎么肯放此人离开，他把手冲着大汉一指，那剑光立即尾随激射出去，眨眼间就到了大汉的身后，围着大汉的脖颈一绕，那大汉的头颅就轻易地滚落到了地上，其身上的护体黄光如同不存在一样，丝毫作用也没起到。

黄衣人见此情景，哪还敢再停留片刻，掏出了一道符箓往身上一拍，接着就长出一对黄色的巨大翅膀，轻轻一扇，人就腾空而起，往远处飞去。

而韩立则指挥着剑光追了过来，紧跟在黄衣人身后不放，黄衣人越飞越快，灰芒竟一时追他不上。

韩立有些着急，心里一发狠，全身法力毫无保留地都用了出来，那灰芒顿时如同吃了大补药一样骤然加速起来，一下从黄衣人的前胸穿过，给他来了个透心凉。

黄衣人惨叫一声，从半空中跌落了下来。

韩立大喜，召回了灰芒，飞奔了过去，想抓一个活口，好好拷问一番。

可惜等韩立赶到掉落地点时，黄衣人竟活活摔死了！这让韩立郁闷不已。

既然活口没有了，那只有搜搜这二人的身了，看看能找到什么有用的线索。

韩立不客气地把两人身上的东西搜刮一空，相关的东西没找到，倒是发了一大笔横财，因为二人身上的低阶灵石竟有五十块之多，更别说还有一些符箓和法器了！

虽然韩立对莫名其妙地被人偷袭有些纳闷，也不知以前的散修失踪是否和这二人有关，但也不敢在此久待下去，稍微吃了些丹药后，就继续上路了。

建州位于越国北部，与元武国交界，面积在十三州中排名第二，其境内多是山川丘陵，人口稀少。

太岳山脉位于建州西部，连绵数千里，不但各种野兽猛禽层出不穷，是人迹罕至的原始森林，甚至还偶尔有樵夫、猎人自称看见神仙妖怪的传闻流出，更给此地披上了一层神秘的面纱。

世俗之人自然想不到，整座山脉中部早已被七大修仙门派之一的黄枫谷占据了数千年之久。

从空中俯瞰下去，此处和其他的山脉没什么区别，也是山岭险峻，树木葱郁，但实际上却是被一座超大的奇门大阵所覆盖，全是幻象而已，下面其实早已密密麻麻地建起了无数的楼台、大殿，更有一些脚踏叶子形状法器的修仙者在低空飞来飞去，不停忙碌着。

黄枫谷现今的掌门钟灵道已一百多岁了，但仍是三缕长髯的中年模样，其人是筑基期后期的修为，并且生性沉稳，善于组织，在门内的威望很高，门内长辈和他的师兄弟都对他极为信服。

但这位一向从容不迫、自信满满的钟大掌门，如今却紧锁眉头，坐在大殿的主位上，看着面前正激烈争辩着的一位中年人和一位老者有些无奈，而大殿两侧还另坐有十几位神情各异的修士，这些人都是黄枫谷的管事人员。

"慕容师兄，明明数月前就已分配好了筑基丹的服用者，如今却偏偏把我侄孙的那颗取消，另给一位散修，这也太说不过去了吧！"老者义愤填膺地冲面白无须的中年书生嚷道。

真令人惊讶，这位老者明明比中年人苍老了许多，却称呼对方为师兄！

"叶师弟，这不是发生意外了嘛！像这样数百年才碰上一次有人拿升仙令来入门的事，我们怎能不管不问，必须给来人让出一颗筑基丹啊！"中年书生神情不变，慢条斯理地说。

"可这人根本就不是修仙家族的人，只是一名散修，这也要给他一颗筑基丹？我看只让他入门就可以了，这样他也算福缘深厚了！"老者面红耳赤地争辩道。

"叶师弟，话可不能这么说。你怎么知道人家祖上不是修仙家族，说不定只是家族败落了，才成为散修的。再说了，谁又能保证自己家族长久不衰？说不定叶师弟的叶家某一天也会败落下去，是不是到时候叶家后人拿升仙令找上门来时，我们黄枫谷的人也不给筑基丹，只让他入门即可啊？若是师弟敢当大伙儿的面发下此誓，我慕容衫扭头就走，绝不再提筑基丹之事。"

中年人侃侃而言，说得老者脸上一阵白一阵青，哑口无言。

老者怎敢发下如此后患无穷的誓言！再说就算他真发了，也只是眼前这个一直和他不对付的家伙撒手不管而已，谁知道还有没有其他人再蹦出来呢？

"可是为什么，非得是我侄孙的那颗要让出来啊？其他人的不行吗？"老者不甘心，大声问道。

"要怪就怪师弟的这位侄孙太不争气了，竟然在测试时排名排得如此靠后。"中年人一脸遗憾之色地摇摇头。

看到对面之人如此装模作样，老者恨得牙根都痒痒，但事关自己侄孙的利益，顾不得其他了，仍努力分辩道："我侄孙排名的确靠后了点，但也不是服用筑基丹中排名最后的人啊！不是还有其他两人吗？"

"师弟说的没错，是还有另外两人在测试时排在了令侄孙之后，但这二人的情况实在是特殊，也只有委屈下叶师弟的侄孙了！"中年人用很惋惜的口气说道。

"有什么特殊的？若不给我个心服口服的理由，我绝咽不下这口气！"老者也是急了，放出了狠话。

"胡闹！有什么咽不下的？这二人的确是特殊，跳过他们二人，直接选中师弟的侄孙，也是我点头同意的。至于理由，师弟不问，我也会解释给你听的。"

钟灵道见老者说的实在不像话，把脸一沉，呵斥了几句。

老者见钟灵道也这样说，心里一凛。他只知道测试时自己侄孙后面应该还有两人，至于是什么人，他还真不知道，这也是他真正气愤不平之处。难道还真有什么例外，能让一向公正严明的掌门也会偏袒吗？

钟灵道把手挥了挥，示意中年书生坐回原位，才叹了口气说道：

"叶师弟，这次恐怕真的要委屈令侄孙一下了。另外两人，一人是红拂师叔在世俗界的唯一后人，所以虽然小姑娘原本测试不合格，但当初我还是把她挑了出来，排入了筑基丹的服用名单。想必叶师弟，不会要把此人的筑基丹取消吧？"

老者一听红拂之名，吓了一跳，脸色随即大变，诚惶诚恐起来。

"既是红拂师叔的后人，当然应照料一二，小弟怎会如此不敬长辈！对此人的安排，小弟心服口服。"老者脸色有些发白地说道。

钟灵道见老者如此神情，并不意外，毕竟身为黄枫谷结丹期修士中唯一的女性，这位红拂师叔的护短脾性，在座的又有哪一位不知道！若真的把那小姑娘的筑基资格给剥夺了，不要说老者要倒霉，恐怕连自己这个掌门以后也没有什么好日子可过。

"还有一人呢？"老者还有些不死心，虽然知道剩下的这一人肯定也有充足的理由，但还是抱着侥幸的心理问道。

"剩下的这一位，身具风属性的异灵根，你说这理由够吗？"钟灵道手捻长髯，缓缓说道。

老者一听此言，默然无语了。黄枫谷门规里明文就有这么一条：拥有天根和异灵根者，优先筑基。这更没什么可抱怨的。

可是他那位侄孙虽然不是他亲孙子，但是自从进门那天起，就是他亲眼看着长大的，对他比亲孙子还亲，怎么忍心告诉他筑基资格被取消的消息！

"那我这侄孙真的无望了吗？要知道，如果再等十年的话，我这侄孙就错过了最佳的筑基期，此生根本就无望再进入筑基期了！"老者此话说得有了几分苍凉，惹得旁座的不少人一阵窃窃私语。

"叶师弟，其实也不是没有办法。"一个面目有些阴沉，长了一个鹰钩鼻子的老者站了出来，向叶姓老者安慰道。

"什么？吴师兄还有办法？"叶姓老者一听，精神一振。在门内这位吴师兄可是出了名的足智多谋，说不定还真有什么办法。

吴姓老者微微一笑，没有马上回答此问，而是转过头冲钟灵道一施礼，朗声问道："请问掌门，这位持升仙令来人的灵根属性，有没有测试过？资质如何？"

"好像不怎么好。王师弟，你亲自带来的人并做的测试，你来说下吧！"钟灵道向左侧一排中的某人说道。

"是，掌门师兄！"一位身穿淡绿色长衫的中年人站了起来，淡淡地说道，

"这人年纪不大，十八九岁的样子，木属性基础功法九层初期，灵根属性四属性缺金，属于伪灵根。从整体上判断，此人应是资质低下，但有过奇遇并能勤恳苦练，否则根本无法有如今的境界。若再无其他的机遇，基本上此生顶多练至基础功法十一二层，无法进入筑基期。即使服用一颗筑基丹，能进入筑基期的可能性也只有百分之一……"

"好！"吴姓老者还没等这位王师弟说完，就大声打断道。

"什么好？"叶姓老者按捺不住地问道。

其他人也一脸疑惑地望着吴姓老者，只有钟灵道微皱了下眉头，心里猜出了几分。

"请问掌门师兄，若是来人主动放弃筑基丹，是不是不算我们违背诺言！"吴姓老者说道。

"当然，但任何人都不允许用威胁和强迫的手段去做这件事，否则我们黄枫谷的名声就毁了！"钟掌门轻轻提醒道。

"呵呵！掌门请放心，这当然！"吴姓老者微微一笑，然后转过头对着叶姓老者说道，"叶师弟，你不介意破费点东西，来买下他的筑基丹吧？要知道他资质如此低下，筑基成功的几率更是小得可怜，应该有很大机会会放弃筑基丹来换取更实用的东西！"吴姓老者自信满满的样子。

第七章
不速之客

"对啊,吴师兄真是好主意!"叶姓老者双眼一亮,兴奋了起来。

然后他转过头,期盼地对钟灵道说:"掌门师兄,能否让我见一下那位持升仙令的小友,我想和他做一下交易,换取他主动放弃筑基丹。"

钟灵道闻言,沉吟了一下后,还是点头答应了,但再次嘱咐老者不许用出格手段强行买卖,才让那个王师弟带着他去见那个不速之客。

老者和王师弟出了大殿,立即踩着叶形法器腾空而起,向黄枫谷的迎宾楼飞了过去。

而在黄枫谷迎宾楼的一间屋子内,一名青年正躺在床上望着屋顶出神,他正是随着升仙大会的获胜者一起来到黄枫谷的韩立。

当初韩立击杀了偷袭他的两名修仙者后,就一路再无意外地赶到了岚州某隐秘山岭,参加了不久后召开的升仙大会,并亲眼目睹了比胡萍姑所说的还要惨烈三分的擂台争夺战。

经过一番生死角逐后,各擂台都决出了最后的优胜者,这时七大修仙门派的接引人终于现身了,而黄枫谷的接引人就是那个王师弟。

韩立在见到黄枫谷的接引人后，经过深思熟虑还是决心冒险一试，将升仙令交与这个接引人察看，令对方大吃一惊。

对方当时就表示可以将韩立带回门内，至于具体怎么处理他和这枚升仙令，还要由他们掌门来决定，毕竟上一枚升仙令的收回已经是四五百年前的事了。

韩立自然不会反对，否则光让他自己去找黄枫谷的山门，就够他辛苦的了。

就这样，韩立在其他修仙者惊诧的目光下，和十名优胜者坐着一件小船形的巨大法器，一起被这个接引人王师弟带回了黄枫谷，并把他安排在了这里，让他等候答复。至于其他十人，则与他分开，不知被带往了何处。

韩立在这里一待就是三四天，连屋门也没出去过，除了有个十一二岁的小厮天天按时送饭外，就再也没见到其他人了。

这倒不是韩立听话老实，只是那姓王的接引人在安排他住下并测试完他的属性后，就明确告诉他，因为他还不是黄枫谷的弟子，所以这屋子被下了一些禁法，暂时不可出屋，否则会触动禁法，被禁法困住。

听了姓王的接引人如此一说，韩立自然不会自找没趣，况且在知道自己是四属性的伪灵根后，韩立的心情也老一阵不大好受。

虽然韩立早对自己修仙资质较差心中有数了，但当亲耳听到后，仍是黯然沮丧了整整一天。看来他若想在修仙路上有所建树，也只有依靠丹药之类的外力了。

只是他长春功升到了九层之后，感到黄龙丹和金髓丸的效力明显减弱许多，对他的帮助没有以前那么大了，看来必须另找几种灵药配方，去配制一些真正适合修仙者的丹药出来，这才不会耽误自己的修行进度。

韩立正想着，门外突然传来了脚步声，听上去不止一人。韩立精神一振，看来苦候多日，终于等来答复了。

"小友，在这里住得还习惯吗？"

屋门被轻轻推开了，接着传来了姓王的接引人的声音，此人随后就从屋外走了进来，后面还跟着一位红脸的老者。

"王仙师好！"韩立马上从床上跳了下来，恭敬地施礼道。他深知礼多人不怪，多做出些谦卑的姿态来，对他只有好处而没有坏处。

"这位是……"韩立看了老者一眼，有些疑惑地问。

"这是我师兄，姓叶。"王师弟笑了笑，略为解释了一下。

姓叶？韩立吃了一惊，难道他从金光上人那里杀人夺令的事暴露了，是叶家的人找来了？可这老者脸色虽然不大好看，但也没有那种咬牙切齿的样子，看来是另有玄机，韩立心里嘀咕着，表面上却看不出丝毫异样，立即同样地恭声道："原来是叶仙师！"

老者已上下打量了一遍韩立，怎么看怎么觉得韩立普通至极，无丝毫不凡之处，对这次来的目的不由得多了几分把握。

于是，听闻韩立的问候，老者和颜悦色起来，笑着说道："呵呵！韩小友不必多礼！既然小友持有升仙令来到我们黄枫谷，那小友就是本门的弟子了。所以叫我叶师叔即可，不必这么见外了！"

韩立一听老者此言，心里轻松了许多，但心头也多了几分疑惑。

对方既然说话这般客气，看来不是寻仇的。不过这客气的程度也有点过分了吧？什么叫不是外人啊！韩立摸不着头脑。

"韩小友，叶师兄所说没错。本派掌门已同意让小友加入成为本门弟子了，并且将筑基丹也让出了一颗来，给小友准备好了！"王师弟轻笑着说道。

"真的？"即使韩立一向沉稳冷静惯了，闻听此言，也不禁兴奋起来，恨不得手舞足蹈几下，来表现心头的激动。

看到韩立这般模样，王师弟笑了一下，没有感到多么意外，似乎早在他预料之中了。

"王师弟，我想和韩师侄单独谈一下，你回避一下好吗？"老者有些沉不住气了，终于说出了这句一进屋就想说出的话来。

"当然可以，那师弟就先回掌门那里去了，师兄和韩师侄聊完后，也都一起过去吧！"王师弟暗暗叹了一口气，看了韩立一眼淡淡地说道，然后离开了屋子。

这时屋内只剩下叶姓老者和韩立二人了。

韩立愕然地望着眼前发生的一切。怎么这姓王的说走就走了？还单独留下一个自称是师叔的家伙要和自己谈什么事情。虽然不知这个叶师叔要干什么，韩立却隐隐有了一丝不好的预感。

老者也看出了韩立的不安，但他丝毫不在乎，他相信自己拿出的东西肯定能让这个没见过多大世面的年轻人大开眼界，让这笔交易顺利完成。

"韩师侄，师叔我是个直性子，所以也不打算拐弯抹角了，就明说了吧！我想谈的事情和分给师侄的那颗筑基丹有关，想从师侄这里买下此筑基丹，不知师侄意下如何？"老者开门见山地说道。

"竟然要买下分给我的筑基丹，我没有听错吧？谁会把筑基丹让给他人啊！"韩立一听此言，开始一愣，但随后脸色大变，变得很难看。

"韩师侄尽管放心，我不会白白要师侄把筑基丹献出来的。七八块中阶灵石、一些初级中高阶的灵符和几样上好的法器，师叔我还是能拿得出来的。实在不行的话，师叔还有些精进法力的丹药，虽然无法和筑基丹相比，但也是门内难得的灵药了。只要韩师侄同意，这些都可以拿来交换筑基丹。"老者自然看清了韩立的神情变化，急忙出言解释道。

韩立听了这番话后，脸色好了许多。他感到对方话里的诚意，似乎这个师叔并没有横抢硬夺的打算，还真想买下他的这颗筑基丹。

"不过，这筑基丹虽然我没有亲眼见过，但它的价值和重要性我还是一清二楚的，想想看，在天雾台升仙大会上，足有千名修仙者在擂台上拼得你死我活，为的是什么？还不多半是因为这筑基丹的诱惑吗！而这个叶师叔竟打算用一些灵石和法器就将其换走，难道真以为我是刚出山的毛头小子？"韩立暗自冷笑着想道，可脸上还是恢复了恭敬的神情，似乎在认真倾听对方所说的话。

叶姓老者对韩立的表现很满意，毕竟这个未来的师侄没有一听要换筑基丹就一口给回绝掉，看来还真的大有文章可做。他一开始就没想过用刚才所说的东西真能拿下筑基丹。因为只要不是笨傻之人，谁都不会把如此珍贵之物，就这么廉价地交换。他前面的话只是投石问路罢了。但看对方的态度，倒还真是一副不是不能商量的样子，这让他心花怒放。只要对方肯换，老者就绝对有信心能满足对方的要求，换下这枚筑基丹。想到这里，叶姓老者脸上的笑意更浓了些，觉得韩立的模样似乎也比刚才顺眼了许多。

"韩师侄想必也知道自己的灵根属性了吧。说实话，凭师侄的资质，即使服用筑基丹，能筑基成功的希望也渺茫得很哪！那筑基丹顶多对师侄起到精进法力之用，把基础功法升个两三层而已。若是这样的话，这筑基丹就太浪费了！对师侄来说，还不如把此物换些更实用的好处比较划算，若是……"老者开始滔滔不绝地诱导韩立。

而韩立表面上似乎在用心听这个叶师叔的长篇大论，心里却已开始分析和琢磨了，在不停地合计其中的利害关系。

说实话，他也很清楚自己真如对方所讲的那样，服用这么区区一枚筑基丹后，能成功筑基的概率的确是微乎其微，但让韩立就这么把筑基丹拱手相让，韩立还是大不甘心。毕竟机会再低，不是还有那么一点筑基成功的可能性吗？

可是筑基丹如果不让给眼前的这个叶师叔的话，那今后自己在黄枫谷的日子肯定好过不了，十有八九会平白无故结怨此人，而且看对方的样子好像在黄枫谷内还有那么一些实权，这样的话情况就更糟糕了。

"叶师叔，在下能问一下这枚筑基丹是替何人讨要的吗？想必师叔是用不上此物了。"韩立想了半天，还是觉得先探探对方的口风再说。

老者虽然被韩立打断了所说的话，但脸上没有露出不悦神色。听到韩立如此一问，犹豫了一下后，还是开口告诉了韩立："既然韩师侄问了，师叔我也没什么好隐瞒的。这枚筑基丹是为了叶某的侄孙求取的，还望师侄能成全一二。"

韩立一听此话，心里苦笑了起来，不由得想道："侄孙，那也算是较亲近的关系了。而且能让这个师叔花这么大的力气，不惜低头向我这个晚辈换取筑基丹，一定也是极得宠爱的。真不换的话，百分之百会惹怒此老，而自己在黄枫谷就别想再安稳地待下去了。看来只有忍痛答应对方了。至于筑基的事，也只有以后另想办法，我还有那神秘的小瓶，只要有配方和时间，什么丹药会配不出来？"

韩立想清楚其中的利害后，心中便拿定了主意，不过该让对方大出血的一刀，还是要狠狠割下去的，因此脸上做出了为难的神情，一副愁眉苦脸的样子。

"师叔，不是晚辈不敬长辈，这筑基丹对师侄也是重要无比！即使晚辈资质差了一点，不是还是有那么一线希望吗？若就此放弃这次的筑基机会，晚辈这一生就真的与大道无缘了！"

老者听了韩立这话，心里不禁一阵鄙夷，暗想道："就凭你这样的资质也想考虑大道的事情，真是自不量力。"可表面上，老者还是语重心长地又从各个方面继续劝说，并许下了许多空口诺言，继续施压动摇韩立的决心，让他同意交换筑基丹。

韩立听了这些空话后，心里冷笑了几下，嘴上却说出越来越软弱的话来，让老者更是精神抖擞，不断地开出了越来越高的价码。

"师侄，你若肯让出筑基丹，谷内弟子必须做的各种杂务，师叔我可让你任意挑选！"老者眼看韩立已处在似答应未同意之际，终于动用了自己的撒手锏。

"杂务？"韩立这次是真的愣住了。

"是的，要知道我们黄枫谷的低级弟子，每月都必须完成一定的交付工作。比如说去几处矿产地监督矿工挖矿，在本门所开的坊市当执事弟子，照看谷内的灵禽异兽，以及种植一些灵根奇药等杂七杂八的工作。然后视完成工作的具体情况，门内会按月发放一些低级灵石给这些弟子，以示奖励。而师叔我，就是专门负责分配此类工作的谷内管事。所以师侄如果喜欢哪类工作的话，师叔我就是一句话的事。"叶姓老者说到这里，把胸膛挺了挺，倒还真有几分大权在握的样子。

韩立一听，有些无语了，看来无论在哪里，都会有以权谋私的家伙，即使是黄枫谷这样的修仙大派，也不能免俗。

不过对方刚才提到的种植奇药的工作倒让韩立心中一动，韩立觉得这项工作简直就是给自己量身打造的。而且对方已经允诺了不少的好处了，如果还继续拖延下去的话，恐怕真会给对方造成太贪婪的感觉，还是见好就收吧！

想到这里，韩立装作一副终于被打动的样子，很委屈地对老者说道：

"既然叶师叔都这样说了，那晚辈再不答应就显得太不给师叔面子了，只要师叔真的能信守刚才所说的条件，那师侄的这颗筑基丹就让给令侄孙吧，希望令侄孙能筑基成功！"

老者一听此言，大喜过望，连声大打包票道："师侄尽管放心，师叔说过的话绝对不会反悔，但一会儿见掌门时，那些明面上交易的事可以说，暗地里我允诺的一些事还是不要提的好！"

韩立听了，心领神会地笑了笑，非常识趣地答应道："这点请师叔放心，晚辈心里有数，不会做如此蠢事的！"

老者听了，眉开眼笑起来，非常满意韩立的乖巧。

叶姓老者在和韩立做完交易后，就带着他驾驭着法器飞向了议事大殿，去回复黄枫谷的掌门钟灵道。

不久后，韩立就站在了数十米高的巨大石殿前，好奇地打量着守在门口的数名黄枫谷弟子。这些人的法力都比韩立深厚得多，起码也有基础功法十层以上的样子，让韩立不禁暗自咋舌，对此门派修仙者的实力又高看了一眼。

刚才叶姓老者和他到此地后，让韩立先待在殿外，等候钟掌门的召见，而他自己却走了进去。还好过了一会儿后，从里面走出一个白衣中年人，此人径直来到韩立面前，冷冷地说道："跟我进来，掌门召见你了。"然后就不再理会韩立的反应，自顾自地走了回去。韩立暗自苦笑了一下，看来自己这个炼气期九层的修仙者，根本没入对方的眼，连话都不想和自己多说一句。

韩立很清楚自己在此地的斤两，老老实实地紧跟其后，走进了大殿。一连过了三道都有弟子守卫着的大门，韩立才见到了黄枫谷的掌门钟灵道，一位三缕长髯的中年人。

而在这大厅的两侧还坐有十几个衣饰各异的人。当韩立进来时，这些人稍微打量了一下韩立，但见韩立相貌普通并无任何吸引人之处，就各自把目光挪移开了。叶姓老者和那个王师弟也坐在其中。

"小友是叫韩立吧！"钟掌门温和地开口问道。

"是的，弟子韩立，见过掌门！"韩立看起来很诚恳地上前就要大礼参拜。

"不用多礼了！既然小友能携升仙令来此，那本掌门一定会遵守先贤们定下的规矩，将小友收入门下。"钟灵道如春风扑面般地和蔼一笑，把衣袖轻轻一拂。

韩立立即感到正要低下的身躯被一股无形的柔和之力轻轻托起，无法继续参拜下去。这让他心里一惊，对这位掌门多出了几分敬畏之心。

"按理说，小友除了加入本门外，还有服用筑基丹的资格。不过在此之前，我听叶师弟说，小友放弃了此枚筑基丹，而把它让与了他人，这是真的吗？"钟掌门并没有多说废话，直接问出了筑基丹的事。

"是的，掌门！弟子觉得自己资质低劣，服用这筑基丹实在是太奢侈了，还是把如此珍贵之物，让与其他更需要的师兄吧！"

韩立说完此话后，仍隐隐地感到心痛，这可是筑基丹啊！不是那些可以让自己当零食吃的一把把的普通丹药啊！

这样一枚筑基丹如果放到修仙界，那还不惹出一番血雨腥风才怪呢！而他虽然自恃有神秘小瓶做倚仗，但像筑基丹这样的灵丹，他还真没有多少信心可以完全复制出来。因此他这句话说得格外口不对心。

韩立心里大为不舍，表面上却是一副十分听话恭敬的神情，让殿内的大部分人都颇为满意。

"好！韩小友能有如此胸怀，本掌门也大感欣慰。不过小友尽管放心，本掌门也不会让小友白白做此牺牲的！"说完后，钟灵道转过头，面向了叶姓老者。

"叶师弟，韩小友让出的这枚筑基丹就仍由令侄孙服用，但是师弟要好好补偿一下小友的损失，一定要让人家满意才行！"钟灵道肃然说道。

"呵呵！掌门大可放心，我一定让韩师侄满意！"老者见事情真的如想象中一样顺利地达成，不禁心花怒放，连声应道。

钟灵道见老者这般模样，捻了一下长髯，微微一笑。这次的难题，竟能如此轻松地两全其美解决掉，也让钟大掌门松了一口气。

"筑基丹的事就这样定了，而韩小友从今天起就是本门的弟子了。王师弟，你安排一下韩师侄的住所，顺便与他讲讲本门的门规，让他先跟传功弟子修行着，若有杰出表现再另行提拔！"钟灵道一番话说得滴水不漏，向王师弟盼咐道。

"遵命，掌门！"王师弟长身站起，听命道。

于是这个王师叔马上带着韩立向殿外走去，并开始给他讲些黄枫谷的大小规矩和介绍一些常识性的东西。韩立一路上聚精会神地听着，对黄枫谷或多或少有了初步的了解。

黄枫谷上上下下共有弟子一万多人，其中炼气期的弟子占了百分之九十以上，筑基期的弟子只有数百人而已，这些人才是黄枫谷的中坚力量。

而再往上面结丹期的大高手，则只有寥寥数人，他们基本上都常年处于闭关之中，不再过问谷内的事务。除非有关黄枫谷生死存亡的大事，否则就是钟掌门本人，等闲也见不到这些人的面。

至于谷内唯一的元婴级修士则是钟掌门等人的一位师叔祖，据说已有九百余岁的高龄，不但一身的法力深不可测，道术通玄，而且还能元婴出窍，神游万里，是活生生的一位陆地神仙。不过，此老早已不在谷中，也不在越国境内，而是周游列国去了，谁也不知他何时才会回谷。

而谷内炼气期的弟子如此众多，当然不可能每人都可以服用筑基丹了，只有那些最优秀、资质最佳的弟子才能得此殊荣。

所以每隔十年，谷内对三十岁以下的弟子，都会进行一系列的选拔，其竞争激烈程度丝毫不下于升仙大会。一般只有那些基本功法练至十一层甚至十二层的真正修仙奇才，才可以从中脱颖而出，获得服用筑基丹的资格。

但就是这样严格选拔出来的数百最佳弟子，在服用筑基丹后，能进入筑基期的，也只是二三十人而已。其他的则顶多是法力更进了一步，把基础功法精进到顶峰罢了，还是停留在炼气期。

于是很自然地，谷内的弟子被划分为了三大阶层。

最低级的就是那些连筑基丹都未曾服用过的弟子，这些人在谷内最多，也是法力最浅的一批。这些人不但平时从事的杂务最多，修炼的时间最少，而且也是谷内地位最低的，虽然他们有个听起来很有气势的称呼——执事弟子。

比他们地位稍高些的则是那些服用了筑基丹，但未进入筑基期的弟子。这些人的基础功法基本上都到了顶峰，法力比那些执事弟子要强了一大截，甚至一些简单的中级功法他们也可以使出一些，于是他们便承担起了带领和统管众多执事弟子的职责，平常被称呼为"领事弟子"。

而地位最高、待遇最好的就是能进入筑基期的弟子。他们这些上天的宠儿才能算作真正的修仙者，是踏上了修仙路的真正修士。这些人筑基成功后，会被允许在整个太岳山脉找一处灵气充足的地方，单辟洞府独自修炼，可以不用承担任何杂务，只专心修炼即可，而且每年还会配发给各种稀有材料和大量灵石，以助他们加速修炼。他们唯一的义务就是，在本门遭遇大敌时必须出手，不得抗命不从。

黄枫谷除了上述这些弟子外，还有操纵门内真正大权的各种管事。

这些管事都是进入筑基期后，经过一段时间修炼，自知无望进入结丹期的弟子中冒出来的。他们自愿放弃继续修炼，而愿意负责谷内闲杂事务的专门管理。叶姓老者和那大殿内开会的十几人就都是这样的管事。

其实严格说起来，钟灵道这位掌门也是一名高级管事，只是他负责的是整个门派的统筹规划罢了，是其他管事们的管事。

真正决定门派生死存亡的，还是那些不理外事的结丹期以上的修士们。正是由于他们的存在，那些邪魔歪道才不敢欺上门来，黄枫谷才能作为七大修仙门派之一屹立至今，否则早就被那些法力高深的妖人灭了无数次了。

当然，这些都不是这位王师叔的原话，而是韩立从对方的言语和旁敲侧击中，自己总结出来的。

这让韩立对自己的所处环境和地位有了一个清楚的认识，对他以后与其他同门的相处有不小的帮助。

王师叔带着韩立踩踏着叶形法器飞行了个把时辰后，在一座郁郁葱葱的山岭上落了下来，降到了一处稠密的平屋群中。这些普通山石垒建成的平房一个个简陋无比，而且整个屋群内一个人影也没有，似乎全都是空房而已，这让韩立有些纳闷。

"不用吃惊，这些屋子的确都是空的。这里原本就是给刚入门的新弟子居住的地方，等到他们法力略有所成时，才会搬出去另找他处。而现在正是十年的轮换之期，新弟子还未入门，所以暂时都空着。"王师叔看出了韩立的疑惑，淡淡地说道。韩立这才恍然大悟。

王师叔带着韩立在屋群内七拐八弯，把韩立绕得晕乎乎的，才在一间比普通石屋大许多的房子前停了下来。然后没跟韩立解释什么，就高声喊了起来：

"林师弟，开一下屋门。我带一名新弟子来领取东西了！"

王师叔的话音刚落，屋门就哗啦一下，自动冲外敞开了。王师叔见此，毫不犹豫地率先走了进去，韩立稍微停顿了一下后，也跟着进了屋子。

只见屋内的宽敞程度比从外面看到的，似乎还要大上那么几分，这让韩立暗暗称奇，不知此屋被做了什么手脚。

而屋内的具体情形给韩立的感觉，就是一个"乱"字。

各种杂七杂八的物品东一片西一堆的，被堆放得到处都是。有些是衣物，有些则是刀剑之类的兵刃，不过从兵刃上的灵力波动来看，它们其实都是些制作不错的法器。

除了这些东西外，屋内还有其他一些铲子、锤子之类的日常工具，它们同样灵气盎然，竟也被炼成了类似法器之类的东西，让韩立大开了一番眼界，就不知这些工具使用起来有何神奇功效。

在屋子的正中间则摆放了一张四方的八仙桌，对着屋门的桌子后面坐着一位灰衫蓬发的老者。这老者没理睬进屋的韩立二人，而正专心地用一把精光闪闪的小刀雕刻着手中一块巴掌大的黄木。

王师叔见此，略皱了一下眉头，但随即脸色就恢复了正常，也没有上前打扰老者的工作，而是从屋子的一角拉过来一把椅子，就在老者的对面坐了下来，安静地等老者把木头雕刻完。

韩立见此情形，眨了眨眼睛，就一言不发地站到了王师叔的身后，识趣地一同等候着。

灰衣老者手动如飞，木屑纷纷扬扬地从他的手指间散落了下来。仅仅一盏茶的工夫后，一只栩栩如生的小猴子就出现在了他的手掌之中。

"一段时日不见，林师弟的雕功又长进了不少啊！"王师叔这时才微笑着称赞道。

"没什么，只是闲着无事，消磨一下时间罢了。倒是王师兄为何有空来我这寒舍了？"灰衣老者不在意地说道，眼睛却已经瞅向了韩立，看来已猜出一些二人的来意。

"也没什么大事，只是向师弟领些新入门弟子的随身物品，带这位韩师侄配备一下东西罢了。"他笑吟吟地说道。

"这次升仙大会的新进弟子，不是都领过了吗？怎么又多出了一个来？而且资质也太差了点吧！难道我们钟掌门的眼界变得如此低了，连这样的庸才也要招进谷内？"灰衣老者毫不客气地当着韩立的面，把韩立说得一无是处，而且听其口气，对那位钟掌门也并不怎么恭敬。

韩立听了此话，自然尴尬无比，而王师叔也处于哭笑不得之中。他知道因为当年的那档子事，这个林师弟一直对如今的掌门师兄耿耿于怀。但当着韩立这个晚辈的面，他怎么好去接这个师弟的话头呢？于是，他只好干咳了几声，就把话题给岔开了。

"师弟，这位韩师侄是带来了升仙令，拜入我们黄枫谷的，算是破例收入门下的，所以资质的问题并不重要，关键是本门必须要信守承诺才行。"

"升仙令！"灰衣老者大感意外，惊讶地重新打量了韩立一番。

"啧啧！这么说，这小子大有机缘，还可以服用一颗筑基丹了？"老者露出了一副小子你真是走了狗屎运的神情，叫出了声来。

"呵呵，按理说是这样的。但是韩师侄和叶师兄做了笔交易，自动放弃了这枚筑基丹。"王师叔含笑说道。

"放弃筑基丹？"老者开始时一愣，但不知为何随即就神色黯然了下来，沉默了片刻后，竟然开口讲出了一句让韩立大感意外的话来。

"能放弃也好，做人最重要的是要有自知之明。小小年纪就能懂得取舍之道，这一点可比我强多了！"老者的神情寂寥无比，原本望向韩立的冷漠眼神，也亲切了一些。

可韩立听了老者的这番话后，有些摸不着头脑，心里大大不以为然。

"什么叫要有自知之明？那是我被迫无奈，才心头滴血地把筑基丹给奉上的！要不是如此，谁会舍得啊！"

老者忽然把脸一板，猛地站了起来。他用双手往四周虚空处持续轻抓了几下，手中就蓦地出现了一样物品，而且东西越来越多，整个过程让韩立看得目瞪口呆。

"黄丝衫一件、青叶法器一个、日常精炼工具一套、烈阳剑冷月刀各一把、十倍储物袋一个。"老者冷冷地把手里物品都念了一遍后，便把它们放到了桌上。

"东西都在这儿了，小家伙把它们领走吧！至于王师兄是个大忙人，我也不多留了。恕不远送！"说完，老者又从怀里掏出了一块木头，再次雕刻了起来，不再理会二人了。

王师叔见此，叹了口气，不再说什么，让韩立抱起物品就退出了屋子。而二人刚一出石屋，那屋门就"哐当"一声，自动关上了。

王师叔望着紧闭的屋门，轻轻摇了摇头，就准备带着韩立离开这里。

"咦！你不用把这么多东西都抱在怀里，把它们收进储物袋里即可！"王师叔刚一转身，就看见韩立抱着满满一大堆东西，呆呆地站在自己身边，一副傻乎乎的样子，不禁有些好笑，就出言提醒了一下。

韩立听了对方的话后，才后知后觉地把怀里的那堆东西放在了地上，从里面翻找出了一个黑色布袋。"这玩意儿就是所谓的十倍储物袋？"韩立心里有些疑惑。他拿起这袋子，看了看狭小无比的袋口，又看了看相比之下大了数倍的刀剑物品，一时间有些迷茫，不知如何把它们塞进袋子。

"你是第一次使用储物袋，我来示范一下好了！"王师叔倒也和气得很，看出了韩立的困惑后，就伸手接过了袋子。

"只要把袋口对准想要装入的物品，然后往袋内注入些灵力，锁定住物品，就可以自动吸入！"王师叔一边说，一边亲手示范了一下。

只见他把布袋口向下，手中白光一闪，就从袋内喷射出了一抹白色霞光，把地上的物品全都罩在其中，那些物品在白光中急速缩小，等小到一定程度后，就被吸入到了袋中。韩立在一旁看得又惊又喜。

"想要取出物品的方法也一样，只要事先用灵力锁定好要取出的物品就行。"王师叔说着，就把袋子还给了韩立。

"但是使用储物袋有几个忌讳，韩师侄你一定要好好记住！"王师叔背起双手，郑重地说道。

韩立一听，自然把头点得如同小鸡啄米一样。

"第一，储物袋都有一定的容量和缩小物品的倍数限制，吸入过大或过多的物品，储物袋就会失效，无法再放入其他东西。第二，储物袋不可以放活物，如果放进活生生的生灵的话，那它们必死无疑。至于最后一点则更要切记，低阶的储物袋是没有认主功效的，谁抢到了你的储物袋，谁就可以把里面的东西占为己有。所以轻易不要把储物袋在其他修仙者面前显露，要自己妥善藏好才是，否则极易招惹杀身之祸。"

韩立听了这些话后，自然牢记在心。

"东西既然领完了，现在跟我去见传功弟子吧！"王师叔说完，就再次带着韩立驾器而起。

这一次飞的距离就更近了，眨眼间就在附近一个山脚下落了下来。这里有一座依山而建的巨大石楼，楼前的石牌上刻着"传功阁"三个金字。而附近正有一些年轻的弟子在进进出出，颇为热闹。

王师叔这次什么话也没说，一马当先地就走了进去，韩立紧随其后。有些弟子显然认识这个王师叔，不停地向其施礼问候，王师叔也微笑着点头示意。看来他在黄枫谷的人缘还真是不错。

进了石楼，韩立才意外地发现，这传功阁的后半部分竟然延伸进了山腹之内，里面宽广极了。并且一进去就是一排石门并列在眼前，而那些弟子正从这些门内进出着。

韩立正想再仔细看看，王师叔却推开了右手的第三间石门，自顾自地走了进去。这让韩立有些犹豫，不知是否应该紧随其后。

"进来吧！"王师叔没有让韩立久等，一会儿工夫就又出现在门口，并招呼韩立进去。

屋内只有一个三十来岁的青衣弟子，恭敬地站在王师叔身旁，见到韩立进来后，善意地冲他笑了笑。

"这是专门负责新弟子功法的吴风。以后你在功法上有什么疑问，可以来请教他。在初级功法的掌握上，吴风足可以排在小一辈的前十名之内！"王师叔对此人极为欣赏。

"请吴师兄以后多多指教！"韩立恭敬地说道。他很清楚，这位就是未来一段时间内自己的功法师父了，可不能够怠慢啊！

"呵呵！师叔过奖了，其实我也只是对低阶功法粗通皮毛而已，我与韩师弟共同切磋领悟一下就是了！"这个吴师兄很客气地说道。

"吴师侄，你功法怎样我很清楚，不用太谦虚了！这位韩师侄功法上的事就交由你了，我现在只是带他来让你二人认识一下，然后还要带他去其他地方打一下招呼，就不在你这儿多待了!"

王师叔倒也干脆得很，说完这些话，就和韩立在这个吴师兄的恭送中，离开了房间。

随后，这个王师叔尽职尽责地又带韩立去了其他几处必要的地方，分别介绍了几个执事弟子给他认识，并给他讲了一些日常的注意事项。最后又带他回到了灰衣老者所在的石屋群，让他随意选了间石屋作为住所，这才丢下他独自回去了。

韩立站在自己挑选的石屋前，苦笑地打量着简陋的住所。

这时他已知道，只要把基础功法练至十层，就可以离开这里，搬到一处叫玄坤山的地方居住。在那里，门内的弟子可自由多了，不但可以随意在山上建立自己的住所，而且房子的类型大小也完全没有限制，这让韩立不由得心驰神往。

不过，虽然功法还没到十层，韩立也没有真打算在此石屋内长住下去的意思。

他忽然轻笑了一下，便从储物袋中拿出了飞行用的青叶法器，然后往法器注入了灵力后，往空中一抛就跳了上去。

一开始，韩立因为不熟悉此物，所以飞得歪歪扭扭、忽低忽高，极不平稳。但不久后，他就完全上手了，也可以像那个王师叔一样，倒背着双手，潇洒地飞来飞去。

这法器虽说容易上手，操纵也简单，但很明显它的速度并不是很快，也就比普通的骏马快那么一点而已。这就怪不得谷内的弟子能够人手一只了。虽说青叶法器差了点，但韩立毕竟是第一次在空中飞行，所以还是兴致勃勃地戏耍了半天。

"哈哈!"在大笑声中，过足了飞行瘾的韩立，终于驱动着法器向某地飞驰而去。

一路上，韩立还与几个同在飞行中的其他弟子擦肩而过。也许是韩立的面孔太陌生的缘故，所以这几人大都好奇地紧看了韩立几眼，但当看出他只是九层功法的境界时，他们又都不屑地远离而去。

韩立把这些人的举动全都看进了眼里，脸上没有什么表情，心里却不禁冷笑了几声。看来这些所谓的修仙大派的弟子和世俗的凡人也没什么区别，同样地势利至极啊！

韩立正想着，人就已来到了一大片建筑群跟前，然后在一个挂着"百机堂"匾额的大殿前落了下来，大步走了进去。

殿内一个中年执事模样的人见到韩立进来后有些惊讶，不禁张口问道："韩师弟，你怎么这么快又回来了，王师叔呢？"

这里正是那个王师叔带着韩立匆匆拜访过的一处地方，这个执事也是刚刚与韩立才见过一面的，所以见到他又回到此地，有些疑惑不解。

"于师兄，刚才我来这里时，听说这里是杂务工作领取的地方，对吗？"韩立没有立即回答对方的询问，反而含笑问道。

"不错，的确是！难道师弟想这么快就领取任务吗？韩师弟是新入门弟子，按规定可以先熟悉门内情况一个月，然后再领取工作也不迟，不用如此着急！"执事诧异地说道。

"呵呵，没事的！我现在就想找个事情做做，不知种植类的工作还缺人吗？"韩立微微一笑。

"这个不好办啊，所有弟子来领任务，都是分配到什么工作就要干什么，不准挑拣的，除非能证明自己真有某方面的专长，才可以给予照顾。"执事为难地说道。

韩立一听，皱了一下眉，难道真要去找那位叶师叔才行吗？

"没关系，种植类的工作让这位韩师侄随意挑选就是了！"一个有些耳熟的声音从身后传来了，韩立吃了一惊，回头一看，竟是那位叶姓老者不知何时站在了身后，正面带微笑地望着自己。

"堂主，您回来了！"中年执事一见老者，立即恭敬地上前施礼。

"嗯，回来了！"老者说道。

"叶师叔！"韩立也连忙恭声见礼。

"呵呵，韩师侄来得可真快啊！我还准备一回到这里，就给手下交代下去，让师侄任意挑选工作呢！"这位叶师叔看起来心情很不错，半开玩笑地说道。

"有劳师叔挂念了！我也是过来随意看一下，看看能不能不用麻烦师叔就能找到合适的任务。"韩立似乎很腼腆地说道。

"这里就是我说了算，有什么麻烦的！于执事，把种植类的工作都拿出来，让韩师侄挑到满意为止！"老者很大方地把手一挥，示意这个下属按命令行事。

这个姓于的执事被这番话给惊得目瞪口呆，深深地望了韩立一眼后，才赶紧去找记载着杂务工作的竹简，心里却不禁在猜测韩立和堂主的关系了。

"上面交下来的种植类的工作都在这里了。韩师弟好好看看吧！"于执事捧着一捆青玉色竹简很快就回来了。

韩立道了声"谢"，接过竹简认真看了起来。

"照看五花树十三株，每年上交果实二百颗。"

"悉心照料三百年火云参一株，保证其灵性不失。"

"种植月梅草一亩，每季上交一百斤干草。"

"照看黄玉竹林一片……"

…………

竹简上种植的工作五花八门，还真是不少，但前面的一些都没能入得了韩立的法眼。当竹简被翻到中间时，一个让韩立大为满意的工作，才出现了。

"接管青石岭百药园一座，每年需上交规定数量的珍稀药材。"

一见竹简上的这行金漆字，韩立心中大喜，于是手指竹简，抬头对于执事说道："这项工作我比较中意，于师兄能否介绍一二？"

听了韩立的话后，于执事笑着凑了上来，但当看清楚韩立所选的工作后，脸上的盈盈笑意马上就变成了苦笑。

"师弟，你还是另换一项工作吧，这接管园子的任务太刁难了点，不适合师弟去做啊！"于执事很诚恳地说道，但见韩立有些不解的样子，又接着解释道，"这任务自从数年前挂单在这里，已经有许多人接过了，但每个弟子都搞砸了。他们不但没捞到奖励，反而都被罚了不少的灵石，可以说是这里最难完成的工作之一了。另外，不怕韩师弟笑话，每年我也是让那些师兄弟抓签，这工作才能派出去的！"

韩立听了这番话后，心里有些好笑，但也嘀咕起来。不过，他还是不打算就此放弃，所以非常虚心地开口请教道："师兄能否告诉一下，这工作到底难在哪里，怎么那么多师兄都没完成？不就是管理一下园内的药草吗，这也很难吗？"

"难道师侄选的是马师兄的那个药园任务？"在一旁的叶姓老者听了两人的对话后，没等中年执事回答，便皱起眉头，抢先插嘴道。

"可不是嘛！韩师弟就是看中了马师伯的那个超难完成的工作。"中年执事一副啼笑皆非的样子。

老者闻言后，也露出了似笑非笑的神情。

"哈哈！韩师侄还真能挑啊！竟然一眼就看中了这里最麻烦的工作。不过，这工作真的头痛得很哪，已经有好几个被迫接此任务的人向我叫苦过了。但因为马师兄不肯轻易更改奖罚条件，我也毫无办法！如果韩师侄想知道这工作的详细情况，倒可以跟我到内殿看看相关的卷宗去，这不比旁人用嘴说强多了！"这位百机堂的叶堂主不知为何，对韩立一副很豪爽的样子，竟为他大开方便之门。

韩立却暗自皱了一下眉，这个叶师叔也太热情了点吧！虽说自己把筑基丹让给了他，但那交易表面上看起来也是平等的，不至于让这人对自己如此亲热啊？

强按住心中的疑惑，韩立做出了受宠若惊的样子，跟着接过竹简的老者进了大殿后面的某间屋子，屋内堆满了各式各样的卷宗。

老者拿起竹简轻轻一挥，竹简上青光一闪，一个卷轴就自动飞到了其手中，接着他一转手把卷轴递给了韩立。

韩立不客气地接过卷轴，麻利地展开细看了起来。

卷轴的内容并不长，只是记载了前几任接管药园弟子的自述经历，以及他们失败的辩解原因。所以韩立看得很快，不大一会儿工夫就将此项工作的内容和艰难之处了解得七七八八了。

"怎么样？还是另换一件任务吧！这项工作的奖励虽然很丰厚，但是的确不是普通弟子可以完成的。"这个叶师叔貌似很关心地说道。

韩立听了此话后，沉吟了一下，就果断地摇摇头说："多谢叶师叔！不过这工作很对我胃口，不用再换其他任务了，就选它了！"

老者听出了韩立话里的坚决之意，感到有些愕然，但也不再说什么，就点头应允了下来。但他并未立即带韩立离开此屋，而是犹豫了片刻后，有些不自然地说出了几句话来。

"韩师侄，上次我们所做的筑基丹交易，交易的部分物品能不能暂缓些交割？师叔我最近正要炼一炉合气丹，手头上实在有些紧，恐怕不太方便。不过师侄尽管放心，只要过个一年半载，师叔就可把所欠物品全部清偿。"

韩立一听此言，开始愣了一下，但马上就笑了起来。

"叶师叔说的什么话？既然师叔不方便，那么能给多少给多少就是了，何必再提什么以后再还的事情，这就算是晚辈对师叔的孝敬了。"

"师侄这话什么意思！难道以为老夫是那种悔约和不守信诺的人吗？老夫答应的东西绝不会少师侄一丁点的。"叶姓老者听了韩立的话后，不但没高兴，反而把脸一板，露出一副我是正人君子，绝不会行这种小人之事的表情。

韩立脸上的笑容只是微微一滞，就自然地换上了诚恳的神情，用一种自己也觉得肉麻的口吻继续说道："叶师叔错怪晚辈了！其实师侄是觉得，我刚进本门，这么些东西对晚辈来说太奢侈了点，所以大部分的物品就暂放在师叔那里好了，晚辈暂时根本用不上。"

听到韩立这么说，叶师叔的神色才缓和了下来，微微颔首道："韩师侄这番话说得倒还有些道理！新进弟子如果太依赖这些身外之物的话，的确对你们的修行大有妨碍！那就按你所说的办吧，把部分物品暂时寄放我这里就是，若以后有需要，尽管来拿！"

"那就有劳叶师叔了！"韩立强笑着，心里却在一遍又一遍地劝慰自己。这些只是身外之物，现在可得罪不起眼前这位叶师叔啊！等以后有机会，再连本带利全部讨要回来就是。

"哈哈，这不算什么！我们还是出去吧！"叶师叔的心情似乎更好了。

而接下来的事情，就好办得多了。在这位叶师叔的协助下，韩立极其顺利地办好了所有手续，拿到了代表接下此工作的玉牌，然后在于执事热心的带领下，动身前往青石岭的百药园。

叶姓老者站在百机堂的殿口，看着韩立渐渐飞远的身影，脸色阴沉起来，沉默不语，似乎在想些什么。

"叶师弟心肠有些软了吗？"一个低沉的声音突然从他身后传来。

"不是心肠软不软的问题，而是觉得用这样的手段对付一个刚入门的弟子，似乎总觉得有些不妥。而且这位韩师侄会不会表面上说一套，暗地里又是另一套，去向掌门告发此事？"老者头也不回地说道，但话里隐隐有了担心之意。

"嘿嘿，告发？"身后的人冷笑了起来。

"怎么，吴师兄不担心吗？"叶姓老者终于转过身子，对身后的那个面目阴沉的吴姓老者说道。

"有什么好担心的！这小子不是很自觉地按我们预先安排好的那样，说把物品寄放在你这儿了吗。又不是明说不给他，只是暂时保管而已，他有什么好去告发的？"吴姓老者胸有成竹地说道。

"不过，对这小子，我倒挺欣赏的！年纪轻轻就如此懂得进退之道，不简单啊！若不是资质太差，是伪灵根之身，我还真有些想把他收入门下！"吴姓老者接着说道，脸上露出了惋惜之色。

"也幸亏此人不是个死脑筋，否则就要用另一种手段了，那就麻烦多了！"

叶姓老者缓缓说道。

"好了，这小子没什么可担心的！你我二人捏死他就像捏死一只蚂蚁一样。倒是叶师弟这次不用大破钱财，可别忘了事先说好的事啊！"吴姓老者突然话锋一转，话里另有他意。

"我不会忘的，这次出炉的合气丹会分你一半。咳！说实话，若不是我那侄孙在筑基过程中也需要大批的珍贵丹药辅助，我还真不会厚着脸皮去昧下晚辈的这些东西！"叶姓老者轻摇着头，一副叹息晚节不保的模样。

吴姓老者听了此话，却含笑不语，心里得意万分地想道：

"叶师弟既然做了这种下作的事情，那也算是有把柄落在了我的手上，不愁他在以后的议事中，不偏向我了。"

韩立虽然不知道自己走后那个叶师叔和吴姓老者的对话，依然觉得心中郁闷无比。自从经历了墨大夫的事情后，像这样明知前面是个大坑自己还不得不跳的事情，还真是第二次遇到。这让韩立懊恼无比，不过也让他坚信了修仙界也是弱肉强食的观点。

"以后有需要再去他那里拿！"一想到这里，韩立冷笑了一下，他以后一定会让这个叶师叔知道，自己的东西不是那么好吞没的！

韩立站在地面上望了望远处，这时于执事已经返回了百机堂，因为前面不远处就是百药园了，那是两座山丘间的一块小型盆地，还被药园的主人设下了一些禁制，以防外人闯入。

韩立步行了一小段路程，就碰触到了附近的禁制，被一片白光阻住了去路。

不过他也不惊慌，举起一块玉牌往前方一亮，顿时从牌子上射出了一道绿芒，飞进了禁制之中，然后韩立就耐心地等候起来。

"进来吧！"一声干巴巴的声音从里面传来，如同在韩立耳边响起一般。接着眼前的禁制就如冰雪消融般全都消失了。

见此情景，韩立不敢怠慢，疾步走了进去。

顺着眼前的小路，韩立在一个挂着"百药园"牌匾的院子前停了下来，这院子很大，有数亩大小。人还未进到院内，一股浓浓的药香就从里面飘了出来，让韩立精神一振。

"傻站在外面干吗？快点进来，我还有事要外出呢！"韩立一怔，但立刻就听了话走进去。

站在里面，韩立才真正看清楚了园内的情形。

数间用干草和竹子搭建而成的茅草屋位于园子的中央，四周则是一块块被沟槽划分出来的方形地，排列得整整齐齐。每块地里都郁郁葱葱，种着许多韩立熟悉或陌生的药草，以及一些看起来奇形怪状的植物，让整个园内灵气盎然。韩立深吸了一口气后，觉得舒畅无比。

"到屋子里来！"声音的主人见他磨磨蹭蹭的，有些不耐烦了。

韩立淡淡地笑了一下，也不在意，慢慢走进了茅屋内。

屋里站着一个枯瘦的矮小老头，正不满地望着刚进来的韩立。这老头从外表上看大约五十岁，留着两撇枯黄的小胡子，一双有些混浊的小眼睛滴溜溜地乱转，猛一看真像一只成了精的人形大耗子。

"你就是百机堂派来的管园弟子？也太年轻了点吧，功力还这么差劲！姓叶的家伙是不是在敷衍我？怎么派来的人一次不如一次？"瘦小老头一见韩立的模样，脸色一沉，大发起了脾气。

"弟子韩立，见过马师伯！"韩立早已从卷宗中知道了小老头的古怪脾气，因此倒也没有吃惊，上前施礼道。

"哼！你知道完成不了任务，会有多重的惩罚吗？你现在回去，叫我那位叶师弟另派一人来，还来得及！"小老头翻了一下白眼，没好气地说道。

"是不是药园规模要维持不变，不能将药草弄夭折，每月还需上交一定数量的药草？如果是这样的话，晚辈倒还有些信心！"韩立不动声色地说道。

听了韩立此话，老头有些意外，看来像韩立这样一开口就自信满满的管园弟子，他还是头一次遇到。他不禁重新打量了韩立一番，但眼中的怀疑之色还是没有减少分毫。

"你跟我过来！"小老头忽然冷冷说道，然后走出了茅屋，韩立毫不迟疑地跟了上去。

"这些药草你能认出多少？"老头指着满园子的花草，斜睨着韩立说道。

"十分之一。"韩立扫了一眼后，轻吐道。

听了韩立的话，老头愣了一下，但随即冷笑道："小家伙，你要真能认识十分之一的药草，我就把园子交给你管理，不再说二话！"

有了对方这句话后，韩立微微一笑，离开老头身边，向园中走去。

"子夜花、黄球草、白鹤芝、望月草……"韩立一边在园中漫步，一边随意地把那些自己认识的药草叫出了名字。

老头一开始还是讥笑的神情，但听着听着脸上就露出了惊讶之色，因为韩立竟说出了许多非常生僻的药草名称，有些甚至他自己也是费了九牛二虎之力才弄清楚功效的，这让他大感意外。

"够了！"当韩立才说完一小半认识的药草后，老头就出言阻止了他的表演。

"很好，看来并不完全是吹牛！这药园子暂时就交给你管理了，这是此处的禁制令牌，小心接着！"老头脸上露出了满意之色，麻利地从身上掏出了一块墨绿色的木牌，扔给了韩立。

"屋内有我往年培养药草的心得体会，你也要好好看看，毕竟大多数药草你还是不熟悉，别给我弄夭折了！"老头摸了摸小胡子，叮嘱道。

"多谢师伯提醒，弟子铭记了！"韩立恭声说道。

"咳！希望你的能力和你的嘴巴一样管用，这样老夫也可以真正从这药园内解脱出来了，不用再耽误修行。这药园是老夫的私人药地，所以真能胜任此工作的话，老夫绝不会亏待了你。但是丑话说在前面，如果不行的话，那就趁早滚蛋，再换其他人，明白了吗？"老头恩威并施地说道。

韩立听了对方不客气的言辞，不但没生气，反而好感大起，觉得这位马师伯比那位叶师叔强多了，最起码不是个伪君子型的小人。于是，连忙点头称是。

又接连交代了几样管理园子的注意事项，老头才回到茅屋内匆匆收拾了一下，就头也不回地离开了药园，飞天而去。

韩立看着这位马师伯远去之后，就随意地选定了一间茅屋收拾了起来，作为自己的居室。

因为忙碌了一整天没能休息一会儿，所以即使韩立这样的修仙者也感到了一些乏意，便爬上床铺呼呼大睡起来。

对他来说，即使外面有天大的事情即将发生，也要等他精神饱满后再去解决。而此时天色也正好黑了下来。

韩立作为黄枫谷新进弟子的第一天，就这样不无波折地过去了。当第二天，韩立精神抖擞地醒来时，他的修仙之路才算正式开始了。

在接下来的一段日子里，韩立白天钻研老头留下的笔记，晚上则偷偷把那神秘小瓶埋在药田的某个角落里，还在上面盖上了那高价换来的法宝残片，以掩饰它吸纳灵气的惊人现象。

这样一来，这角落除了灵气比别的地方稍浓了一些外，果然再也无其他惹人注意之处，韩立暗自提着的心，总算放了下来。

而那个叶师叔也在几天后带着所谓的筑基丹的交换物，找到了韩立。并把只有原先所说的五分之一都不到的灵石和法器等物品交与了韩立，至于还应包括的丹药之事，这个叶堂主似乎早已忘了，而韩立也是一副装作不知的样子。

不过尽管如此，韩立还是一夜暴富了起来，得到了中阶灵石两块、低阶灵石数十块，还有三件炼制精良的法器和一些符箓。

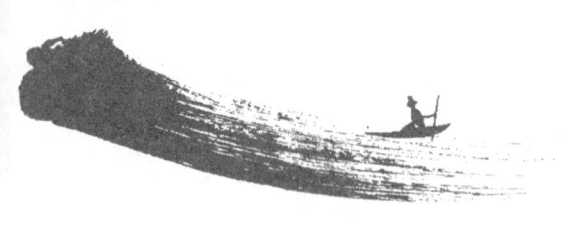

第八章
两年后

中阶灵石韩立还是第一次见到。一块是红光闪闪的火属性灵石，另一块则是深黄色的土属性灵石，都是最常见的中阶灵石。

它们看起来果然与那些只有淡淡属性色彩的低阶灵石截然不同，不要说它们的光泽大盛，就是它们本身的强大灵波，也绝不会让人产生混淆。

而那三件法器也不错，不愧是由筑基期高手亲自炼制的，比韩立在太南会上见到的那些垃圾货色强太多了。

一件是一枚看似精钢制成的指环，施法驱动后便可自动飞出锁敌，还可在一定范围内大小自如变化。韩立曾一时兴起，将全身法力注入其内，结果那指环竟散发着淡淡黄光，足足扩大到可将他居住的茅屋都套在其内的恐怖幅度，让韩立不禁咋舌半天。

另一件则是一杆漆黑的三角小旗，这件法器的使用就更简单了，只要在旗内注入灵力，然后那么一挥，便会立即在执旗人附近幻化出团团黑雾，让攻击身前的敌人双目失明，并能掩盖自身踪迹，是件很好的防御性法器。

前两件法器都已是外界难得一见的上好精品，但最令韩立欣喜若狂的还是最后一件辅助型法器，一个可使装入物品灵力不流失的黄铜瓶。

这个瓶形法器一到手，韩立就立即想到了让他困扰已久的神秘绿液的存放难题。

要知道，自从韩立知道了灵力的存在后，他早已怀疑那小瓶每晚所吸纳凝结的就是天地间的自然灵气，只是苦于以前没有合适的方法证实，所以这种想法也只能作为一种猜测一直深埋在他心底。

如今这黄瓶法器的出现，正好可以让他证实下这种猜测。于是，他当晚就把那凝结出来的绿液放入了黄铜瓶，想试试此法器能否保存住绿液。

但这次的结果，还是令他大失所望。

那黄铜瓶也只是将绿液的保存时间由原来的一刻钟延长到了一整天而已，过了这个时限那绿液还是会从瓶内消失得无影无踪。这么看来，这绿液并不仅仅是天地灵气的凝聚这么简单，肯定还有更复杂的东西掺在了里面。

做完这个测试后，韩立就知道这个谜底肯定不是现阶段的他可以轻易解开的，于是，他干脆不再费力劳心地去想此问题，而准备顺其自然了。反正这小瓶现在的功用，就已让自己受用不尽了。

想通后不再纠结的韩立，又开始利用绿液的功效，配制出了一批批的黄龙丹和金髓丸，准备先一边服用着这些功效大减的丹药，一边设法在谷内找些更加灵妙的替代丹药配方来。

不过韩立很清楚，这件事还是急不来的。

因为作为一名刚入门的新进弟子，他就这么大模大样地到处去打听丹药的配方，那还不是此地无银三百两吗！非得引起他人的怀疑和猜测不可，从而惹下杀身之祸。

所以韩立准备老老实实地在这药园内潜修几年，等把门内的事情都彻底摸清楚了，自己也成了黄枫谷的老人，不会引起他人的注意后，再去考虑配方的问题。

至于每月必须上交的药材，韩立就更不担心了。有了这绿液的帮助，什么样的药草他不能一夜之间催熟？这完全是小事一桩。他已准备在这药园内长久住下了，想必那位马师伯不会对此有什么意见。

于是，韩立每天都有规律地忙碌着自己的事情。

白天看完老头的笔记后，他又开始勤往那位传功师兄吴风那里跑个不停，并在那儿学会了不少初级法术的实用口诀，然后再回药园内自己钻研领悟。

而且韩立每日里都把那黄龙丹和金髓丸当作糖豆一样大量服用。按照韩立的想法，既然质量上不行，那还不能靠数量取胜吗！这些丹药积少成多的话，一样也有效果。

就这样，不知不觉，韩立加入黄枫谷已经两年多了。

在这两年中，发生了许多事。在韩立潜修后不久，恰逢十年一次的大开山门招收新弟子，从各大小修仙家族中，又有上千名根骨属性都不错的少年，拜入了黄枫谷门下。其中还有两名属性相同的异灵根同胞兄弟，而且还是以破坏力而著称的雷灵根。

这对兄弟的出现，吸引了谷内高层的目光，甚至连门内闭关已久的一位结丹期长老都为此破例出关了一趟，并在察看了两人的根骨后，公开声明道，只要这两人能够筑基成功，那他就会将他们收入门下，亲自来教导。

这个声明一出，自然羡煞了其他的师兄弟们。除此兄弟两人外，这批弟子中还出现了几位资质不凡的天才人物。

比如说，一个小家族的李姓少年，竟然才十一二岁的年纪就已把基础功法练至了第九层顶峰，还未曾服用过任何丹药，可称得上是进步神速，一点也不逊色于异灵根的拥有者。

另一名姓王的七八岁童子，那就更加了不得了，他不但是修仙大族王家的直系血脉，而且还是天生的"玄阴之眼"，竟可修炼早已失传数百年的"叱目神光"，可克制天下间的所有阴魂鬼怪。

当然除了这二人外，还有其他一些比普通弟子明显高出一大截的杰出人才。比起前几次新弟子的招收，这次堪称是一次了不起的大丰收，让钟掌门高兴得

两年后

一连数日都合不拢嘴，甚至还一度以为，是不是上天开了眼，要助黄枫谷凌驾于其他各派之上！

但是当谷外传来了七大派中实力最强的掩月宗竟然在新收的弟子中发现了一名拥有天灵根的小姑娘时，这位才刚刚雄心勃勃没几天的钟大掌门，给噎得半天说不出话来。

但不管怎么说，这批新进弟子算是把黄枫谷上上下下的目光全都吸引住了，就连那些入门早些的低级弟子也天天议论着哪位天才师弟今天基础功法又进步了多少，或者又做出了什么惊人举动。

于是在这么多耀眼新秀的光芒之下，韩立这个当初携带升仙令才能入门的弟子，彻底被钟掌门和谷内的管事们给忘得一干二净。再加上韩立整日都泡在药园内，轻易不肯外出见人，认识他的人就更是少得可怜，也许就只有那位传功师兄吴风和百机堂的于执事还偶尔会记起韩立。毕竟这二位，韩立在请教功法和每月领取灵石时，还是会见上一面的。

不管别人如何看待自己，韩立对目前的半隐居修行非常满意，而那个每月就来收取一定药材的老头，对他就更满意了。毕竟像韩立这样每次都能按时上交规定物品的管园弟子，他上哪儿还能找得到？

于是老头为了拴住韩立这个管园奇才，给他的灵石奖励越来越多，从当初的每月两块低阶灵石，一直涨到了如今的每月五块，让韩立成了低阶弟子中货真价实的高收入者。要知道其他普通弟子的平均收入也只不过是每月三块灵石而已。这让韩立对这位马师伯的好感大大增加了。

至于那个反悔并吞没了韩立大半物品的叶大堂主在听说侄孙在服用筑基丹后还是没能筑基成功，无奈地停留在了炼气期顶峰后，着实懊恼得不轻。而韩立听说此事后，心情立即舒畅了许多。

另外，在无数丹药的强推之下，韩立的长春功终于顽强地一连突破两层，进入到了十一层境界，让他达到了谷内低阶弟子的中等水平。而这时的黄龙丹和金髓丸也彻底失去了功效，即使服用再多下去，也一丝效果都没有了。

如此一来，韩立就不得不把计划提前，把主意打到了其他丹药上。

幸运的是，此时的谷内不会有人对他这个无名小卒感兴趣，所以只要稍微谨慎小心些的话，他的行为举动便不会引起他人的注意。

韩立站在一座名叫巫钩山的山腰石台处，而山石铺建的数十丈宽的平台尽头，有一个被阵法完全遮掩住的巨大洞府——岳麓殿。

这个岳麓殿就是黄枫谷法器、丹药配方、书籍以及有关秘术的专门收藏处，并且还提供各种炼丹、炼器的辅助工具和一些常用的原料，可以说是整个山门内最重要的地方之一。因此这里不但禁制繁多，阵法一层覆盖一层，而且还经常有百余名弟子在附近戒备巡逻，以防外敌入侵。甚至还有人说，有一位结丹期的师叔祖也在此殿内常年闭关坐镇，以免有大高手侵入此地。

韩立把收集来的相关资料在脑中转了一圈后，就坦然自若地向前走去。

韩立刚在此一降落，就已感到数道警惕的目光在暗处打量了自己好几遍，但可能看他法力一般，所以很快就收敛了起来。但即便如此，也让韩立暗暗吃惊。

这些人既然能让他无法感应到位置所在，这就说明对方要么有可以隐匿身形的上好法器，要么就是法力确实在他之上，都是十二层以上的精英弟子。这怎能不让韩立更加谨慎！

上前走了几步后，韩立停了下来，然后低声念了几句口诀，把手一扬，一道红光从手中飞出，砸在了前方貌似空无一物的地方。

结果一阵空间波动后，面前豁然出现了一道闪着红光的光壁，紧接着两个身穿红衣的弟子也出现在了光壁之后。

"是你破的禁制？"一名红衣弟子冷冷地说道。

"在下韩立，是……"

"我们管你是谁！既然没有筑基期的水准，那肯定有担保人了？把担保人的信物拿来！"这名弟子不耐烦地打断了韩立的解释。

韩立听了此人不客气的言语，也不生气，神色自若地从怀中摸出一个玉符，往身前的地上一放。

这时，那名红衣弟子朝光壁上伸手一点，一个巴掌大小的圆孔凭空出现了。

而另一名未曾开口的红衣弟子，则把手轻轻一招，韩立的玉符就如同长了翅膀一样，自动通过那小孔飞到了他的手上。

"马师兄是你的担保人？"看完玉符的红衣人，有些惊讶地开了口。

"的确是马师伯给在下的信物。"韩立老实地回答道，心里却一阵骇然，这两名红衣人年纪不大，竟然也是筑基期的高手，这让他吃惊不小。

要知道在修仙门派从不是以进门的早晚来论资排辈，而是看境界的深浅来划分等级，毕竟修仙之路还是以能者为师的！

"是那位整天痴迷炼丹的马师兄吗？"旁边的那名红衣弟子，也感到了意外。

"可不是吗，他也会替人做担保？真令人吃惊啊！你不会是他的亲传弟子或者子侄之类的吧？"拿着玉符反复确认几遍后的红衣人，起了些好奇心。

"不是的，晚辈只是替马师伯看管药园而已，为了这个信物，弟子已答应免费照看园子一年了！"韩立这时不敢怠慢，连忙恭声答道，脸上却是苦笑着的模样。

他这话说得千真万确。

其实韩立一开始打配方主意的时候，想到的就是这位马师伯。因为这老头既然种了这么多的药草，那肯定对炼丹一道很有研究，手里的丹药配方一定也是少不了。所以韩立在数月前，趁着老头来拿药材的时候，旁敲侧击地稍稍提了那么一句。

结果让韩立傻眼的是，老头一听此话，立即把头摇得跟拨浪鼓一样，说什么也不同意。按照这位马师伯的说法，他手里的配方都是他这位炼丹大师经历无数次的失败亲自改良过的，怎么可以随便给人，这是绝对不可能的事！

但当韩立十分诚恳地解释自己只要那些未曾改动过的原始配方时，老头则把眼一翻，不耐烦地叫韩立自己去岳麓殿找，何必要来劳烦他。就这样，韩立只好以一年的白工为代价，换来了老头的担保信物，才有了今天的岳麓殿之行。

"呵呵！原来是这样啊，我还以为传闻中的马师兄突然改了性子了！"两名红衣人听闻之后，相视一笑。

"好了，你进来吧！"

两名红衣人同时打出一道法诀到光壁上，光壁瞬间撕开了一道丈许宽的裂缝，正好可容一人进出。

韩立见此哪还会迟疑，立即身形一闪，进入了里面。

光壁后的情形，让韩立大为惊讶。

原先在外面，因为红色光壁阻挡，所以韩立看不清里面的景象，但如今进来后，眼前出现的竟是一座光秃秃的山面，除了一座小小的圆形法阵外，竟然什么建筑也没有。这让韩立疑惑不已。

"这玉符拿好，以后每次来的时候还是要例行检查的，这是此处的规矩。"在收回光壁上的法诀后，检查信物的那人将玉符还给了韩立。

"多谢两位师叔！"韩立收回了四处打量的目光，尽量使自己显得恭敬有礼，希望给这二人留下好的印象，毕竟以后这里还是要常来的。

"嗯，跟我来吧！"

显然，韩立的心思没有白费，两人神色温和了不少。毕竟能来这里的人大部分都是和他们同辈的弟子，自然不会像韩立这样多礼，这让他们对韩立生出了不少好感。

"不过，韩师侄啊，你怎么会想到来这岳麓殿呢？要知道，不论开炉炼丹还是开鼎炼器，都是筑基期的水准才正好，你现在来此也太早了点吧！"一个红衣人随意地问道，这时他们二人正带着韩立向那座圆形法阵走去。

"晚辈只是在马师伯那里耳闻目睹了许多炼丹的事情，再加上在看管药园时也积攒了些原料，所以就想来此碰碰运气，看看能否找到合适的配方，炼些精进功力的丹药。毕竟我的资质实在不好，也只有依靠些外力了。"韩立所回答的内容半真半假，故意比二人落后了半步。

"这样啊！不过师侄的希望可不很大，进去以后你就会明白我的意思了。"

另一人则轻摇一下头，并不看好韩立此行的结果。

这时三人已走到了圆形法阵跟前，一个红衣人示意韩立站在法阵的中间，而他二人则一左一右分别站在了法阵的两侧。

"原本使用传送阵是要收取一块低阶灵石的，不过我们看师侄也是第一次来，所以这次就免了。但下次可就要完全按照规矩来了。"其中一个红衣人微笑着说道。

刚说完此话，两人就熟练无比地分别往法阵上打出了一道红光，然后法阵上镶嵌的几颗灵石就亮了起来。

没等韩立向二人道谢，就忽然觉得一阵天旋地转，周围的景物也模糊了起来。接着眼前光华一闪，韩立等人就来到了一个陌生的大厅之内，脚下也踩着一座和刚才一模一样的法阵。

这就是传闻中的传送阵了，真是奇妙啊！韩立心中惊叹不已，等那因传送带来的不适感消失后，才四处打量起这间大得出奇的大厅。

这座大厅非常奇特，是一个圆柱形的超大房间，直径有三十来丈，高度也有四五丈，并且四周的青岩壁上镶嵌着淡红色的水晶，地上则有一层薄薄的白沙，显得十分干净整洁。

但是如果抬头看的话，就会愕然地发现，大厅的屋顶竟然有一根根倒挂着白色乳柱，而且密密麻麻的到处都是。这竟是一个少见的钟乳岩洞，只是被人略加改造才形成了如今模样。

在大厅的周围平均分布着三条通道，其中两条通道边上分别用古文刻印着一个"器"字和一个"丹"字，最后一条通道则空空如也，附近什么标识也没有。

韩立扫视了一眼后，稍微犹豫了一下，就往刻着"丹"字的通道内走去。

这条通道倒也不长，走了十几步后一拐弯，一处稍大些的屋子就出现在通道尽头。屋内有一张长长的桌子，还有一位满面红光的老者站在桌旁，正笑嘻嘻地望着韩立。

而在桌子后面则有数个依墙而立的破旧货架，上面摆满了各种鼎炉、原料，以及韩立从未见过的一些杂七杂八的奇怪物品。

还没等韩立说话，那老者就喜笑颜开地抢先开了口："这位小友，看你脸孔生得很，是第一次来这里吧！现在这鬼地方，新人来得可是越来越少了！老夫早就把那些死脸孔的家伙全都看腻了，能有个年轻点的新人来这里，真是太好了！"老者摇头晃脑地说道，脸上颇有几分不正经的样子。

可韩立已发现天眼术对此老并无效果，看不出对方的深浅，这说明此人又是一位筑基期的高手，他怎么敢怠慢，于是，急忙施礼道："晚辈见过师伯！我的确是第一次来岳麓殿，还请师伯指点一二！"韩立把姿态放得很低。

"有什么不懂的，小友尽管问就是了！另外，我姓许，叫我许伯或许老都行，不要什么师伯长师伯短的，老夫不爱听这个！"老者急忙订正了韩立对自己的称呼，似乎对此很是在意。

"那……晚辈遵命就是！"韩立犹豫了一下，就无所谓地答应了下来，觉得对方还真是有点古怪。

"这样就对了。现在说说到此的目的吧。"许姓老者满意地说道。

"晚辈想找一些和丹药有关的配方、书籍一观，想研究一下炼丹之道。"韩立尽量使自己的话显得婉转、迂回一些，不希望引起此人的注意。

"炼丹的配方和书啊？顺着这楼梯上去就是！"令韩立惊讶的是，老者没有任何追问他的举动，随意地拿出一块黑色令牌发出一道法诀后，在其身后和货架之间的空地上，就凭空出现了一个通向屋顶的石梯。

韩立大喜，连忙快步走到石梯前，正要动身上去，老者却忽然露出了狡诈的神情。

"在二楼观看藏书，一个时辰收取一块低阶灵石。不准将原件带离此处，若要复制内容，则另需缴纳复制费用每份十块灵石。"

还没等韩立踏上楼梯口，其背后的老者不紧不慢地说出了相关规定，让韩立的身形一滞，几乎想破口大骂起来。

这收费也太高了点吧！不要说十块低阶灵石的复制费用，就是一时辰一块灵石的浏览费用也会让许多囊中羞涩的弟子望而却步。

要知道，一名低阶弟子一年下来通过各种工作也只能挣到二三十块灵石罢了！算上日常的各种修炼消耗和开销，实际能攒下的灵石也只是寥寥几块而已。

所以对方的要价，绝对是黑心得很，真是一个大奸商啊！

韩立脸上虽然多了丝异样的神情，脚步却没有因为老者的这番话而有任何停留，而是头也不回地往回一抛，将一块低阶灵石扔到了老者的手上，就快步登上了二楼。

"有趣啊！竟然没被这样的收费给吓住，看来还是名小财主呢。呵呵，看样子又有一笔小财可以发了！"老者见韩立如此豪爽，不禁高兴得眼睛眯成了弯月状，并把那灵石在衣角上使劲擦了几下，再放到眼前细看了起来，一副铁公鸡的嘴脸暴露无遗，和一开始的那种平易近人的模样已截然不同。

而此时的韩立，已来到二楼，仔细打量起眼前的一切。

和他想象中的宽敞明亮，有数不尽的书籍、竹简之类的物品塞满了大屋子的情形完全不同，这二楼的房间虽然不小，但是摆放在那里的东西实在是少得可怜。

两个黑乎乎的书架，一张脏兮兮的桌子，还有一把破椅子，这就是屋内的全部家当。当然，那书架上还是有二三十本发黄的旧书，桌子上也有几捆破烂的竹简和两个已看不出本来颜色的玉筒。

"这么寒酸，莫不是走错了地方？这哪里是修仙大派的藏书秘阁，分明是某个穷秀才家的破烂书屋嘛！"韩立被屋内的景象给打击得不轻，若不是顾忌许老那深不可测的法力，他几乎就要马上下楼抓住对方的衣领，狠狠质问一番了。

深深呼吸了一下后，韩立冷静地走到一个书架前，接着随意轻抽出一本旧书，仔细地翻看了起来。

"天地五行，五脏对应，金针刺位，可化精生元……"这本书他只看了几句开头，就大感诧异，不禁把书一合，往书皮看去。

"华氏金针秘术"六个硕大的字眼，映入了韩立的眼帘。

韩立的脸色"唰"的一下变得很难看。不是说此书不好，这本书记载的内容的确是世间少有的金针治病秘法，甚至大有起死回生、激发病人潜力的奇效。但这金针之术能和炼丹扯上什么关系？更令他恼火的是，他早已在墨大夫那里把这本书看过了无数遍，甚至还可以倒背如流。这明明是世俗界的医药之书，怎么会堂而皇之地出现在这里？

一连串的疑问出现在韩立的脑子里，他紧缩起眉头，大为不解。但当目光落在书架上剩余的书籍上时，一丝更加不好的预感，笼罩上了韩立心头。

韩立七手八脚地把那些剩余的旧书全都一本本翻动起来。每当一本书被翻完之后，脸上的阴沉之色就更深了几分，当连另一个书架上的书籍也全都翻了一遍后，韩立脸上的神情已如同暴风雨来临前那般乌黑一片。

这二十来本书竟无一是炼丹之书，要么是治病救人的秘术，要么是疑难杂症的偏方。最离奇的是，还有一本竟是用毒高手的自述毒经。全都是些世俗界的用书。

"一个时辰到了，再看下去就要另加灵石了！"突然，那位许老在楼下喊了这么一嗓子。

韩立闻言，有些无语，就这样一堆垃圾书，也要收灵石？不过当他的目光转向桌子上的物品时，还是心存侥幸地从身上又摸出了块灵石，从楼梯口扔了下去。

"灵石收到了，小友继续看吧，老夫不打搅了！"楼下的许老笑嘻嘻地说道。

韩立没再理会老者，因为他很清楚对于毫不掩饰欲望的对方来说，对他是否恭敬已并不重要，重要的是自己能掏出灵石来。

不过韩立也没有再白扔一块灵石的打算，所以他这次翻看桌上竹简的动作明显比刚才快了许多，并且只看看大概内容，不再详细地逐句阅读。

在屋顶一颗硕大月光石的柔和白光下，韩立的神色随着几捆竹简的翻动阴晴不定。当翻完了所有的竹简后，韩立把这些竹简堆放回原处，轻叹了一口气。

这些竹简上记载的倒是几种丹药的配方和一些配药心得，但可惜的是，从这些丹药的成分上看，这几种都是与黄龙丹和金髓丸差不多功效的灵药，对如今长春功已达十一层的韩立来说，已无什么效用可言了。

这样一来，韩立唯一的希望就寄托在那两个拳头大小的玉筒上了，希望里面记载的东西不会让他空手而归。

韩立拿起一个玉筒轻轻一吹，玉筒便露出了翠绿欲滴的本来面目。

他把玉筒紧贴在额角之上，心神缓缓沉入到此物内部，一种丹药的炼制之法赫然出现在了眼前，竟然是韩立梦寐以求的筑基丹炼制方法，从原料到如何炼制成丹，整个过程丝毫不少，让他又惊又喜。

他一时之间也顾不上去看另一个玉筒，急忙先用心神浏览了一遍全部内容。但当心神掠过"必须用先天真火加以淬炼才能成丹"的字眼后，韩立愣住了，有一种彻底傻了眼的感觉。

先天真火是筑基期修士才可具有的道家罡火，是筑基之后的修仙者才会的一种基本法能。它会随着修士的炼气打坐而威力渐增，因此到了结丹期后，此真火就会化为传说中的三昧之火，可烧尽天下万物。

可这种先天真火，让炼气期的韩立如何能施展出来啊！

可是如果筑基就必须炼成筑基丹才行，而炼成筑基丹又不能缺少筑基后的先天真火，这样一来，一个环环相扣的无解怪圈就形成了。

韩立郁闷得有一种想撞墙的冲动！

找筑基期的其他修士帮忙炼丹，这就更不行了。这相当于把小瓶子的秘密暴露给了对方，到那时恐怕这位请来的帮手会变成要了自己小命的凶手。

韩立站在桌前心烦意乱了好大一会儿，才把这玉筒放回到原处，然后心不在焉地又拿起另一个玉筒，擦拭了几下，玉筒露出了火红的颜色。

"筑基丹的事，只有以后再考虑了。先看看这卷是什么内容吧，说不定里面会有其他灵妙丹药的配方呢！"韩立也是个果决之人，立即把筑基丹的事先放在了一边，又检查起这个红色的玉筒来，希望它能给自己一个大惊喜。

"定颜丹"，韩立心神刚进入其内，这三个字眼就出现在脑海之中，让他顿时感觉到了一丝不妙，但韩立还是自我安慰了一番："这名字虽然如此，可丹药的效果并不一定就是自己所想的那样，说不定另有奇效呢！"

但是接下来的几句话彻底把韩立的希望给击得粉碎，"能使青春永驻、容貌长存"，这就是此丹功效的描述，除此，再也没有其他的作用了。

韩立如同被定住了一样，站在那里一动不动，一句话也没说，心里却再也压不住腾腾蹿起的那股怒火，暗自破口咒骂起来。

"这到底是什么藏书室，怎么该有的配方一个没有，倒是乱七八糟的东西收藏了一大堆！这些什么金针秘术、定颜丹之类的东西，对我们修仙者能起什么鬼作用，竟也被大模大样地摆放在这里……"

就在韩立觉得这趟几乎算是白来了的时候，那个讨厌的声音又传了上来。

"时间又到了，若果再……"

"就下来了！"

韩立这次可不打算再白给对方一块灵石，所以拿起含有筑基丹炼制之法的玉筒就准备离开此处。可是刚走到楼梯口时，他犹豫了一下，觉得那个定颜丹虽然对精进法力没有丝毫帮助，但似乎还是可以出售给其他修仙者的。而且最主要的是，这个定颜丹并不需要所谓的先天真火，现在的他就可以调配而成。

想到这里，韩立掉头奔回到了桌前，一把将红色玉筒也抓在了手里，这才快步回到了楼梯口，"噔噔噔"地下了楼。

"怎么样啊，小友！有没有收获？"老者一见韩立下来了，立即满脸堆笑地问道，可是韩立怎么听怎么觉得虚伪至极。

"许老，楼上真是本门存放丹药秘方的地方吗？怎么就这么些破烂垃圾，不会还另有其他收藏室吧？"韩立对老者的调侃没有在意，反而问出了憋在肚里许久的疑问，一脸的郁闷表情。

老者见韩立如此神情，不禁嘿嘿奸笑起来。

"自从老夫打理此处以来，小友并不是第一个有此疑问的人了。几乎每个刚到岳麓殿楼上观看过的新人，都会向老夫打听此事。不过想要知道此事的原委嘛……"这位许老故意拖长了声调，但话里要好处的意思可是再明显不过了。

对方这种死要钱的样子实在让韩立无语。眼前这位哪还是筑基期的修士，分明就是世俗界奸商，活生生一副铁公鸡的模样。

此时，韩立总算明白对方一开始不让自己叫师伯，而是称呼其许老的用意了。他分明是觉得如果认下师门长辈的话，就不好再明目张胆地要好处了，所以才耍了这么一个掩耳盗铃的小花招。

韩立眉尖挑了一下，二话不说，"啪""啪"两下，将两个玉筒放在了老者的桌前。

"晚辈原本是想将两个玉筒都复制下来，可如今一看，灵石似乎不太够了。如此的话，晚辈还是只复制其中一个算了，另一个晚辈再送回去。"韩立可不是在世俗界白混了那么久，稍微反击了一下，以防对方的胃口越来越大。

"小友要复制两份？"老者大喜，瞪大了双眼。

"原本是的，可晚辈还想知道刚才那个问题的答案，似乎又不太够了。"

"呵呵，小友既然如此爽快，刚才的问题当然免费了。老夫先给小友复制好！"老者赶忙把那两个玉筒抄在手中，又从身后货架上拿出两个白玉筒，急忙复制了起来，一副生怕韩立反悔的样子。

"复制完成，拿好了！"老者的动作敏捷无比，在韩立目瞪口呆之中就已把玉筒复制完毕，然后把复制品扔到了韩立手中，接着用一种你还不快掏灵石的眼神，直直地瞅着韩立。

韩立嘴角抽动了一下，想开口说些什么，但还是没说出口。稍微沉默一下后，就干脆利落地从储物袋中摸出了二十颗低阶灵石，一声不吭地递给了老者。

老者喜笑颜开地接过这些灵石，一时半会儿乐得合不拢嘴，直到他把这些灵石一连查点过三四遍后，才注意到一旁的韩立还在等他的回话呢。

此时，老者才心满意足地将灵石收了起来，用一种看大金主的眼神重新打量起韩立。

"真是人不可貌相啊！小友竟然身家如此深厚，还真出乎老夫的意料。不过，老夫虽然爱财，但也是一诺千金之人。今日小友有什么问题尽管提就是了，老夫绝对让小友满意而归！"老者把目光收回后，竟然露出一副郑重的表情，肃然说道。

韩立略为有些意外，但也就毫不客气地要求回答刚才的问题。

"其实很简单，大部分的丹药配方早已丢失了。不仅是我们黄枫谷一门如此，就是其他几家，甚至整个修仙界都是这般情况！"老者缓缓地说道。

韩立闻言怔了怔，有些不解地望着老者。

"其实小友静下心来想一想就会明白了。丹药配方的价值是什么？当然是能够把与之相应的各种天材地宝化为丹药给我等修仙者服用。

"可是小友想过没有，这世上的天材地宝可是有限得很，而且每一种都需要成百上千年才能成材。而修仙者的数量却始终都没有减少过，甚至还在逐年增加。于是，这就造成了配方上所记载的各种原料渐渐稀少，有的甚至彻底灭绝。等到修仙界的人都注意到此问题的严重性时，这世上的天材地宝早就被人挖掘一空，只有某些特殊的地方还残留那么一点点，但是这些地方即使对修行有成的修仙者而言也是凶险无比的，轻易不会冒此危险。

"这样一来，彻底断绝了原料来源的配方就变得毫无价值了，还有谁会重视？再经过极为漫长的一段时间和几次修仙界的大劫后，那些丹药配方就渐渐消失，剩下的寥寥无几。而筑基丹的配方就是幸存下来的一种。"

韩立听着老者所说的缘由，脸上神情不变，一副不置可否的样子。听完之后，就轻轻地点点头，什么话也没说，伸手拿起了复制玉简，转身向通道走去。

"小友既然想炼丹，要不要再买些丹炉啊，我给你算便宜些如何？"老者见韩立这就要离去，急忙又推销起自己的货物来。

"不用了，暂时还用不上。"韩立没有回头，只是摆摆手，淡淡地说道。

"那真是太可惜了！我这里的丹炉，可是能承受住地火的高温啊！"老者见生意没有做成，有些遗憾地说道。

"地火？"韩立原本已走到通道出口的身形停了下来。

"就是比先天真火还要厉害几分的地肺之火。"老者漫不经心地说道。

"炼丹不是要用先天真火吗？这地火能代替它炼丹吗？"韩立尽量使自己的声音保持冷静，心里却"怦怦"地跳起来。他知道，能解决自己筑基丹炼制困境的办法也许已经找到了。

"呵呵！看来小友对修仙界早已用地火代替先天真火来炼丹的事，是一无所知啊！不过，这也没什么大不了的，基本上炼过一两次丹的人都知道。那我就免费再给小友讲一下吧！"老者见韩立似乎对此很关注，精神一振，却故意把"免费"二字咬得特别重。

韩立如何听不出对方话里的意思，不由得苦笑起来。对方明摆着是告诉他，虽然可以免费告诉他，但是说一句是免费，说七八句同样是免费，这里面的区别可是差太多了。

但此事事关重大，韩立也顾不得再纠结了，因此直接走了回去，不假思索地说道："只要许老所说的地火之事是真的，那我就在这里再挑选一个丹炉就是了！"

"嘿嘿！我这里的丹炉绝对是上好的精品，一定会让小友满意的！"老者见目的已顺利达成，不由得眯着眼睛笑了起来。

"其实用先天真火来炼丹，这已是老皇历了，如今的修仙界都是用玄阳之地的地肺之火来淬炼丹药。因为许久以前我们的前辈便已发现，地火不但比修士的真火精纯而高温，而且还特别持久稳定，比原先的真火炼丹法成丹率提高了许多，并且对炼器也同样有效。所以只要有条件的修仙门派甚至大些的修仙家族，都有自己专门的玄阳火地，以供自家子弟炼丹、炼器。也只有那些势单力孤的，实在无法借到地火的散修，还在用废丹率特别高的真火炼丹法。"老者摇头晃脑地说了这一大通出来。

"那本门也有可借用的地火了？许老可知在何处？"韩立心花怒放，强忍着心中的兴奋，仍头脑清醒地问出了关键所在。

"哈哈！……"

老者一听韩立此问，忍不住大笑起来，笑得韩立直眨着眼睛，有些纳闷。

"小友刚进岳麓殿时，是不是看到了一条没有做任何标识的通道？那条通道就是通往玄阳火地的，在那里交些灵石的话，就可以借用地火了！"老者畅笑了一通后，终于告诉了韩立实话。

"果真如此？"韩立忍不住露出了喜色。

"老夫一把年纪，还能骗你个晚辈不成？"老者有些不悦地说道。

"是晚辈失言了，请许老见谅！"韩立也觉得对方即使贪财也不可能在这样的事情上糊弄自己，就诚恳地道了声歉。

"哼，看在小友年纪轻轻的分上，老夫就原谅你这一次！"老者的神色缓和了下来，但随即又板着脸说道，"但在购买丹炉上的优惠，老夫可不会再给了。"

韩立闻言，顿时有些哭笑不得，此老还真是时刻不忘占便宜啊！

"是不是就是这些丹炉？"韩立指了指对方货架上的那些大小鼎炉，问道。

"当然不是了，那些都只是普通货色，只能炼些低劣丹药罢了，如何能经受住地火的炙烤？真正的精品丹炉，全都在这里了！"老者恢复了奸商的本色，笑嘻嘻地拍了拍自己腰间的一个不起眼的灰布袋。

只见此老摘下布袋往身旁的空地上轻轻一拍，顿时青光一卷，一排古色古香、样式奇特的鼎炉出现在了地上。

"怎么样？这些都是老夫收藏的上品丹炉，每一个都是精品，绝对不是普通货色！"老者拿起最近的一个鼎炉，轻敲了一下，有些得意地说道。

"的确不错！"这些鼎炉一出现，韩立就感受到了它们散发的丝丝灵气，不禁称赞道。

但其实更让韩立上心的，还是对方这只不起眼的布袋子，这绝对是件超出了十倍储物能力的高级储物袋，否则也不可能装下这么多块头不小的物品。

"嘿嘿！不是老夫自夸啊，许某可是炼制鼎炉法器的大高手，本门低级弟子的鼎炉大部分都出自老夫之手，这些更是精品中的精品！"老者见韩立有些动容，更是喜不自胜地说道。

韩立微微一笑，也不出言反驳，缓缓走到了鼎炉旁边，俯下身子开始挑选起来。

"这是罗睺鼎，能吸纳火焰高温，可增加成丹率，还能……"

每当韩立拿起一个鼎炉细看时，老者就在旁边喋喋不休地夸个不停，恨不得把每一个都说成天上少有、人间绝无的宝物，似乎韩立不立即买下，那就是暴殄天物，让韩立哭笑不得。

"就这个了！"韩立把每个鼎炉都检查过一遍，沉吟了一会儿后，指着一件个头最小的银色鼎炉，对老者说道。

"啧啧！小友还真是好眼光，这件银丝鼎绝对是鼎炉中的精品，是不可多得的上品法器。在我这所有鼎炉中，也是首屈一指的宝贝！"老者见韩立挑了件最小的家伙，略为有些诧异，但马上就神色如常，把此银鼎夸成了一朵花，满口都是赞言。

"这和眼光有什么关系？我只不过是考虑到储物袋空间有限，只能装得下此鼎而已！"韩立听着老者的聒噪之言，没好气地想道。

最后，经过和老者一番讨价还价之后，韩立以三十二块低阶灵石的价格买下了此物，然后毫不犹豫地离开了这里。

在和这位许老接触的短短时间内，韩立就耗费了五十几块灵石，即使他身家不菲，也大感心疼，因此实在不愿再在这里多待片刻，即使对方热情非常地挽留他。

出了许老的屋子，韩立回到了传送阵所在的大厅，但并没有立即出殿，而是考虑了片刻后，沿着那条没有标识的通道走了过去。

结果，通道的尽头出现了一扇巨大的石门拦住了去路，石门上五彩的莹光流动不止，一看就知被施加了极为厉害的禁制，让人不敢轻举妄动。

而在石门的旁边另有一间小石屋，屋内有一个满脸疙瘩的丑汉。这丑汉只是基础功法到了顶层而已，却对韩立露出一副爱搭不理的傲然模样，让韩立心里大为不爽。

但韩立是何许人也？虽然心里极度厌恶，表面上却神情自如，即使问出三句话，对方只是不情愿地回答一句，就能让韩立将此地的情况打听得一清二楚，做到了心中有数。

然后，韩立似乎不在意对方的无礼，很有礼貌地向对方告辞，转身离开了。但是还没等他走出几步，就听到了丑汉嘟嘟囔囔的声音。

"一个低阶弟子中的穷鬼，也想学人家来炼丹？是不是脑子炼坏了？光说不练的家伙，白让大爷费了这么多的口水！"

听闻对方的言语后，韩立没有表现丝毫异样，背对着丑汉的脸上却冰冷得能刮出严霜来。

韩立出了岳麓殿，向两个红衣人告辞后，便驱使着法器向百药园飞去。

在半空中，韩立一边想着筑基丹炼制之事，一边低头朝脚下连绵起伏的山丘淡漠地望去。突然一阵轰隆隆的巨响从下面传来，让他吃了一惊，不禁定睛细看去。

只见下面的某座小山上，有雷击电光闪动，还隐隐有众多的叫好声传来，引得韩立好奇心大起，不由得把法器落了下去，停在了附近。

"慕容兄弟，再来一个，让我们见识一下！"

"就是，我还是第一次这么近距离看到雷电的形状，好吓人啊！"

…………

刚走到山顶处，韩立就听到了前面传来的嘈杂声，而那声慕容兄弟的称呼，更是让他心里一动。

"才进门的那对有着雷灵根的天才兄弟，不就是姓慕容吗！再加上刚才的巨响，难道真是他们在此展露身手？"

这时，韩立看清山顶上大约有三四十名年龄不一的弟子，正围成一个松散的大圈，指着中间的两名十一二岁的少年兴奋地说着什么。

而圈内的地面上有几处焦黑的大坑，坑壁边缘处竟呈高温熔解状，还冒着淡淡的青烟，微风吹过，一股焦糊味飘散得到处都是。

见此一幕，韩立急忙走了过去，并仔细打量了少年们一眼。只见二人眉清目秀、白白嫩嫩，长得十分相似，眨眼间目光轻灵闪动，一副精灵鬼的模样。

因为围观之人的注视和称赞，二人的小脸兴奋得通红，对视了一眼后，同时掐诀念咒，手中一阵电光闪动，接着就是两道细细的闪电飞出，打在了附近的地上，发出了一阵耀眼的白光和两声巨响，于是又多了两个深坑出来。

"这就是雷属性的掌心雷？不论是威力还是声响效果，都比火弹术、冰锥术等同级的其他法术强太多了，真不愧是号称破坏力最强的雷系法术啊！"韩立心中暗自惊叹，对兄弟二人的灵根属性大为羡慕起来。

显然，场外并不是韩立一人有这种心态，其他围观的弟子也大都用酸气十足的目光看着二人，只恨自己为何没被上天眷顾，生出这种羡煞旁人的极品灵根。

这兄弟俩在围观之人的叫好声中又施展了几次雷击术后，显得有些力不从心了，毕竟他们的年纪还是太小了点。

"什么嘛！雷灵根的威力也不过如此，我看还不如我的风灵根呢！"就在这时，一个大煞风景的男声从韩立对面的人群中响起，惹得四周的人都不禁纷纷望去。

只见一对青年男女并肩站立在一起，男的英俊挺拔，女的貌美如花，显然是一对热恋中的情侣。那男的一脸傲然之色，似乎对慕容兄弟的掌心雷不屑一顾，而女的被这么多人一同注视，脸色微红，更添几分娇艳。

"这男的是谁啊？好狂啊！"

"风灵根？这不也是异灵根的一种吗？难道这男的也有异灵根？"

"这人我认识，他是陆师兄，的确是异灵根属性，一手风系法术可厉害得很！"

"就算他同样是异灵根，干吗要说这样的话？"

"可能是嫉妒吧！毕竟以前低阶弟子中就只有他一人是异灵根，如今突然冒出两个资质比他更好的，当然心理不平衡了！"

"什么？这样小心眼！"

"嘘！小声点，别被他听见了，他这人很记仇的，要是被盯上了就糟糕了！"

…………

因为这男子的出现，围观的人全都交头接耳、窃窃私语起来，似乎这人的人缘实在不怎么样。

"哼！小家伙，我让你们见识下什么才是真正的异灵根！"青年男子见众人如此议论他，脸色一沉，几步走到圈中，接着傲然说道，"你二人尽管用雷系法术攻击，若是躲闪半步，我就给你们两个小鬼磕头认错！"

慕容兄弟两人见这个陆师兄如此跋扈，无缘无故地藐视他们二人，小脸也气得发白。

"你不躲？"

"当然。"

"也不准使用法器。"

"可以。"

兄弟两人真不愧是同胞兄弟，一人一句话就把有利于己方的规则给敲定了下来，而青年也是一副自大到根本不把兄弟俩放进眼里的样子，对对方的条件丝毫异议都没有。

"好，那我兄弟二人就会会师兄了！"慕容兄弟气愤地异口同声道。

"陆师兄，你这样做没事吧！"青年的女伴有些担心起来。

"嘿嘿！对付两个小毛孩有什么可担心的，陈师妹尽管放心就是了！"青年不在意地摆摆手，然后大模大样地站在了慕容兄弟的对面。

慕容兄弟对视了一眼后，眨眼间便凑到了一起，分别伸出一只手握在了一块儿，然后另一只手指向天空，同时念动了一模一样的法咒。

青年见此冷笑了一下，随手往身上施加了一个防御性的法术，他的四周立即出现了一个青色的光罩，将其牢牢地包裹在内。

"天雷连环击！"

慕容兄弟的咒诀终于念完了，接着把手指改往青年头顶上一指，青年上方的天空立刻出现了一团丈许大小的乌云，云中白光一闪，一道手指般粗细的闪电蹿下来，劈到了青色光罩上，打得光罩动荡不已，青年的脸色为之一变。显然，闪电的威力出乎了他的意料。

但这道电击只不过是个开始而已，从那朵悬在半空的乌云中，"噼里啪啦"地一道接着一道降下了相同的雷电攻击，把那光罩给打得闪烁不定，青光也变得暗淡不已，仿佛已到了破碎的边缘。

青年神色阴沉了下来，突然双手一阵眼花缭乱地掐诀，然后低吼了一声，把双手死死按在光罩的内壁上，光罩顿时青光大起，不但恢复了原状，似乎比一开始还要凝厚了几分。

而慕容兄弟自然不肯放弃已有的优势，也往空中打上了各式各样的法诀，让那黑云膨胀了起来，直径竟达到了数丈，所降下来的雷电也更加粗壮和频繁起来。

面对兄弟二人的凌厉攻势，青年惊怒交加，大有措手不及之感，他万万没想到对方小小年纪就掌握了低级中阶的连环雷击术，一时之间竟被攻击得无法抽身，另行施法反击，当着这么多人的面硬生生地吃了如此大亏。

就这样，一面是慕容兄弟勉力支撑着乌云的持续雷击，一面则是青年苦苦地施法防御，不停加固着青色光罩。这场比试竟然变成了一次出人意料的拉锯战。

按理说，一方攻击一方防守的话，自然是攻击方大占便宜，能比防守方省下不少法力。不过，一来，作为攻击方的慕容兄弟在刚才的演示中耗费了不少法力，原本法力就不充足。二来，陆姓青年毕竟年长了许多，法力的精纯和深厚远不是才入门的兄弟二人所能比的，打起消耗战来兄弟二人还是落在了下风。

于是在众目睽睽之下，那朵黑云在释放出最后几道雷电后，便消散得无影无踪，法力耗尽的兄弟二人还是先一步被迫终止了雷击。

青年见此情形，嘿嘿冷笑了起来。

"既然我已经接过你们的攻击了，那下面是不是轮到我攻击了？"说话间，他已把光罩收起，转而双手合拢，忽然左右一拉，一道弯月形状的巨大青弧光刃出现在了两手之间。

"试试我的青弧斩吧！"青年阴险地说道，接着那道光片就呼啸着向对面的兄弟二人飞掠过去。

青年的攻击惹得围观之人惊呼了起来。无论是谁都已看出，现在的慕容兄弟根本就无力施展法术，更别说进行防御了。

慕容兄弟惊慌起来，失措地四处望了一眼后，干脆左右一分，向两侧的人群中跑去。

"开！"青年口中猛然喝道。

那飞行中的青弧竟然随着喝声，在半空中分成了两截，被青年用手一引，也跟着兵分两路，继续追击着二人。

说来也巧，其中一名少年因看出韩立在围观之人中法力算是较深厚的，便毫不犹豫地直奔了过来，让韩立当即吓了一大跳。

韩立可并没有插手这桩事的打算，他心知那青年就算再嚣张再猖狂，也绝不敢明目张胆地伤害慕容兄弟，顶多是吓唬戏弄他们一番罢了，因此这个出头鸟他是绝不会去做的。何况这少年也狡诈异常，摆明了要拿他作挡箭牌，他怎会让对方称心如意，所以身子轻轻一晃，人就消失在了原地，让少年扑了个空，气得少年哇哇直骂，只好连滚带爬地继续逃窜。

"轰隆隆"的一声，另一名少年逃窜的方向地面一阵颤抖，随后灰尘四起，接着传来了一名男子的咒骂之声，显然有人不像韩立这么明智，没摆脱掉活盾牌的角色。

只见灰尘散去后，一堵数丈高的厚土长墙横在对面，墙壁上出现了一道数尺长的半月沟槽，而墙后站着一名二十来岁的粗矮青年，背着一个奇怪的木拐，正一只手按着墙破口大骂着。而在其后，则紧贴着另一名笑嘻嘻的慕容少年。

"姓陆的，什么意思？没看见有其他人在这里吗？竟然还攻击！是不是打算连我也一块给斩了？"粗矮青年惊怒之下，连声质问道。

陆姓青年哼了一声，没理会粗矮青年的责问，反而阴沉着脸，全力操纵起剩下的半截青弧，突然加速追击起韩立这边的少年，并且看那青弧的去势，是真打算给少年留下点教训了。

"住手！"一个年轻女子的娇叱声从天外传来，紧接着一只熊熊燃烧的火焰鸟从天而降，一口就把那少年背后的青弧给吞噬个精光，然后才化为一团烟雾，消散不见。

"谁？是谁破了我的法术？"陆姓青年大怒，抬头向空中望去。

只见众人的头顶上，不知何时飞来了一名肤若凝脂，容光艳丽，犹若天仙的蓝衣女子。这女子纤细的柳腰，修长的玉颈，一身蓝色的宫装，头梳高耸的发髻，使人望去有一种不敢仰视的飘飘出尘之感。

"原来是聂师妹啊！我说谁有这么高的法力呢！"原本怒气冲冲的陆姓青年，见了蓝衣女子后，立即神情一变，温文有礼、风度翩翩起来。

"请陆师兄看在小妹的面上，这场比试就此结束如何？"蓝衣女子脚踩法器，冷淡说道。

"呵呵，既然聂师妹都这么说了，那为兄当然照办了。"陆姓青年满脸笑容地道。

蓝衣女子点点头，也不再说什么，直接就从天空落了下来，向慕容兄弟走去。

"聂师姐，你来得可真及时，否则我们可要吃大亏了！"刚刚逃过一劫的少年一见蓝衣女子，立即喜笑颜开地跑了过去。而另一名少年也咧着嘴，绕过土墙奔过来。

"回去以后面壁思过，没练成九层功法前，不准外出。"女子清淡地道，不带丝毫的烟火之气，一点也看不出情绪的波动。

慕容兄弟闻言，立即变得垂头丧气，但也只能耷拉着脑袋应承了下来。

蓝衣女子处置完兄弟俩后，转头向那名粗矮青年望去，竟突然绽颜一笑，这笑足以让世间万物刹那间黯然失色。她杏唇微张道："多谢师兄的援手，否则慕容师弟有个意外的话，小妹就愧对师门了！"

"没，没什么……"粗矮青年被对方艳丽无比的笑容给惊艳得一个劲儿"嘿嘿"傻笑，说话都结巴了起来。

四周男子都不禁羡慕嫉妒起来，大为后悔刚才出手的为何不是自己。

陆姓青年见此，眼中更是闪过了恶毒的目光，只是极快地掩饰了过去，仍保持着温文尔雅的样子，除了他身旁的那个女伴和在一旁冷眼观看的韩立外，其他人都未曾发觉他的异样。

虽然那个陈师妹长得也是千娇百媚、娇艳如花，但是与这姓聂的女子一比，就显得大为逊色，因此这个陈师妹在蓝衣女子一现身时，就生怕自己那个陆师兄被其迷住，立刻跑到了陆师兄身侧，一把抱住他的一只胳膊，然后用敌视的目光注视着蓝衣女子。

蓝衣女子自然感觉到了对方的不善，但是毫不在意，倒是在带着慕容兄弟离开之时轻瞥了韩立一眼，然后韩立耳边马上传来了此女悦耳的声音。

"阁下虽然法力不弱，但是这种独善其身的行径，小女子实在无法苟同。希望下次再见之时，师弟能有所改变。"

韩立听了蓝衣女子的话后，微皱了一下眉头。看来他的躲闪举动，已被此女完全看进了眼里，没给她留下什么好感，甚至留下了较坏的印象。

不知为何，韩立对这种风华绝代的大美人并不感兴趣，倒是觉得那些小家碧玉型的女子顺眼许多。因此在这位聂师姐心目中印象如何，他丝毫不在乎，只希望对方少注意些自己就行了。

这时，蓝衣女子等人已不见了踪迹，而陆师兄狠狠瞪了粗矮青年一眼后，也与其女伴离开了山顶。于是剩下之人见无热闹可看，也就一哄而散了。

韩立也驾着法器离开了此地，一路飞回到了百药园。

进了屋子，韩立就迫不及待地将那两个玉简取出，挑出了含有筑基丹炼制之法的复件，就开始逐字逐句地阅读起来。

韩立心神虽然活跃，但神色一直纹丝不动，直到数个时辰后才长舒了一口气，把玉筒放了下来，可紧接着就陷入了苦思之中，凝神细想起来。

半响之后，他才"呼啦"一下站了起来，紧皱着眉头走到了药园内，开始四处扫视着园内的药草，口中喃喃自语起来：

"千结花、黑芍草、金精参等三十一种辅药材倒没什么，这药园内全都有，只是要求年份长久一些，要有数百年的火候罢了。但是作为主药材的玉髓芝、紫猴花、天灵果就有些麻烦了！这里竟然一株都没有，而且也从未听闻过。"

韩立犹豫了半天，还是决定找人问一下，这人自然非精通药理的马师伯不可了！

韩立拿定了主意后，就把玉筒放下，改拿起了另一个来。

定颜丹的制作可比筑基丹简单多了，既不需要真火炼制，也没有什么不认识的原料药材，全都是一些很常见的品种。

唯一让他咋舌的是，这些药材竟然动不动就要求千年以上的药性，才能作为定颜丹的原料，这就难怪从未听闻过此丹药了。毕竟哪个修仙者有了千年以上的灵草，还不宝贝得当成心肝，又怎会浪费在这对修为毫无用处的定颜丹上，难怪定颜丹在修仙界很少有人知晓。

不过这对韩立来说根本不是问题，只是催生的时间稍微长久一点而已。因此他决定，等搞定了筑基丹的事后，就试着炼制一炉出来，看看是否真的如配方上所说的那么神奇，竟能让人的容颜始终维持在服下丹药时的样子。

而当六七日后老头再次来到百药园取药材时，韩立没有多做掩饰，直接问起了三种奇药的事。

"玉髓芝、紫猴花、天灵果？"老头捋了捋小胡子，两只小眼眯成了一条缝。

"嘿嘿！看来师侄已得到了筑基丹的配方了，所以才打听这三种主药的事。不过，师侄，难道你还真想自己炼丹不成？"这位马师伯把嘴撇了撇，用一种你真不知天高地厚的眼神看着韩立。

"当然不是了，不要说这三种主药晚辈还一无所知，就是那数百年药性的辅药，晚辈又上哪儿能找出来呢？就是您老这园子内，最年久的也只不过是一株百余年的化龙草而已。在此情况下，师侄怎会奢想炼丹之事？"韩立自不会实话实说，巧言应付道。

"既然不打算炼丹，你问这三种奇药干吗？老夫忙得很，可没空陪你闲聊！"老头把脸一板，不近人情地说道。

对这个马师伯的古怪性情，韩立早已有所领教，所以丝毫不慌，反而笑着说道："晚辈只是见这三种主药名字甚为奇特，而且也从未听人说起过它们的形状和药性，所以甚是好奇，随口这么一问罢了。但是令师侄不解的是，师伯的药园内怎么会三种奇药一株都没有。这么珍稀的品种，师伯应该会想方设法弄到种子，在园内培植才对。难道这些奇药这么难培植，连师伯都无法培育吗？"

"胡说！难道你怀疑老夫的技术不成？园内之所以没有这些药材，根本就与马某的技术无关，而是它们都是天地灵气所幻化，是天生自长的品种，上哪儿去找种子去？而且即使搞到幼苗，也因为它们对生长条件要求苛刻，在普通环境里根本无法成活，即使再用心也是做无用功罢了，否则你以为我会放过它们？"老头被韩立的话给刺激得不轻，不由得恼火道。

"没有种子？这怎么可能！"韩立不禁失声道。

"哼，怎么不可能？要知道像这种在外界几乎绝迹，却对修仙者大有用处的东西，若能人为种植的话，各大修仙门派还不早就成片地种出来了，还会放任筑基丹逐年减少？"老头翻了韩立一个白眼，没好气地说道。

韩立被对方的一番话给说得心底冰凉。绿液催生效果再好，但是若连最基本的种子都没有，那还怎么催生？总不能无中生有吧！

"若没有什么事，我就先走了！两个月后，我再来拿另一批药材。"老者没有留意到韩立脸上的异样，转身准备离开。

"可每十年就能出一批筑基丹的主药，都是从哪里弄来的？如果真像师伯所说，它们对生长环境要求苛刻，总应有个固定的生长地吧！"韩立脑袋瓜子飞快地一转，立马就想到了另一条出路，没有种子没关系，不是还有没成熟的幼苗吗！多找到一些，还是可以催生出来的，于是，急忙追问道。

"看来你的好奇心还真不小啊！不过，我劝你还是死了这条心吧！去那个鬼地方找这三种奇药，这和自杀也差不了多少。"老头都懒得回过头来，冷冷地说了这么一番话后，就不再理睬地飞走了。

韩立呆呆地站在原地，半天没有动弹。

"这三种奇药，我一定要拿到手！不告诉我，我就不会从其他人那里打听吗？"韩立仰天长吐一口气，缓缓自言自语道。

韩立在黄枫谷的两年时间里，除了这个马师伯外，其他较熟的人也就只有于执事和传功师兄吴风了。

于执事心机深沉，而且非常势利，韩立并不喜欢和此人打交道，所以他第一个找的就是那个吴风师兄。如果从他那里得不到什么线索，那也只有到岳麓殿贪财老者那里走一趟了，想必他肯定知道，不过破财恐怕是免不了了。

当韩立来到专为低阶弟子而设的传功阁时，吴风正好在那儿给几个少年讲解低阶法术，见到韩立后，只是微微示意一下，仍继续自己的工作。

韩立对此并不在意，他知道对方只是责任心较强罢了，并不是光对他如此。

说起这个吴师兄，韩立对其真有几分敬佩之意。虽然这个传功师兄服用筑基丹后还是在炼气期顶峰徘徊，未曾进入筑基期，可是其对低阶法术的领悟，那真是出神入化、举一反三，让韩立惊叹不已，并且也从其身上受益匪浅。

如果仅是这样，韩立也只不过会对其上心而已，并不会如此敬重。让他惊讶的是，这个吴师兄在担任传功一职以来，对所有前来请教法术的师兄弟全都一视同仁，悉心地教授自己的心得体会，似乎并未有半分藏私，这可真让韩立吃惊不小。

说实话，一开始韩立还以为又碰上了伪君子，吴风只是表面功夫做得特别足罢了，因此一直对其不冷不淡，敬而远之。但是真正接触了一年多以后，韩立从这个吴师兄平常的待人接物中，才相信对方并未作假，竟是真心实意地帮助所有师兄弟。

虽然韩立对吴师兄的这种做法不见得有多赞赏，但是其人的人品，那是真没得说了，因此也有心与其相熟了起来，如今虽然还没有熟到至交的地步，但也比普通弟子间关系要好上许多。

因此，韩立就在一旁耐心地等候起来。

吴师兄讲解得还真仔细，一个初级中阶的"火蛇术"竟然足足说了两个多时辰，并且还做了几次示范，让那几人好好地体会了一番。

说起来，韩立的五行法术，除了一开始就到手的那些外，其他的还真未曾多学几个，这两年时间也只不过是把原先还未掌握住的融会贯通罢了。这让韩立对自己的资质彻底失望，对筑基丹就更加渴求了。

那几个少年终于请教完毕，告辞离开了。吴风这时才向韩立笑着问道：

"韩师弟，好久没来这里了！是不是决定开始学习中阶法术了？"

韩立闻言苦笑了一下，没有精神地说道："师兄又不是不知道我这资质，学习那些初级下阶法术就已耗费了两年时间，再学更难的中阶法术，那还不得花个七八年才能略有所成？我看还是算了吧！"

吴风听了，皱了一下眉头，有些责备地说道："师弟怎么能如此颓丧！要知道资质虽然差了点，但勤能补拙，只要苦心修行的话，还是能够大有所成的。"

第九章
血禁试炼

韩立知道对方是出于善意的劝说，只好无奈地胡乱答应两声，这才把话岔开，终于问起了筑基丹主药的事。

"韩师弟想知道玉髓芝等灵药的出处？"吴风惊讶地问道。

"是啊，师兄在本门这么多年，应该知晓些吧！"韩立很期待地问道。

吴风闻言，沉吟了一下后，才说道："知道当然知道点，但我劝师弟还是死了这条心吧！那里不但危险无比，而且普通情况下根本就无法靠近，只有在特定时间、特定地点才能在师门长辈的帮助下进入其中。"

开始听说对方知晓，韩立心中一喜，但随后的话又让他吃了一惊，连忙追问起来。

原来此类灵药，早在许久以前就在修仙界稀少起来，现在唯一还能找到它们的地方，也只有那些所谓的禁地了。

既然能被修仙者称为禁地，这些地方当然都是极度危险，基本都是环境恶劣地处偏僻的所在。有的还是一些妖魔的巢穴地，必须一路斩妖除魔才可通过，还有的更是存在一些上古禁法，必须要费力破禁，才有希望进入其中。

而黄枫谷等越国的修仙门派历年来的筑基丹主药就是出自最后一种禁地，那是某处被风属性古禁一直封闭的所在。

那里的禁法非常厉害，原本凭他们修仙门派的力量是没有希望打开的。但是后来不知怎么竟被人发现，这禁法每过五年时间就会有五天的衰弱期。在这期间如果有数名结丹期修士一齐施法强行破禁的话，可以暂时打开一条通路，让一定数量的人入内。

但是当通路出现，所有修仙者都试图进去时，另一个意外出现了。筑基以后的修仙者全被里层的另一种古怪禁法挡在了外面，而炼气期的修仙者则毫无阻碍地进入了其中，还采集到了大量的稀有灵药，并把它们带了出来。

这个发现立即轰动了越国修仙界，于是七大修仙门派每五年就派一批筑基期以下的弟子进入禁地，去采集大量灵药。当然，筑基丹主药更是其中的重中之重。

一开始，各修仙门派的弟子还能秋毫不犯、各自行事，对被选上的弟子来说，这是一次大大的美差。但随着多年不断的收集搜刮，禁地内的灵药渐渐稀少后，各门派间为了某株奇药互相争执、大打出手的事开始不断发生。数百年前的某次，甚至有弟子在争斗中丧失了性命。

那一次的人命事故，让各大门派间彻底撕破了脸皮，干脆明着打起了弱肉强食、天地不仁的旗号，鼓励起门下弟子去抢夺他人之物，让禁地之行彻底染上了血色。

如此一来，灵药在逐渐减少，而禁地内的争抢也一次比一次激烈，一次比一次血腥了。

近百年间，由于厮杀得太过惨烈了，能从禁地内活着出来的弟子还不足进去时的三分之一，让各门派低阶弟子中的精锐都损失了不少，更让各门派众弟子开始把禁地之行称为"血禁试炼"，纷纷开始躲避不去，甚至一度出现了无一人愿去的尴尬场面。

至于强行硬派，那当然更不行了。因为若不是真心进入禁地寻药的弟子，肯定会敷衍了事，十有八九会找个地方一躲，等时间一到再安然走出来。这样的情况并非没有出现过，让派遣他们的上层气得七窍生烟，但也无可奈何。毕竟人家原本就不愿去，硬把人派进去冒此奇险，那还能指望什么！

于是，越国各门派对灵药更加虎视眈眈，但在自愿冒险的弟子寥寥无几的情况下，所有门派都开始用重赏来招募禁地之行的弟子了，并把从禁地内带出的灵药多少与重赏程度挂上了钩。

别的门派不说，就说黄枫谷吧！

从上几次开始，门内就已明文规定，只要报名参加的弟子就可获得一块中阶灵石和门内一件灵器，并且事先赐予，以资鼓励。等从禁地内带出灵药后，门内还会视其所带东西的多少和质量的高低给予更加丰盛的重奖。从灵石到法器再到灵丹应有尽有，甚至更高的奖励还包括了门内秘藏的筑基丹这种足以让低阶弟子拼上一把的东西。

这样高的重赏，果然让修仙门派一度出现了踊跃报名的景象，但这样的情形也只不过维持了两三次，就彻底不奏效了。

血腥的现实让众弟子清醒地认识到，这个重赏可不是那么好拿的！

因为原先没用重赏刺激时，能在禁地争夺中生存下来的人还有三分之一，但重赏之后能走出血禁试炼的竟连四分之一都不到了，并且活着的弟子中能够带出灵药的人更是少之又少，大部分人除了一身重伤外，根本就是毫无所获，更不要说换取筑基丹了。

听完吴风所说的这一切后，韩立心甲除了郁闷就是郁闷了！

没想到，采集些药材竟然要去什么禁地，并且还要与其他门派弟子进行厮杀，最后胜出才可以脱身出来。而且幸存下来的比例更是吓人，只有四分之一不到的人才能走出这所谓的"血禁试炼"。

这所冒的风险也太大了点吧！韩立自知自己并不是什么高手，在黄枫谷低阶弟子中也只是排在中等水平而已，既没有高深的法力，也没掌握强劲的法术，唯一可以倚仗的也就是那几件还算不错的法器以及不笨的头脑了。

可仅靠这些，韩立怎么也不会认为自己肯定能成为最后幸存的那四分之一中的一员。于是不禁问吴风道："为何各门派不能约束弟子共同平分灵药？要知道这些药反正也是用来共同炼制筑基丹的，那何必还要闹得撕破脸皮，结下仇怨呢？"

结果吴风听了，立刻苦笑着回答道："师弟有所不知，即使共同炼制筑基丹，分配丹药时却全看各门派提供的灵药多少，按比例来分配的。这种情况下，怎能不让各门派拼命争抢灵药呢？"

韩立听后沉默了半天。

最后，满肚子心事的韩立，在问清楚了下次的"血禁试炼"就在半年以后，就在吴风的叮嘱下离开了传功阁，回到了百药园。

接下来的数日内，韩立整天无精打采地想着这件事，反复掂量着其中的利害关系，试图让自己做出较明智的选择来。

很显然在越国，禁地以外的地方是找不到这三味灵药了，否则七大门派也不用每五年血拼一次，宁愿损兵折将也要去了。

如果不想冒此奇险的话，那就只有寄希望于越国以外的其他地方还能找得到灵药，否则筑基就彻底无望了。不过仔细一想就知道，到境外去寻找灵药这件事希望就更加渺茫了。

但如果真参加"血禁试炼"，比四分之三还多的死亡率也太高了点吧！这可真让韩立左右为难。

经过几夜辗转未眠的折磨之后，韩立在明哲保身但永失仙道之机与甘冒奇险只求筑基成功之间，还是渐渐趋向了后者，毕竟他绝不甘心就这么庸庸碌碌地过此一生！

但生性谨慎的他，在下决心前还是往岳麓殿跑了一趟，从贪财老者那儿，再次确认了禁地之外不会有天地灵药以及血禁试炼惨烈的真实性后，彻底抛弃了侥幸之心。

既然明白了根本没有后退之路，韩立也终于发下狠来，决心要参加血禁试炼放手一搏。不让他成功寻到灵药得以筑基成功,那就让他在这禁地之争中陨落身亡吧!

有了事关生死的明确目标后,韩立就开始为半年后的禁地之行做准备了。他要在这短短半年时间内,让自己的实力更上一层,好使生存之机更多上一些。

十一层的长春功在无丹药的辅助下,是不可能突破了。如果要增强实力,他能打的主意也只有多学几种新法术以及添购些强力符箓、法器了。

新法术倒还好说,想必向吴师兄提起,对方不会拒绝传授的。不过凭他的资质,这半年时间也顶多能学两种初级下阶法术,或勉强掌握一种初级中阶法术,至于高阶法术那是想也不要想的事了。因此提升实力最快的途径,还是在符箓和法器上。

说起法器,韩立如今倒还真有一些。但其中能派上大用场的,除了那个叶师叔所给的指环和三角小旗外,就只有从劫杀过他的黄衣人二人身上收获的那两件还可一用,就是那可化绳索的长刀和喷出圆球能自动攻击的葫芦。

至于在刚入门时所领取的烈阳剑、冷月刀等物品,那只是刀剑上附带些火焰和寒气攻击的最低级法器,根本上不了大台面。

而在符箓上,韩立原本是极为缺少的,但幸亏那个昧了他许多东西的叶师叔,除了在符箓数量上进行克扣外,在等级上却没有作假,还真给了他十几张初级中阶符箓和两张难得一见的初级高阶符箓,让他底气足了不少。

另外还有的,就是那张韩立至今还未弄明白的画着小剑的符箓。这张曾被他所斩杀的黄衣人惊称为"符宝"的东西,应该是大有来历的物品。只是作为见不得光的赃物,他一直都没敢让别人知道此符箓,只是暗中对"符宝"二字上了心,准备找个合适的机会,再向他人打听一下。

当然面对极度恐怖的"血禁试炼",仅有这些东西肯定是不够的,所以韩立计划出山门一趟,到山脉附近的本门坊市再去收购一些顶级法器和符箓。

不过,没有一大笔灵石做后盾,这场收购之行肯定不会让人称心如意。

虽然这些灵石以韩立的身家倒也勉强拿得出来,但是日后的禁地之行,这些灵石也是保命打持久战的重要道具，让他大为不舍。

韩立再三思索之后，还是决定在短期内培植出几株千余年的珍稀药草，用来换取灵石或干脆以物易物。

其实，调配出定颜丹应该是更好的选择，价值会更大一些也说不定，但是定颜丹所需的药材实在是太多了，在时间上实在来不及，所以也只好放弃了。

但是为了不引起门内他人的注意，韩立在作出这番打算时就暗自决定，只把培植好的药材卖给外来的修仙者，决不和本门的人直接交易，免得引起有心人的注意。

于是，心中有了主张的韩立，开始忙碌起来。

他先从吴风那里，选择了众多初级法术中最实用的"敛气术"。这是一种完全可对抗天眼术的辅助型中阶法术，施展此术后就可以做到收敛自身灵气，达到隐匿藏身的目的。

当然，这个法术对筑基期以上的修士没有什么作用，而是炼气期的高层修仙者之间的一种对抗手段，这可比隐匿术实用多了。

不过韩立之所以没有选择其他攻击型或防御型法术，完全是出于他自身的实战经验而做出的决定。

因为仅有的那次与其他修仙者的厮杀，让韩立发现，修仙者在战斗中能顺利念诀施展中阶法术的机会实在是太少了，更多的则是依靠施法时间最短的下阶法术以及法器、符箓等来迅速展开攻势或防御，所以想要在争斗中使用中阶以上的法术，还是用符箓比较实际一些。当然，如果有同伴帮你争取到了施法的时间，那就另当别论了。

韩立在得到此术的修炼口诀，又详细询问了吴风修炼此术的窍门后，就开始全心修习起来。不过作为中阶法术，这敛气术与以前学过的御风诀、隐匿术等辅助型法术截然不同，修习起来极为生涩困难，看来能在半年内把它完全掌握住还真是不小的挑战。

就这样，韩立白天苦修敛气术，晚上则收集绿液专心培植几种常用的药草。

为了防止那个马师伯发现这些药草，他还特地错开对方来取药材的时间，并把它们栽种到药园里非常偏僻的角落。毕竟千年以上的药草散发出的药香，总会有那么一点与众不同。

幸运的是，这个马师伯一直都是准时来拿东西，且每次都是匆匆地来，又匆匆地去，似乎始终都处于忙碌之中，也不知到底在忙些什么。

对方在做些什么，韩立可没有兴趣知道，对他来说马师伯能一直这样忙下去最好了，这样才不会发现他的小动作，让他完成自己的培药大计。

当韩立初步掌握了敛气术时，四个多月的时间已过去了。

而他也终于培植出了两株千年灵药，相信在百余年药材都难寻觅的今日修仙界，它们一定会给黄枫谷的坊市带来一次大大的震撼。

韩立从百机堂相熟的于执事那里拿到了可以外出的令牌，就离开了山门。

黄枫谷的弟子每年都有一次外出的机会，只是作为修仙者谁也不会浪费时间外出的，所以真正前去申请外出令牌的弟子是寥寥无几的。

话说韩立飞离了山门禁制大阵后，就认准了东北方向，直奔坊市而去。

说起来，黄枫谷的坊市颇有名气，比其他门派的坊市兴旺不少。

这是因为太岳山脉所处的建州与北面的元武国紧紧挨着，而且元武国的修仙界与越国修仙界并非敌对关系，所以在黄枫谷坊市内还时常会出现元武国的修仙者来此交易物品，带来了许多越国所没有的特殊物品，引得许多修仙家族的人和散修都慕名而来。

此坊市就建在太岳山脉的东北边缘处，所以韩立飞行了大半日后，就来到了目的地。

在附近落下来之后，韩立并没有立即赶过去，而是换上一件灰色布衫，并把身上代表黄枫谷弟子身份的物品全都收了起来，让自己看起来就是一名普通的修仙者后，这才向坊市走去。

按照修仙界的规定，在坊市五里之内修仙者是不准在上空飞行的，所以韩立一路走来遇到了不少匆匆过往的行人，其中有几人的穿着打扮甚为奇特，让韩立不禁怀疑他们就是元武国的修仙者。如此看来，这坊市的人气还真是不错啊。

韩立正在心里瞎捉摸的时候，人就已到了坊市的街口处。

黄枫谷的坊市看起来很像韩立家乡的那个青牛镇，整个坊市就只有一条街道而已。街道呈南北方向，在南端建有大大小小数十栋房屋，这些房屋或高或低，有的是楼房，有的则只是小屋而已，甚是参差不齐。

这些都是黄枫谷的产业，但只有一小半是由黄枫谷弟子看管经营着，另一大半则租给了常年在此做生意的修仙家族或散修之人。其中大部分都是买卖原料、符箓以及法器的店铺，也有一间专门出售初级法诀的五行书店和两间方便人们饮食起居的酒楼和客栈。

另外，整个坊市除了那些低阶执事弟子外，还有一定数量的筑基期高手常年驻守此地，以维持坊市的秩序，防止有人捣乱。

而街道北部的一大截则空空如也，是给临时起意摆摊的修仙者专门留下的。只要上交给管理此处的黄枫谷弟子一块低阶灵石，外来之人就可在两侧空地处摆摊一整天而不受任何干扰，甚至在摆摊期间还会受到黄枫谷弟子的保护，不用害怕有仇家会趁此机会进行报复。

有了这些鼓励外来修仙者来此做生意的措施，再加上特殊的地理位置，黄枫谷的坊市逐年兴隆起来；更有一些珍稀之物从坊市中不时流出，这就吸引了更多的修仙者来此淘宝。

不过，韩立为了避人耳目，并不是从最方便的南街口进入此地，而是兜了一个大圈后，才从北边进入其中，而且在踏上街口前，他又在头上加盖上了一顶青色的斗篷掩饰住了面容，以防这里还真有人认识自己。

这时已是下午时分，坊市大街一眼望去稀稀拉拉的，似乎并没有多少人。不过这也是很正常的，毕竟这坊市可不像世俗界的闹市那样整日里熙熙攘攘地热闹个不停，能来此的可都是万里挑一的修仙者，能有这么多人就算很不错了。

想通了这点的韩立自嘲了一下，就向街道两侧的小摊位走去，他打算先看看这些摊位上有没有值得注意的东西，然后再去那些大店铺。

看了一圈下来后，韩立心中有些失望。这些小摊上的东西除了三四件还勉强称得上可以外，其他的法器、符箓根本就对他毫无用处，买了也只是浪费灵石而已，就不再浪费时间，转身直接奔向了那些大商铺。

"七巧阁。"

"引风斋。"

"天工楼。"

....

韩立并未莽撞地随意找家店铺就走进去，而是沿着街道慢慢地溜达了起来，把这些店铺的名字和规模用心记住后，才挑了一家看起来气势最大而且经常有其他修仙者进出的楼阁——万宝楼，走了进去。

光听此商铺的名字，就知道店铺的主人对自己的货物很有信心，而韩立也希望这里真有些难得一见的珍品，不会让他空手而归。

一走进去，韩立就微微一怔。

足以容纳数十人还不觉拥挤的明亮大厅，用名贵红桐木打造的一节节超长的柜台，以及七八名穿着统一青衫的侍从，这一切都给人一种大气的震撼感。

其中两名侍从正分别给几位看似客人模样的修仙者讲解着什么。

在柜台内则摆放着许多五花八门的物品，从式样上看应该都是一些修仙者才能用得上的东西，从最低级的各种原料到最常用的符箓、法器应有尽有。

韩立微微一笑，看来他还真找对了地方。

就在这时，一名侍从迎了上来，满脸堆笑地说道："这位客官想要看些什么，要不要小的帮忙介绍一下？本店的东西绝对会让您满意！"

"我要看些法器和符箓，不过我只要最好的东西，那些次品就不要拿出来给我看了！"韩立隔着斗篷淡淡地说道。

侍从听闻此言微微一怔，但仔细打量韩立的气势后，确定对方不是在说笑，脸上笑容就越发真切了，他知道肯定是碰到了大主顾，因此连忙把韩立让进了屋内，又引上了二楼的贵宾室。

楼上的摆设和下面的大厅又不同了，不但面积小了许多，而且还摆上了一些古色古香的桌椅家具，布置得典雅大方，舒适安逸。在屋子的角落里还有一名贵香炉，炉内正有一束熏香正徐徐燃烧着，让屋内充满了淡淡的檀香。

一名温文尔雅的中年人正手持一卷古书，站在屋中朗朗而读，看上去丝毫法力都没有，完全是个普通人而已。

韩立有些愕然，这里丝毫不像是做生意的场所，倒是和富贵人家的居室一模一样。

中年人看见韩立上来了，不慌不忙地把书卷一合，而与韩立一同上来的侍从则快步上前，在其耳边悄声低语了几句。

中年人听完之后，就拱手迎了上来，并面带微笑地说道：

"在下万宝楼掌柜田卜离，不知阁下如何称呼？"

"厉飞雨。"韩立毫不客气地把好友的名字借用了一下。

"是厉兄啊，兄台请坐！"

"去，沏壶上好的碧云茶来！"中年人引着韩立坐了下来，然后向侍从吩咐道。

"厉兄是第一次来本楼吧！"中年人待韩立坐稳之后，开始客气地问道。

"嘿嘿！田掌柜真是好眼力，本人的确是第一次来。"韩立故意改变了嗓音，使人听起来似乎是个粗嗓门的汉子。

"是不是第一次来，这都无所谓。只要阁下肯来这里，这就是对我们万宝楼的抬爱，本楼一定会让兄台满意的！"田掌柜很有自信地说道。

"能在一家就找到所有需要的东西，在下也不想自找麻烦地多跑两家。希望贵楼的东西真的不错。"韩立半信半疑地说道。

"呵呵！这点敬请厉兄放心，本楼的信誉在这条街上绝对是数一数二的，如果本店都没能让兄台满意，那么其他的商铺就更不用去看了！"这位掌柜不紧不慢地说道，一副胸有成竹的样子。

这时，有个女婢打扮的人端着一个茶壶和几个茶杯，上楼来了。还未走近，一股清雅的茶香就飘满了屋子。

"这是本楼特制的香茶，其他地方可不易见到，不但闻起来清香无比，而且还能使饮用之人精神百倍，厉兄可先品尝一下。"田掌柜等婢女把茶具摆好并下楼后，就先自得地轻抿了一小口，含笑说道。

韩立看了看眼前的香茶，轻摇了摇头，略不耐烦地说：

"田掌柜，茶可以慢慢再喝，现在还是先办正事吧！"

"没想到兄台还是个急性子！好吧，请稍等片刻，在下去去就来！"田掌柜略带遗憾地站起身，向韩立拱了拱手，就留下他一人先下楼去了。

约莫一盏茶的工夫之后，田掌柜再次出现在了韩立面前，只是他怀中多了几个大小不一的锦盒。

"听下面的小厮说，厉兄想要最好的法器和符箓，所以在下特意去了下面的藏室，把几件珍藏已久的宝物拿来让厉兄一观，希望能入得了厉兄的法眼。"田掌柜拍了拍锦盒，笑嘻嘻地说道。

韩立一听眼中一亮，对这些锦盒内的东西好奇心大起，不知能被对方称之为"宝物"的到底会是什么稀罕之物，是否会在他的期望之上。

田掌柜已把锦盒一一摆在了桌上，并分别打开了让韩立上前观看。但韩立察觉到，随着锦盒的打开，不知从哪里冒出两股法力绝对在他之上的灵压，死死地锁住了他的一举一动。

韩立先是一惊，但随后就明白了这是万宝楼的保全措施，是为了这些宝物所留的后手，以防他突然暴起劫走了锦盒内的东西，于是人就放松了下来，但对万宝楼的实力又有了一分认识。

这时，田掌柜开始为韩立介绍起锦盒内的东西。

"金蚨子母刃一套，母刃一把，子刃八把，以精铁精金为原料，由筑基期高手三天三夜炼制而成，锋利无比。只要手持母刃就可同时控制八把子刃攻击敌人，让对手防不胜防。"他指着某盒子内的一套淡金色怪刃介绍道。

韩立没有说话，伸手拿起一把子刃细看了一会儿，然后点点头又把它放下了。

"玄铁飞天盾，非常罕见的防御性法器，用大块寒阴之地的玄铁精炼而成，不但牢固无比、坚不可破，而且一经施法驱动，就可围绕四周自动防御。"田掌柜又拿起一块巴掌大小的微型铁盾，说道。然后随手递给了韩立，让其端详一下。

韩立将盾牌拿在手中，轻抚了一下上面的花纹，沉吟了一下后，问了一句："可以施法试用一下吗？"

"当然可以了，厉兄尽管试用就是！"田掌柜很大方地说。

既然对方都这么说了，韩立也不客气，把灵力缓缓注入了手中之物。

结果铁盾瞬间亮起了乌光，眨眼间就放大了数倍，并且飞离了手掌，飘浮在空中，围着他开始缓缓绕行起来，看其尺寸大小还正好能遮蔽住身上的某些要害之处。

韩立心中一喜，稍微分神操纵了一下，果然，此物可随心自动上下飞舞，非常灵活。

试用之后，韩立对这件法器非常满意，他现在最缺的就是这类能保命的法器，有了这盾牌，想必血禁试炼中生存下来的概率能增加不少。

不过韩立并没有立即表示什么，只是默默地将铁盾放回了盒内，然后继续期待对方下面的介绍。

田掌柜并没有因为韩立的这种做法而有什么不满，仍非常热情地推荐着下一个物品，一个丸子般大小的蓝色圆珠。

"天雷子，数百年前，某神秘修士无意中截取天地雷电后凝炼所成。每一粒都具有莫大威力，据说即使筑基期的修士正面硬抗此雷，也会灰飞烟灭。原本共有七十三粒，但延续至今所剩无几，这一粒也是本楼费了好大力气才得到手的。"

田掌柜说完这番话后，不禁露出几分得意之色，可见此雷珠的珍贵稀有。

韩立闻言动容了起来。竟能将筑基期的修士击杀，如此大威力的东西真是可遇不可求啊！能收入囊中的话，那禁地之行就相当于有了撒手锏。只是它的价格恐怕也高得吓人啊，否则也不会至今还未能售出。

田掌柜介绍完天雷子后，就不再开口说话了，反而大有深意地瞅了韩立一眼，然后端起一杯香茶，慢悠悠地品味起来，虽然桌子上还有一个盖得严严实实的锦盒未曾介绍，他却只字不提了。

韩立微微一笑，深知这位田掌柜的用意，知道是该自己给对方看看实力的时候了，否则那最后一只锦盒里的宝物是不会轻易让他见到的。

此次前来，为了以防万一，韩立除了两株千年灵草外，还把所有的灵石都带在了身上，包括两块中阶灵石和近百块低阶灵石。不过这些灵石，韩立是不会轻易动用的，他所倚仗的无非就是那两株灵草而已。

说实话，韩立虽然知道千年以上的药草在如今的修仙界绝对是极其罕见之物，肯定价值不菲，但具体能值多少灵石或换取什么样的法器，他心里还真没多少谱。但是他自认用来换取那个小盾牌和一开始的金蚨子母刃还是绰绰有余的。至于那个更想弄到手的天雷子，韩立心里就没有底了。

他并没有一下子把两株灵草全都拿出来，而是先从储物袋中拿出了一个看起来名贵异常的小木盒，其中的一株就放在此盒内。

韩立之所以这么做，也是深知"人要衣装，佛要金装"的道理，知道包装做好了，可以让药草的价值再升高那么几分，不会让自己吃亏的。

韩立并没有把盒盖打开，而是直接把整只盒子递到了对方的面前。

田掌柜一直都暗自留心着韩立的举动，见此情形也不说二话，接过盒子后端详了一下，就不慌不忙地掀开了盖子。

"咦！"等看清楚盒内之物后，田掌柜有些愕然，随后神色不悦起来。

"厉兄打算用这黄精芝换本楼的宝物吗？这可不是什么稀罕之物，除非是两三百年以上的极品，否则根本不值什么钱。"田掌柜冷淡地说道。

韩立嘿嘿冷笑了几声，没有解释也没有言语，自顾自地学着对方刚才的样子，给自己倒了一杯香茶，有滋有味地喝了起来。

田掌柜见了韩立这番有恃无恐的举动后，有些狐疑起来。他打起了十二分的精神，又低下头去，再次细看起盒中的灵草。

"咦……"

田掌柜看着看着，忽然倒吸了一口凉气，激动地立即从椅子上站了起来，并拿着盒子走到屋内光线最充足的地方，翻来覆去地细看个不停，嘴里还喃喃自语道："不可能，难道真是千年以上的？还是只是看起来相似而已？"

韩立看清楚了对方的表情，又听到了这番言语，总算放下心来。这时他才肯定，千年灵草的价值比预先估计的只高不低，看来那天雷子弄到手大有希望了。

田掌柜检查了一会儿后，才突然意识到自己的失态，给对方看出了不少的虚实。不过，此时他也顾不得这些了，眼前之物早已把他的心神全都吸引住了，只要此物真是他所想象那种千年极品，那他就是花再多的代价也要把千年灵草留在万宝楼，这将会给他和万宝楼带来数不尽的好处。

但如今唯一让他为难的就是，这千年灵草他也只是听说过，从未见过实物，实在无法肯定盒内之物的确切年份。不过即使眼前的黄精芝没有千年以上的药龄，也绝对有七八百年以上的火候，那也是珍贵万分之物，这一点他倒是可以肯定。

"来人！"检查了半天之后，田掌柜还是喊了一声，从楼下叫上来了一名小厮。

"去把丁老给请来，就说这里有件珍品需要他老人家鉴定一下。"他郑重地命令道。

然后趁此间隙，田掌柜与韩立十分默契地闲聊起来，却都避而不谈药草之事，似乎一时间盒中之物已被他二人忘在了脑后。

不大一会儿，一位头发灰白的老者在一名小厮的搀引下，慢慢地上了楼。

田掌柜一见，立马恭敬地迎了上去，并把座位让与了此老，自己却在一旁站立着，看来这位丁老真是德高望重。

不过韩立也已看出，此老和田掌柜一样，也是一个普通人，没有丝毫修仙者的气息。

"田掌柜，你把我这快入土的老头子都叫了出来，难道还有什么东西，能让你也无法鉴别吗？"老者稍微低喘了几口气，才颤颤巍巍地说道。

"丁老，麻烦您老看看此物好吗？晚辈虽然觉得好像是千年灵药，但把握不是很大，还希望丁老给鉴定一下。"田掌柜用谦逊的口气说道，然后把锦盒递了过去。

"千年灵草？"丁老听闻此言，有些难以置信，但还是接过了锦盒。

"您老请仔细看看！是不是真是千年的黄精芝？"田掌柜强压住心中的兴奋，有些急促地说道。

老者并未接话，而是眯起了眼睛，全神贯注地观察起盒中之物的形态、颜色、纹理，并不时把盒子放到鼻下，轻嗅那么几回。

这药草是韩立一手催生出来的，所以是不是千年灵药，他心中自然有数，因此始终神情自若地坐在一旁，对老者的举动视若不见。他所考虑的，只是如何与万宝楼讨价还价的问题。

田掌柜则与韩立相反，眼睛眨也不眨地注视着老者的一举一动，那种与韩立刚见面时万事不惊的风度已完全不见了，此时脸上充满了期盼、焦虑等患得患失的复杂神情。

终于，丁老把盒子轻轻地放到了桌上，然后手捻胡须闭目沉思了一会儿，才张开双眼，用十分肯定的语气冷静地说道：

"恭喜掌柜！这的确是千年以上的黄精芝不假，而且还是刚出土没多久，药性丝毫未损的极品千年灵草，这点老夫可以打包票！"

田掌柜一听大喜过望，随后就把此老恭送下了楼，接着喜不自胜地拿起装灵草的盒子，又反复看了数遍。

"田掌柜，你我二人是不是该谈谈交易之事了！"韩立看到对方似乎已忘了灵草主人还坐在一旁的事，忍不住出言提醒了一句。

"哦……啊！……在下真糊涂，还望厉兄见谅！"田掌柜微微一愣后，这才想起这株灵草还不属于万宝楼，脸上不禁轻轻一红。

"呵呵，这没什么！不过阁下打算如何交易？看田掌柜对此物如此喜爱，想必不会让在下失望吧！"韩立轻笑着说道，微微挤对了一下对方。

这时，田掌柜的神色恢复了正常，并把手中之物放回了桌上，说道：

"厉兄既然能拿出来千年灵草，想必也不是普通的修仙者。那我也不用做生意的那一套欺瞒厉兄了，就给厉兄说个公平价！"

他说到这里，略为思索了一下，就用很诚恳的语气继续道："这株灵草可以换任意两件我给厉兄看过的锦盒宝物，或者是单独换取最后一个锦盒内的东西。假如厉兄都看不上的话，那本楼也可以出让阁下绝对满意的灵石把灵草给买下来。厉兄，意下如何？"

韩立感觉到了对方话里的诚意，在心里翻来覆去几回后，也觉得这个价格还算合理，没跌出自己的底线，就暗自有了七八分答应的意思。不过在此之前，他还是要看看那最后锦盒内装的到底是何物。

田掌柜没等韩立开口，就已识趣地把最后锦盒的盒盖掀开了，并推到了韩立面前，笑吟吟地说道："这个盒子里装着的可是本楼的镇楼之宝。不过，就要看厉兄识不识货了！"

韩立好奇心大起，目光往盒内一望，顿时目瞪口呆起来，锦盒内竟然放着一张孤零零的符箓，上面还画着一块金色长砖的图案，金光闪闪。

看清楚此物后，韩立脑子转动不停，马上联想到了自己那张画有灰色小剑的符箓，难道是同样的东西？

"符宝？"韩立深深地出了一口气，不肯定地开口问道。

田掌柜惊讶地说道："真没想到厉兄竟能认出此物！按理说，这宝物应该很少有修仙者知道才是。厉兄真是见多识广，在下佩服啊！"

韩立听后，苦笑了几声，接着摇了摇头，叹息道：

"阁下太高看厉某了，这符宝在下也只是听过而已，对其知之甚少。不过田掌柜既然能拿出此物，那想必对符宝应了解一二，还望赐教啊！"

韩立说的全是真心话，他的确想趁此机会，彻底了解一下符宝的来龙去脉。

田掌柜有些意外地望了望韩立，觉得这不是什么需要保密的事情，只是知道的人少些而已，并不值得为此得罪眼前的大客户，就非常爽快地答应下来，并一一道出了有关符宝的一切。

符宝此物还真是大有来历，竟是结丹期以上的修士才可制作的一种奇特物品。它是炼出法宝的高阶修士把法宝的部分威力封入到特制符纸中，让其他修仙者也可暂时使出法宝威能的一种特制符箓，使其同时具有符箓和法宝的双重特性，被知晓其存在的修仙者戏称为"伪法宝"，深受追捧。

这种"伪法宝"非常特殊，制作它必须结丹期以上修士才行，但任何修仙者都可使用它，即使像韩立杀死的金光上人那样的三四层功法的修仙者，也可使用得像模像样。

只不过，筑基期之前的修仙者不会凝炼之术，使用符宝只能发挥出符宝十分之一二的威力，与顶尖法器相比，似乎高不到哪里去。

而筑基之后的修仙者就可运用心神凝炼之法，把符宝的威力毫不保留地全部发挥出来，那威力虽然不能像真正的法宝那样惊天动地，海啸山崩，但也足以使其他所有的法器黯然失色。因此筑基期以后的修士，人人都希望拥有一件符宝，这会让他们在争斗中大占上风，可傲视他人。

符宝的威力虽然惊人，但使用起来会不停地消耗封存其内的法宝威能，如果威能消耗殆尽，那符宝也就彻底作废了。因此如何控制法宝威能的使用，倒也是一个不容轻视的问题。

另外，符宝的制作，可不是一件简单的事情。

因为法宝原本就是结丹期修士才可炼制之物，不但数量稀少，而且始终要在修士真元内日夜淬炼以增加其威力，轻易是不会拿出来示人的，所以更别说要用其制作什么符宝了。

要知道，制作符宝可是相当于把法宝威能分去一部分的自损行为，每制作一张符宝出来，法宝主人都要重新淬炼好久才能把法宝威能再次炼回来，这可是典型的利人损己行为。因此，一般情况下是没有哪位结丹期以上修士会干这种傻事的。

但俗话说得好，世事无常。炼制符宝这种看似愚蠢的举动，大部分高阶修士在大限来临之前，都会疯狂去做，为的只是能给后人或晚辈，留下一股不小的助力。

要知道前人遗留的法宝，经过长时间凝炼再重新被他人继承后，新主人是无法做到与法宝心神完全合一的，原有法宝的威能会丧失大半，这还要求新主人必须达到结丹期，否则只能干瞪眼瞅着法宝，而无法运用分毫。如此一来，相比把法宝完整地留下来，还是炼制符宝对后辈更有帮助。

但是炼制符宝，其限制也有很多。

首先，每张符宝能封印的法宝威能最多只是十分之一而已，只可减少不可增多。因此，即使根据同一件法宝所炼制的符宝，其威力也是参差不齐，各不相同。

其次，炼制符宝不但会让法宝威能降低，还会让法宝主人元气大伤，所以持续炼制符宝是不可能的。每一次符宝炼制完成后，法宝主人都要歇个三年五载才能恢复元气，这还是在其不浪费真元，不打算重新淬炼法宝的情况下，否则时间还会更久。

因此修仙界常常会出现这样的情形：高阶修士逝世后，所留下最有价值的东西，往往就是一枚威力大减的法宝和数张封印着同样威能的符宝。这不能不说是一件很无奈的事。

韩立听完田掌柜的话后，这才对符宝有了一定的了解，不禁又打量了一遍锦盒中的那张符宝。

"这张金光砖符宝，是本楼不惜高价从某个小家族中收购来的，是丝毫未曾动用过的崭新符宝，换取厉兄的这株千年灵草绝对绰绰有余！"田掌柜最后用一副吃了大亏的语气，连声说道。

韩立暗自冷笑了一下，一点也不相信对方所说的话，自己的灵草在对方的眼里，肯定比这张符宝只高不低。

"怎么样，厉兄准备换取哪一件物品啊？"田掌柜终于笑着问道。

韩立闻言，犹豫了一下，有点拿不定主意。他本想再多跑几家商铺，看看还有没有更好的法器，可眼前的这几样东西的确都很不错，很合他的心意，让他放弃，确实不舍。特别是那张金光砖符宝，对他之后的帮助应该会很大，他是一定要拿下的。

"这几样东西，在下都比较喜欢，打算都要了！"思虑了一会儿后，韩立下了决心。

他觉得就在这万宝楼一家把东西买齐了，也许并不是一件坏事，最起码会减少他人对他的注意，让千年灵草不被更多人知道。

"都要了？厉兄莫非在开玩笑！"田掌柜听了韩立的话，脸色阴沉起来，他以为韩立狮子大开口，异想天开地打算用这一株灵草就换走所有的锦盒宝物。

韩立见此，微微一笑，没有分辩，只是又从储物袋中掏出来一个一模一样的盒子，放到了桌上。

"用两株千年灵草，换你锦盒内的所有宝物！"韩立缓缓说道，一副志在必得的样子。

田掌柜又惊又喜，顾不得回复韩立的条件，先急忙检查了一遍新出现的灵草，等确定这株确实也是和第一株同样的千年灵阜后，才用一种异样的眼神重新打量起韩立。毕竟一下子能拿出两株稀有灵草的人，怎么也值得他万宝楼予以重视了。

而韩立戴着个斗篷，田掌柜无法看清他的表情，就越发觉得他神秘了。犹豫了片刻后，田掌柜果断地说道："好，既然厉兄如此爽快，那在下可以退让一步，答应下来。但是田某有一个小小的附带请求，如果厉兄以后还有什么灵草之类的东西，在下希望厉兄还是能优先考虑本楼，田某的出价绝对会让厉兄满意的。"

韩立嘿嘿干笑几下，不置可否地轻点了一下头，心里却叹起气来，知道对方还是起了疑心，看来这种以灵草来换宝物的买卖，以后还是尽量少做的好，否则非惹来杀身之祸不可。

田掌柜可不知道韩立的真实想法，见他点头答应后，心里大喜。如果眼前姓厉的家伙真的还能给他搞到千年灵草，那他今天放了点血，退让这一小步完全值得啊！

于是，田掌柜和韩立分别交换了物品，收好了各自的东西，双方皆大欢喜。

韩立告辞离开了万宝楼，不敢在坊市多作停留，就迅速走出了坊市的限飞范围，立即飞离了此地。

因为害怕万宝楼派什么高手暗中跟踪自己，韩立并没有直接往黄枫谷飞去，而是飞离了太岳山脉，并在离开了足有三四天的路程后，才放心地兜了个大圈，又往黄枫谷飞去。

三日之后的傍晚，韩立进入了太岳山脉的外围。因为天色即将黑下来，他为了安全起见，就找了一座隐蔽的石洞想歇息一晚，明日再赶回黄枫谷。

这座洞窟位于某个山坡的半山腰，前面还有几堆零乱的山石挡住了洞口，从外面轻易无法发现，韩立也是凑巧发现它的。

吃了点东西后，他就和衣靠在石壁上运功养神起来，不知不觉就到了下半夜。就在韩立准备入睡之际，忽听到衣衫带风的声音响起，接着"砰"的一声，似乎有人双脚落地，从空中飞落在了洞外。韩立心中一惊，顿时睡意全无。

"难道是万宝楼的人来追杀我了？"韩立不由得往最坏的地方想去。

"师妹，这里环境不错，而且偏僻无人，我看就这里吧！"一个有些熟悉的男声在洞外响起。

韩立有些愕然，但总算松了一口气，既然不是万宝楼的人来杀人夺宝，那就说明对方只是路过而已，就没什么可担心的了。

"师妹，何必用这种眼神看我呢，反正你也从未享受过男女之欢，如今师兄就好好地疼爱你一番，也好让师妹此生没白做女人。否则一会儿就要香消玉殒，岂不浪费了这副好皮囊。"男子的声音始终不急不缓、温柔至极，但话里的内容实在淫秽无情。

韩立倒吸了口凉气，外面到底是哪个不要脸的家伙，竟然准备做这种先奸后杀的勾当。而且外面只有男声响起，没有女声，这说明此"师妹"早已被其制住了，现在恐怕连口都无法张开。

不过，这男子的声音如此耳熟，应该是自己见过的人。想到这里，韩立好奇心大起，不禁悄无声息地往洞口处潜去。

"嗞啦!"衣衫破裂之声响起，并伴随着男子的淫笑声。

"来，先吃颗合欢丸吧！否则一会儿可没什么情趣了！"

"咳，师妹！不要用这种眼神看为兄好吗？你以前不是很想筑基后和我双修的吗！这也算成全了你的心愿了啊！哈哈……"男子有些忘乎所以地狂笑起来。

这时，韩立摸到了洞口处的一块山石之后，开始偷眼往洞外空地处望去。

只见一名白衣男子半蹲在一个妙龄女子的身侧，正肆意地在其娇躯上抚摸着，并不时地扯下一缕缕的衣条来。那女子披头散发，韩立看不清其面容，但其身体已赤裸了大半，露出了洁白的肌肤。

"原来是他！"看清楚男子的面容后，韩立既有些惊讶，也有些恍然大悟。

男子竟是和慕容兄弟打斗过一场的那个心眼狭小的陆师兄，果然是个人面兽心的家伙，就不知他爪下的那只小白羊是谷内哪个倒霉的师姐啊！

不知是不是这个陆师兄听到了韩立的心语，竟无意中用一只手抚开女子脸前的散发，露出了一张娇美但怨毒无比的面容。

"怎么会是她？"韩立看清楚女子的真容后，惊讶得差点咬上自己的舌头。

这不是那个在小山上始终和陆师兄卿卿我我的"陈师妹"吗！只是看"陈师妹"两眼喷火的样子，也不像是情侣间的戏耍啊！

韩立眨了眨眼睛，有些糊涂了。

"找到了！"突然，陆师兄停止了在女子身上的举动，惊喜地叫道。他的一只手上多出了一个小巧玲珑的储物袋。

陆师兄不再理睬"陈师妹"，而是把储物袋往下一倒，从袋中喷出了一大堆物品，既有法器、符箓之类的东西，也有女子隐私之物。

陆师兄对其他东西视而不见，反而在那些瓶瓶罐罐、盒子类的物品中翻找个不停，似乎在寻觅什么。

"哈哈！在这里，找到了！我就知道师妹一定会贴身携带的，果然不假啊！"陆师兄欣喜若狂地从那堆东西里翻出了个红色的小木盒。

盒盖已打开，韩立因为角度的问题看不清盒内的东西，好奇心更盛了，但不敢轻举妄动。

要知道，对面的家伙如此狠毒，连自己的女伴都能下手，如果自己这个"师弟"被他发现了，那更是要杀人灭口了。

而且对方风属性法术的威力他可亲眼看见过，不论是攻击还是防御都犀利无比，可不是他这个只会三脚猫法术的人能比的。更何况对方法力也比他深厚得多，在十二层中阶的样子。如此一来，无论是法术还是法力，他都绝对处在下风，没什么胜算。

但韩立自认为，真放手一搏的话，他还是能与对方抗衡的，毕竟原有的法器再加上新得到的法器可不是吃素的，真动起手来谁杀谁那还说不定呢。

不过，韩立可没兴趣拿自己的小命玩这种英雄救美的把戏。所以韩立准备老实地把这一场好戏看完，然后和那位陆师兄各走各的，互不相干。当然，对这个陆师兄，韩立以后肯定要更加注意了。

想到这里，韩立把新学会不久的敛气术悄悄施展出来，生怕对方无意中感应到他的存在，让他无端卷入这场风波中。

这时，陆师兄把木盒放入自己的储物袋内，然后淫笑几声，再次凑到了"陈师妹"身旁。

他兴奋地一边继续撕扯着女方的衣衫，一边自言自语地吐露了所有的心声，让躲在一旁的韩立听出了一身的恶寒。

"师妹啊，你可不要怪我！这件事为兄也是没办法，要知道那刁蛮的董妮子可亲口说了，只要我和你彻底断绝了关系，筑基后和她双修，她就会求门内的那位姑祖婆——红拂师叔祖，收我入门下，亲自传授我惊天动地的大神通。这是一跃飞天的天赐良机！师兄我实在不想错过，所以也就只好委屈师妹了。"

躺在地上，正目中喷火的"陈师妹"，听了对方这番无情无义的话后，气得浑身颤抖不已，恨不得立即坐起身来，冲上去狠咬这个无情人几口，以泄心头怨恨。

但可惜的是，这个薄情郎早已用风缚之术将她全身给束缚住了，根本无法动弹，就连张口大骂的举动都做不出来，唯有任对方摆布而已。

接下来这个负心人的话，更是让她手足冰凉，差点背过气去。

"咳！如果师妹不是陈家家主的独生女，其实放师妹一马也未尝不可。我实在害怕师妹由爱转恨，会借助陈家的力量来报复为兄，并会四处散播此事，让为兄声名扫地。而我可听人说了，红拂师叔祖最痛恨薄情寡义的男子。所以为了为兄的美事，也为了为兄的名声，师妹还是从世间消失吧！想必也不会有人怀疑到为兄身上，毕竟我们以前可是一直那么恩爱啊！"陆师兄假惺惺地说道，手上动作却丝毫未停，"陈师妹"转眼间就衣衫尽碎，彻底赤裸了。

陆师兄看到眼前的美人，双眼淫光大放，手指开始在其光滑的肌肤上慢慢滑动，摆出一副要好好品尝的嘴脸，并继续说道："但最让我动心的是，师妹竟和我一样，都还留有筑基丹未服用，想必也是想等到基础功法大成之后再服用吧！毕竟这样做的话，筑基成功的概率要更大一些。

"不过，既然师妹这清白之躯都要交给为兄了，想来更不会舍不得这筑基丹吧！我本还有些担心，服用一颗筑基丹实在有些不保险，毕竟即使是异灵根拥有者，筑基失败也是常有的事。但如今有了师妹的这一颗丹药，那筑基就绝对不成问题了。"

说到这里，陆师兄收回了双手，从储物袋中取出了刚放进去没多久的木盒以及另一只青色的瓷瓶，左瞧瞧右看看，一脸得意之色。

藏在石后，偷听到这一切的韩立，心思却活动了起来。

眼前有筑基丹出现，而且还一下子出现了两颗，这对他的诱惑可是太大了。毕竟他计划参加血禁试炼为的不就是筑基丹吗！如果能不用冒此奇险就得到筑基丹，他当然跃跃欲试了。

想到这里，韩立聚精会神地观察起陆师兄的一举一动，如果对方露出了破绽，他绝对会毫不迟疑地立即出手诛杀此人，好夺取两颗筑基丹。

此刻，那个"陈师妹"却出现了异样的症状，脸上的怨毒之色正渐渐地消失，换上了一种迷醉的神情，裸露的肌肤也透出了粉红色，香唇微微颤抖着却发不出任何声音。

"嘿嘿！看来合欢丹起作用了。现在师妹想必难受极了，为了报答师妹的大恩，为兄只有辛苦一下，让师妹尝尝欲仙欲死的滋味，这样也算对得起师妹往日的情分了。"

陆师兄无耻至极地自言自语道，并把手中之物收了起来，开始伸手往腰带摸去，似乎打算要宽衣解带，好尽情地享受一番。

看到这里，韩立心中一动，如果趁这个陆师兄脱光了衣衫，他再进行袭击，想必对方会心神大乱，能够一举奏效。

韩立越想越觉得这样做成功的把握很大，就更加注意起陆师兄来，还下意识地往对方脸上瞅了那么几眼。

"不对！"

韩立看了几眼之后，立即发现了问题。

这个陆师兄虽然正手忙脚乱地解除腰带，但耽搁的时间也未免太长了点，至今那腰带还好好地系在那里，纹丝未松。更加诡异的是，这陆师兄脸上摆出了着急的样子，眼中却目光清明、丝毫不乱，还隐含一丝冷笑之意。

韩立心中"咯噔"一下，觉得太不正常了，提防之心大起，并急忙把神识全部打开，还伸手掏出了一张水罩符，扣在了掌中。

刚刚做完这一切，韩立就突然感到左侧有某个东西正无声无息地向他飞来，若不是他现在神识已开，恐怕根本发觉不了，这让他又惊又怒。

韩立没有多想，急忙把符箓往身上一拍，一层蓝汪汪的光罩马上把他包裹起来，而这时一道青色的绳索状东西也飞速缠绕过来，只不过被那蓝光罩及时隔在了外面。

"咦！"

"哼！"

陆师兄和韩立同时发出了声音，只不过陆师兄是因为偷袭未成而有些惊讶，韩立则是因为对方的阴险狡诈使自己差点中计而惊怒起来。

"好！好！反应这么快，看来阁下还真不简单！不过，兄台旁观了这么久，是不是该出来和陆某一叙了？"陆师兄把手一招，那青色绳索就飞回到了手上，接着不慌不忙地冲着韩立藏身之地冷冷说道，看来早已发现了他的踪迹。

第十章
恶　斗

既然已经暴露了，那藏在这里不出去也就没什么意义了。

韩立深吸了一口气，顶着耀眼的护罩，两只手各扣着一件法器，走了出来。

"是你！"看清楚韩立的面容后，陆师兄有些惊讶地叫道，他竟认出了韩立。

韩立的心却随着对方的惊呼声，微微下沉了一些。

这个陆师兄当日在小山丘上仅见过他一面，而且还是在混乱打斗之中，可如今数月过去了，竟然还能一眼就认出他来，这说明此人不是记忆力惊人，能过目不忘，那就是心思缜密，心计过人。

可无论是哪一种情况，对韩立来说都不是好消息。

不过，韩立也隐隐觉得，眼前的陆师兄在某一方面，和他可以算是同一种人，同样地善用心计，同样地出手无情。特别是那种在人前的嚣张表现，绝对和韩立的低调一样是一种烟幕弹，只是韩立不想引起他人的注意，而陆师兄却是故意让他人起轻视之心，好掩饰其真面目罢了。

不过，韩立自认为无法像对方这么无耻，也无法像对方这么无情与狠毒，他只是一向奉行独善其身的中庸之道而已。

就在韩立心中凛然之际，陆师兄也神色郑重起来，似乎也联想到了什么，望向韩立的眼神凶光毕露，一点没有掩饰其杀心。

韩立叹了一口气，原本还想费些口舌，看看能否糊弄过去，但如今看对方的神情和凭对方的心计，是一点迂回的余地都没有了，他和自己肯定只能有一个活着，还是不要白费口舌，先下手为强算了。

想到这里，韩立二话不说，一扬左手，一个钢环就发出怪啸之声，直向陆师兄冲去，随后又把右手一亮，青黑色的葫芦出现在了手中，并从葫芦嘴中喷出了五六个黑乎乎的圆球，紧跟钢环之后而去。

做完这一切韩立并未罢手，他空出的左手在虚空中略一比画，刹那间手指上浮现了数个红色火球，袖子略为一动，把这些火球卷在其中，紧接着再冲陆师兄猛然一甩，口中轻吐一个"去"字。

顿时，夹带着一股炎热之气，火球激射而出并四行散开，从不同角度砸向了陆师兄。

这一番出手，韩立几乎动用了新法器和符宝以外的一切进攻手段，特别是最后这手数弹并发的瞬发手法，更是韩立费了好大功夫才从吴风那里学到手的，为的就是想要打对方一个措手不及，一举击毙对手。

其实若不是觉得对新法器还不太熟悉，用起来不一定能很快上手，韩立早就不客气地全都一窝蜂使出来了，毕竟新法器可比旧法器威力大多了。

可是几乎在韩立出手的同时，陆师兄并没有闲着，他双手一翻，手中出现了一杆长丈许的青色人旗，旗上青光蒙蒙，绣着一头张牙舞爪的凶恶青蛟。

这时，陆师兄才看清韩立的一连串攻势，意外之下，不禁气恼至极。

要知道，他之所以把自己威力最大的法器——青蛟旗首先给亮出来，为的就是想要和韩立一样，好立出杀招，杀人灭口。

可万万没想到，韩立自现身以后，竟然连一句话都没有说，就马上气势汹汹地攻了过来，而且还出手毒辣，大有不死不休的架势。

无奈之下，陆师兄顾不得再发动攻击，他右手单持青蛟旗，左手往腰间一摸，从储物袋中掏出了一张黄符。

他有些不舍地瞅了这张高阶符箓一眼，就一咬牙往身前轻飘飘一抛，急速地念念有词起来。

而刹那间，韩立的钢环已发着淡淡黄光，首先冲到了陆师兄身前不远处，眼看就要砸了过去。

陆师兄这才单手一指那黄符，口中大喝一声："风墙术，起！"

那道黄符随着喝声猛然间白光大放，忽地化为一股白色飓风，高十几丈，横卧在了陆师兄的身前，挡住了钢环的去路。

"噗"的一声，钢环毫不客气地扎进了飓风之内，但马上被吹得东倒西歪，翻了几个跟头后一下子被甩了出来。

至于随后到达的圆球更加不济，只能在飓风外不停地打转，连冲进去的能力都没有。

见此情景，韩立脸色微变，急忙伸出手指，对那几枚最后赶到的火球略一牵引，它们立即拐了两个大大的圆弧，灵活地向两侧飞去，妄图绕过风墙，再行攻击。

"嘿嘿！想得倒美！"

陆师兄冷笑了一声，单手极其熟练地一掐诀，然后往风墙的中间部位一指，那飓风立即从中间断成了两截，极快地分别蹿出，再次拦下了火球。

"砰砰！"

几声爆裂声响起，火球无法避开，直直地撞了上去。

飓风只颤抖了几下，火球就被吞了下去，消失得无影无踪，韩立感到心中骇然。

这时，风墙在陆师兄的操纵之下，又合在了一起，恢复了原状。

"雕虫小技，也敢拿出来献丑！这位师弟，虽然不知道你的姓名，也不知道你的来历，但是今晚，你是死定了！"陆师兄猖狂地笑道。

随后只见他双手一合，握住了那杆青蛟旗，拼命地挥舞起来。

韩立有些紧张了，对方的难缠程度远在他意料之外，这么凌厉的连环攻势竟如此轻松地给他破解了。虽然对方挥动的那杆大旗到现在还没有什么异状发生，但看对方的凝重模样就可得知，这位陆师兄的反击绝对不是说着玩的。

看来不使用符宝是不行了，韩立冷冷地想道。

但是如今的他因为没有能力对符宝进行凝炼，所以每次动用符宝时，都必须争取到一定的施法时间，才可驱动符宝克敌制胜。为此，自身的防御一定要绝对严密才行。

想到这里，韩立又看了看对面，只见陆师兄挥舞的青旗渐渐耀眼起来，旗面上发出了刺目的青光，让那只青蛟显得更加狰狞可怖，看来对方的攻势就要发动了。

韩立不再犹豫，手一招，那钢环"呼"的一声飞了回来，在他的头顶数尺之处停了下来，并开始盘旋不停。

"长！"随着一声轻喝，那钢环黄光大盛，急速膨胀起来，当有了桌面大小后，才停止了变化。

"落！"那钢环又听话地直落了下来，把韩立圈在其中，并缓缓地转动起来，形成了一层巨环保护。

韩立并未就此停手，葫芦收起之后，那面新到手的盾牌也被祭了出来，在蓝色光罩之外被放大了数倍，在他身前散发着黑光，轻轻地飘浮着。

如此一来，韩立身外就形成了三层防御，最外层的是精钢巨环，中间是玄铁飞天盾，最里面则是一开始就使用出的蓝色光罩。

做完了这一切后，韩立才放下心来，取出了灰色小剑符宝，盘膝坐下开始施法，意图在最短的时间内驱动符宝飞起攻敌。

就在这时，对面的陆师兄终于在青蛟旗上聚集了足够多的灵气，发起狂风骤雨般的攻击。

只见他停止了挥舞旗子，而把旗尖猛然冲韩立一指，顿时，十几道半月形的青色风刃，争先恐后地从旗尖上蹿出，呜呜地冲向了韩立。

这些风刃的速度太快了，眨眼间就到了韩立跟前。真不愧是风系法术，攻击速度比其他属性的法术快了一倍还要多。

要不是事先做好了防护的准备，韩立恐怕连反应的时间都没有，就已被这些风刃斩成了十来截。

韩立心里正吃惊之时，风刃与最外层的钢环发生了激烈的碰撞，青色和黄色的光芒闪烁不停，还发出了"噗噗"的切击声。

等光芒全都消失之后，原本光滑无比的钢环外壁上，多了十几道纵横交错的尺许长沟槽，整个法器已变得破破烂烂。不过幸亏钢环在被攻击时是不停地转动的，才没让这些风刃攻击到同一个部位，否则早已破裂了。

这种结果让韩立和陆师兄都大感意外。

韩立是觉得这钢环法器虽然并不是专门防御的，但它可是货真价实的上品法器，质地材料都是无话可说的，可没想到只是些区区的风刃就能把它切割得七零八落，几乎就要彻底毁掉，这不禁让他忧心忡忡，不知能否接下对方后续的攻势。

陆师兄则更为愕然。这青蛟旗在顶级法器中可是大大有名，是他为了配合自身的灵根属性，不知花费了多少心血、付出了多少代价才弄到手的。这法器不但能毫不费力地瞬发出风刃术等简单法术，而且因为吸纳了一定灵气，所有从旗上发出的风属性攻击都是加强过的。所以刚才的那些风刃看起来只是最简单的初级下阶法术，可实际上它们每一道的威力，都足以与中阶法术相媲美了。

也就是说，刚才的攻击看似简单，可实际上是一下子集中了十几个中阶法术的狂轰滥炸，可就是这样，竟然连最外层的那个巨环也未曾击破，这让陆师兄怎能不心中凛然，对韩立更加忌惮起来。

韩立和陆师兄虽然都感到了对方的棘手，可双方接下来的举动可大不一样。

韩立因为还在设法驱动符宝，不愿半途而废，所以明知对方下面的进攻肯定会凌厉无比，也只能硬着头皮苦撑下去。

而陆师兄更是心思过人，一见韩立从刚才摆开的防御架势到如今的攻击结束，整个人一直坐在那里一动不动，就知道对方一定在准备撒手锏了，不是施展某个高阶的法术攻击，就是在驱使一个厉害的法器。因此他毫不迟疑，再次把灵力疯狂注入手中的大旗，把旗尖冲着韩立一阵猛点，激射出一连串的青色风刃流。

这次的风刃体形较小，但是胜在持续不断、连绵不绝，形成了一股长长的青色激流，气势惊人地朝韩立奔涌过来，让青光和黄光再次产生了激烈的撞击。

这一次，韩立身前的钢环只维持了片刻时间，就忽然发出了一声沉闷的轰鸣声，黄光大散，终于不敌，被密密麻麻的风刃给击得粉碎。

冲破了第一层阻碍的风刃激流，毫不客气地长驱直入，却被早已等候多时的另一件顶级法器玄铁盾给挡住了去路，接着又爆发了青光和乌光的再次对撞。

玄铁盾可与那钢环法器大不一样。

首先，两者的品阶差了一级，玄铁盾可是与青蛟旗同一等级的顶级法器，在修仙界也不是什么人都能拥有的，是十分罕见之物。而钢环只是上品法器，虽不能说是大路货色，人人都有，但是稍微有点身家的修仙者还是有机会持有那么一两件的，因此只是略为稀少些罢了。

其次，玄铁盾虽然没有一丝攻击力，却是专门的防御法器，其防御力可不是钢环可比的，不但坚厚结实，而且盾面上还附有几种专门的防御法术，让其防御威力大增。

所以，看似疯狂至极的数十上百风刃组成的攻击流，却被飘在韩立面前的玄铁盾给毫不费力地拦截了下来，就如同屹立在激流中的岩石一样，散发着黑色的冰冷乌光，纹丝不动，一副游刃有余的样子。

陆师兄见此，心中大怒，表面上却只是冷哼了一声，他把双手一抖，旗尖处的风刃不再往外冒了，但握住旗杆的双手却突然白光大盛，其体内的灵力如同决了堤的洪水一样，争先恐后地涌入了旗杆之内。

青蛟旗得到了如此庞大的灵力滋养，旗面上的青光更加耀眼了，如同在黑夜里升起了一个青色的太阳，让人不敢直视。

而陆师兄因为法力损耗太大，脸色变得极为苍白，但仍是一脸的狠辣神色。看样子，他深知夜长梦多，准备出绝招拼命了。

随着一声低吼，陆师兄双手一用力，把青蛟旗"呼"的一下抛向了半空，然后手指飞快地翻转掐诀，接着用手指一点旗子，大喝一声："化蛟！"

只见青蛟旗顿时光芒四射，一瞬间竟变成了一只十几丈长的青色巨蛟，张牙舞爪，和旗面上绣的那只一模一样。

"去！"陆师兄一点迟疑也没有，手指一挥，那青蛟立即张开巨口，恶狠狠地朝韩立正面扑来，只听"当"的一声震耳欲聋的巨响，那蛟一头扎到了玄铁盾上。

青光和乌光，光焰同时大涨，一时间旗鼓相当。但没多久，玄铁盾上的乌光迅速变弱，以肉眼可见的速度黯然下去。

眼看此盾就要落个与钢环一样的下场时，从其后传来一声清冷的声音。

"收！"

玄铁盾随着这一声令下马上变小起来，并飞快地后退。这样一来，青蛟气焰大涨，紧随其后猛追，大有要把韩立和玄铁盾一口全吞下的意思。

可就在这时，原本盘膝而坐的韩立身上突然飞起了一道数丈长的灰色光华，呈巨剑形状，毫不示弱地一剑抵住了蛟首，互相纠缠起来。

半空中，一会儿青光压住了灰芒，一会儿灰芒又克制住了青光，一时半刻之间，不分上下。

而玄铁盾则在恢复成了巴掌大小的原形后落入到韩立的手中，被他反手收进了储物袋。这时他全身的法力都要用来指挥符宝进行攻击，再无余力祭出此盾牌了。

这一回符宝所化的灰芒与上回击杀黄衣人的，不可同日而语，光从它所化的剑光中就可以看出，威力起码大了三四倍。

要知道，此符宝在那金光上人手中时，只能化为尺许长的灰芒，等到了韩立手中练习驱物术时，这符宝则化成了数尺长的灰芒，当韩立功力深入击杀黄

恶 斗

衣人时，被驱动的符宝一度变为了丈许长。

如今韩立的法力已有十一层了，再驱动此符宝时，则不但灰芒长度大变，有两三丈之长，而且就连形态也隐隐呈现出了巨剑模样，光华耀眼，晶芒流动，变得气势惊人，让人侧目。若非如此，这符宝还真不一定能抵挡得了青蛟旗所化恶蛟的猛攻。

由此可见，符宝的威力不但取决于封印在其内的法宝威能大小，而且还与修仙者的法力精深程度大有关系，越是法力高深之人，越是能把符宝的威力发挥得淋漓尽致。

真不知道当自己筑基成功后，再驱使这符宝时，此符宝又会呈现出什么形态。韩立在指挥灰芒与青蛟缠斗之时，不知为何，竟会分神地突发奇想道。

韩立和陆师兄都将法力源源不断地输送到符宝和青蛟旗上，所有身心都用在操纵它们互相争斗，不敢有丝毫的怠慢和疏忽。

可这样一来，他们同样也没有多余的心力另外施展其他手段来克敌制胜了。他们很清楚，只要有一方稍一大意，就会立刻宝毁人亡，再无挽回余地。

于是，在青蛟和巨剑的缠斗下，韩立与陆师兄的争斗竟然演变成了一场看谁法力最先耗尽的持久战。

等他二人意识到残余法力的多少才是此次争斗的关键时，都不约而同地采用了增加自己灵力的方法，分别掏出一块灵石握在了手中，以补充自身的灵力流失。

只不过，陆师兄的是一块低阶风属性灵石，韩立的则是一块中阶土属性灵石。这个发现，让陆师兄脸色很难看，惊怒异常。像韩立这样的炼气期弟子，竟然会拥有只有门内筑基期以上修仙者才能弄到手的中阶灵石，这是他万万没想到的，因为谁都知道，中阶灵石可比低阶灵石补充灵力快得多。这样一来，自己可是吃了大亏。

不过，陆师兄转念一想，自己的法力原本就比对方深厚得多，即使对方的灵石补充灵力快了点，那也绝对坚持不了太久，毕竟这一点点的法力补充和时时刻刻的法力损耗比起来，实在是太微不足道了。

想到这里，陆师兄再次冷静了下来，重新凝定了心神。

可当韩立下一个举动落入其眼中时，陆师兄的脸色再次变了起来，带有了一丝愕然和难以置信之色。

韩立竟当着陆师兄的面，把身上的蓝色护罩自动撤除了，将真身完全显露在其跟前。

陆师兄即使再怎么聪颖过人，也被对方的举动给弄得一阵糊涂，不知韩立到底打的什么主意。难道他就不怕自己一记风刃过去，就轻易地取下他的性命吗？

陆师兄脑子转了几转，没有迟疑多久，果断地伸出左手往虚空中一比画，一道淡淡的青色风刃眼看就要成形。

可还没等陆师兄把风刃彻底凝聚出来，空中的那支与青蛟死缠在一起的巨剑忽然光芒大振，竟趁他分心使用风刃之际，猛然甩开了青蛟，直奔他飞射而来。

这一下子把陆师兄给吓得不轻。如果他坚持要把风刃成形并甩射出去，也许此举可以取了韩立的性命，可同样，在巨剑的斩击之下，他肯定也是性命不保，双方会落得个同归于尽的结局。

虽然他身前还有一道风墙始终没有消散，可这巨剑既然能与青蛟旗所化的青蛟相抗衡，那这风墙绝对抵挡不了巨剑的攻击。

这样的结果，可绝不是陆师兄想要的。他还有远大的前程、美好的未来，绝不愿在这荒山野岭，和一个连具体来历都不知道的家伙，共葬于此。

他来不及多想，急忙左手一抖，把风刃给撤掉，再将全身法力猛地往青蛟旗上狂输，把青蛟往回一招。

那青蛟真不愧为风属性法器所化的形魄，竟然在陆师兄的全力催动之下，后发先至，在半路上就截住了韩立的巨剑，再一次缠斗起来。

见此情形，陆师兄大大松了一口气，出了一身的冷汗。

恶 斗

于是，在接下来的时间里，陆师兄几次另行施法，想要偷袭韩立。可每次都被韩立用同样的手法硬生生地给逼退了回去。还是拿没有护罩的韩立没有丝毫办法，这让陆师兄惊怒无比，只好自恃法力深厚，和对方一点点地消耗下去。

这时的韩立却从储物袋内掏出了一根根形状各异的小草、茎块之类的东西，往嘴里不停塞去，并大口咀嚼起来，让陆师兄看得目瞪口呆，不知对方又在搞什么鬼。

这种猜不出对手意图而一头雾水的情形，让陆师兄大感不妙，有了一丝不祥的预感。但即使心计再远超常人，再爱惜性命，一时之间，他也是无计可施。

随着时间一点点地过去，陆师兄的心渐渐沉重起来。

到最后，青蛟身上的青光开始黯淡下来，而巨剑的灰芒仍然耀眼如初时，陆师兄再也忍不住心中的惊恐，声嘶力竭地大吼起来：

"不可能！明明我的法力远超于你，即使有中阶灵石进行补充，你也不可能到现在还有余力，应该比我更早耗尽法力才对！"

眼看着青蛟摇摇欲坠，陆师兄的大喊，就像掉进了陷阱里的疯狗进行的最后狂吠，充满了不甘。

韩立见自己的图谋一点点全部实现，不禁展颜一笑。可听了对方的话语后，嘴角微微一撇，微笑又变成了冷笑。

他可没有闲工夫跟一个要死的家伙去解释这一切，还是尽早干掉对方，这才是最要紧的事。要知道他的法力其实也所剩无几了，哪会再愿和对方磨什么嘴皮子。

想到这里，韩立根本不理会对方的疑问，用手一指，那巨剑光芒更为盛之，把那青蛟消磨得一点点缩小起来，到最后竟只有丈许长了，其身上的青光更是淡得几乎已经看不出来。

陆师兄见此，彻底绝望了，随之拼死之心大起，眼中逐渐流露出了疯狂之意。他不声不响地猛然把青蛟旗上仅存的那点法力往回一收，让青蛟旗瞬间恢复了原形，直接从空中掉落了下来，然后丝毫不顾直冲他斩击过来的巨剑，用这些法力迅速凝结出了一道巨大的风刃，毫不犹豫地狠狠甩向了韩立。

韩立见此，心中一凛，急忙在对方风刃甩出来的同时，操纵起巨剑往对方头顶直斩下去，然后看也不看结果如何，身子猛然一蹿，人已冲出了数丈远。

经过几番交手后，韩立深知风刃的速度实在惊人，若不施展罗烟步赶紧躲开，没有丝毫防护的他还真有可能措手不及地被一斩两截，那可真就死不瞑目了。

风刃的确非常快，韩立这边刚刚蹿出，它就已到了韩立原来的站立之处，接着一拐弯，竟然尾随着韩立逃脱的方向，再次激射过来。

韩立来不及多想，把罗烟步发挥到了极限，在这一小块地方不停地左拐右转，竟隐隐地幻化出了数个幻影出来，让那风刃虽如同尾巴一样紧随其后，却又拐弯追赶不及。

韩立很清楚，若是直线逃跑肯定跑不过风刃的急速斩击，只有用小巧的腾挪功夫，才有可能暂保无忧，这也是他一开始就敢放弃防御法术的主要原因。

"扑哧"一声，那风刃突然失去了控制，直直地斜插到了泥地里，切出了一道深深的沟槽之后，消失不见了。

韩立长舒了一口气，这时才把提到嗓子眼的心放了下来，用世俗界的轻功身法来躲避修仙者的法术攻击，还真是一件要命的事情。

韩立一屁股坐到地上，然后抬起头朝对面望去。

只见那堵风墙已消失不见，原本躲在其后的陆师兄已一分为二，直挺挺地躺在那里一动不动，在两片尸身的上方，巨剑散发着淡淡的灰芒飘浮着，只是光芒惨淡无比。

韩立抬手，冲着空中招了一招，那巨剑立即掉过头飞射回来，等到了韩立面前时，就还原成了符箓形态，轻飘飘地往其手中落去。

韩立刚要伸手去接此符宝，符宝却在下落过程中"吱啦"一声无故自燃起来，片刻之后，就成了一团灰烬，被山风一吹，消失得无影无踪。

见此情景，韩立呆了一下，随即脸上就露出了苦笑之色。

此符宝算是彻底报废了，它所剩不多的威能在这一场耗时太久的拉锯战中终于消耗殆尽，这让深知符宝价值的韩立大感心痛，但又无可奈何。毕竟能击杀陆师兄这么一个强敌，不付出点代价，这怎么可能！不过对方的那杆青蛟旗，倒是件很不错的战利品，足可以弥补此符宝的损失了，更别说还有两颗筑基丹在等着他去搜刮呢！

想到这里，韩立不禁心花怒放，觉得此次恶战大有所值。

如果服用此筑基丹就能筑基成功，那他就不用再冒奇险去参加什么血禁试炼了，毕竟在那里像陆师兄这么强的修仙者想必不少吧！甚至比他更难缠的恐怕也有一大堆。

过了一会儿，韩立通过吸纳手中灵石的灵气，觉得法力恢复了少许，就先站起身来，想把那离他不远的青蛟旗捡起来再说。

可刚一挺腰站直了身子，丹田处就传来了剧烈刺痛，如同有无数根钢针在那里猛扎一样，直痛得韩立再次弯下了腰，脸色苍白无比，好一阵龇牙咧嘴。

韩立一动也不敢动，过了一盏茶的工夫后，才深吸了一口气，觉得刺痛减弱了一些。

韩立的表情有些郁闷，嘴角抽动了几下。

为何会如此，他可心知肚明。这是刚才生吞大量有一定年份的药草所致，虽然这些药草内的灵力被他及时吸收了一些，但是更多的则聚集在了丹田之处，成了外来异物，其中还掺杂着许多说不清的其他药性杂质，如果不及时驱除的话，肯定后患无穷。

韩立虽然明知这种硬吞药草的方法是不可取的，肯定会反噬自身，但当时为了保住小命，也只好冒险一试。果然，这种强行吸取灵气的方法在这场持久战中帮了大忙。

但仅凭吞食药草，还不足以让韩立坚持到最后。除了中阶灵石提供灵力的速度比对方快外，他能取胜的另一个关键，还是在于把自身的防御法术水罩术给撤除了。

在前两年学习研究施法小技巧时，韩立无意中从吴风那里得知，现在大部分的低阶弟子在使用符箓时都有一个误区，那就是都以为除了激发符箓时的那点灵力外，符箓是不会消耗使用者任何法力的。

实际上，符箓一经激发，其施展的法术始终通过一丝灵力与使用者相联系，为的就是方便使用者控制运用此法术，如果法术始终没有消失，使用者就会自动地不停损耗法力来维持。

因为这种联系，炼气期的弟子无法看到，更无法感应到，而维持其存在的法力在短时间内又是微乎其微的，所以大部分的弟子就此忽略了过去，这才有了上面的错误认知。

即使有几个知道实情的弟子也觉得此事无足轻重，所以就没大张旗鼓地在低阶弟子中传播。吴风就是知情人之一，他在和韩立闲聊时随口说了出来，却被韩立有心地记住了，最后还做了几次测试，亲身体验了一下，果然不假。

结果，在这次的恶斗中，韩立知道会是持久战后，就立刻想到了此事，于是果断地撤除了防御法术，为的就是节省更多的法力，虽说乍一看似乎微乎其微，但是时间一长，其法力消耗可也不少啊。而显然陆师兄并不知道此事，谨慎小心的他始终都维持着那个要命的风墙术，却不知就是这个风墙术让他更快地走上了绝路。

就这样，韩立最终靠着这点省下来的法力，比对方坚持得更久了那么一些，否则仅靠着灵石和药草，他还真不一定能耗得过对方。

尽管如此，韩立还是觉得此次胜得极为凶险，如此百般花样尽出才只是堪堪保住了小命。

不过，不管怎么说，最后活下来的还是他。

韩立在觉得疼痛轻微了点后，还是按捺不住，慢慢挪移了过去，等磨蹭到青蛟旗掉落之处，才勉强低下身子将此法器捡了起来，然后欢天喜地地审视了好几遍，喜滋滋地收进了储物袋。

接下来，他又来到了陆师兄的尸身前，略为厌恶地扫视了一下极为血腥的

恶斗

场面后，就大摇大摆地搜索起战利品来。

对方的储物袋，很容易就被找到了。

韩立不客气地当场把东西从储物袋中"呼啦"一下都倾倒了出来，那装着筑基丹的青瓶和盒子，一眼就被他看到了。

韩立心中大喜，也顾不得去看其他的东西，急忙弯腰把盒子和瓶子捡起，然后打开来检查，果然里面都有一颗蓝莹莹的丹药，虽然味道有些刺鼻，但丹药中蕴含的强大灵力，他还是能感受到一二的。

韩立脸上的笑意更浓了，既然确定了筑基丹是真的，他也就没心思现在去辨认其他物品，毕竟这里才刚发生过大战，不是久留之地，还是赶紧溜之为上。

韩立麻利地把东西都收了回去，再把陆师兄的储物袋小心地贴身藏好，才稍微放心了一些，不禁直起了身子，想伸个懒腰。

可就在这时，忽然身后风声响起，似乎有东西猛扑了过来，韩立大吃一惊，急忙想侧身躲开，但丹田处一阵剧烈疼痛令他身形顿时一滞，接着整个人就被一个滑腻香软的女子胴体一把给大力抱住了。

韩立惊愕地挣扎了几下，可是因为丹田刺痛，再加上大战刚过，四肢无力，实在挣脱不开。

见此情形，韩立虽然已隐隐猜到了身后之人是谁，但还是忍不住回头望了一眼，可是脸孔刚转过一半，一个娇艳秀丽的面容就已香腻地紧贴了上来，还不停地用香唇狂吻着韩立，果然是那个原本动弹不得的"陈师妹"。

此时陈师妹满脸通红，一双秀目往外喷射着情欲之火，四肢更是像章鱼一样紧紧地从后面抱住韩立不放，并且丰满异常的娇躯在韩立背后摩擦个不停，口中也因为欲火烧身，难受地发出了"呀呀"的呻吟之声。

原来，这个"陈师妹"虽然因为风缚之术动弹不得，但是韩立和陆师兄的大战一点也没波及她，所有争斗都避开了此女所躺之处，大战过后，她毫发未伤。

在争斗开始前，合欢丹的药力其实就已发作了，"陈师妹"被欲火烧得神志不清，满目幻觉，一心只想与人求欢，但当时由于束缚法术尚在，她无法动弹分毫，倒也显得老实，只是内心深处被情欲折磨得越发饥渴。

但就在刚才，风缚之术的时效终于过去了，刚得到自由的"陈师妹"，在满腔情欲的刺激下，不假思索地冲向了此地唯一的男人——韩立，并将他紧紧抱住，这就出现了上面香艳至极的一幕。

韩立可是货真价实的童男，被"陈师妹"一阵亲吻后，就觉得心中一荡，一种异样的感觉涌了上来。再加上他从不标榜自己是什么正人君子，对坐怀不乱那一套也十分不屑，所以有些情动的他，毫不客气地反手搂住了"陈师妹"赤裸的身体，在其光滑如丝的肌肤上大肆抚摩起来。

经韩立这么一回应，"陈师妹"更加难受起来，虽然她还未曾经历过男女之事，但天生的求欢本能还是让她开始去撕扯韩立的衣衫。

"陈师妹"的这一举动却让有些神魂颠倒的韩立清醒了几分。他不敢再纠缠下去，急忙右手一翻，一张定神符出现在了手中，然后勉强提起刚恢复了的些微法力，施展出了定神术，把"陈师妹"再次束缚了起来。接着轻轻一挣，他就从"陈师妹"的香怀中挣脱了出来，再把此女轻放到了地上。

他皱了皱眉，伸出一根食指，往那微张的杏唇上轻轻一抹，感受到了湿润与滑腻以后，又快速收了回来，放到鼻下轻闻了起来。

"真的是合欢丹，看来那人没有说谎！"片刻之后，韩立把手指放了下来，自言自语地说道，似乎完全恢复了冷静。

"看来你的运气不错，如果吃的是其他春药，恐怕真要香消玉殒了！不过既然是合欢丹，那就没有必要了，想来我现身之前，你就已进入了幻觉，根本不会记得我的面容！"韩立单手轻托起此女的下巴，望着她迷醉的美目，轻轻地说道。

"其实，最保险的办法还是应该让你从世间消失，毕竟即使是幻觉，还是可能留有一些若有若无的印象，即便这个概率非常低。但你应该庆幸，我虽然不是个好人，但也不是什么狠毒嗜杀之辈，对女人的心肠就更软了，若是个男人的话，想来我早就一刀砍了过去，哪还会如此犹豫。"韩立继续自言自语道，脸上有些无奈的苦笑。

说完此话后，韩立默然了片刻，死盯着女子娇美的面容好一会儿后，突然低下头去，猛然亲吻上了女子娇艳欲滴的杏唇，并有些笨拙地吸吮了起来，而女子也热情似火地给予回应。好半天的销魂后，韩立才恋恋不舍地离开了女子的香唇。

"男女之事，还真是奇妙！即使不能真销魂，亲这一口也算是救命之恩的报酬吧！"韩立喃喃地说道，一副绝不肯吃亏的样子。

至于此女子的筑基丹则因为是从陆师兄手中夺得的，韩立自然不会再提。

"咳！若不是听那马老头说过，元阳、元阴之体的男女筑基成功的概率能够更大上一些，我又怎会拒绝这种好事，去被迫玩什么坐怀不乱！"韩立开始脸色还很平静，但说着说着就轻摇了一下头，露出了深感遗憾的样子。

毕竟一夕之欢和修仙大业，孰轻孰重，韩立即使再欲火上身，还是分得很清楚的。

至于那陆师兄为何毫不在意地想要迷奸此女，韩立不用脑子想也能猜得出，看他那副小白脸的风流样，其元阳之体恐怕早就已破了，所以才会无所顾忌。而且恐怕这也是他对自己筑基信心不足，迟迟拖到现在还不敢服用筑基丹的原因之一，如今倒是便宜了韩立。

韩立既然心中主意已定，就不打算再浪费时间了。

他先用火弹术在不远处砸出了个大坑，把陆师兄的尸首扔了进去，然后再一把火将尸体化为了灰烬，用泥土填平了它，来了个毁尸灭迹。

接着韩立又在争斗的地方，将一些过于明显的痕迹，用储物袋内的一把长刀，给刮划得稀巴烂，让人从中看不出丝毫线索来，这才给"陈师妹"披了件她自己的衣服后，夹带着她赶紧飞离了此地。

韩立往西一连飞出了百余里地后，才找了一块较隐蔽的岩石，落了下来。

将女子安置在了岩石之下，韩立本想立即飞走，但回头看了一眼此女满面绯红的样子后，不禁有些心软地叹了口气，又转过身来，再次凑到了"陈师妹"的身前。

他从怀中掏出一个白色瓷瓶，从中倒出了一些白色药粉在手掌上，随后用另一只手的手指沾上一些药粉，往此女的杏唇内轻送了进去，还有些无奈地自言自语道："这合欢丹的淫毒，虽然不能要了人的性命，但是长时间不解的话，还是会让人元气大伤。我就当再做一件善事，帮你顺便解了吧。这清灵散正好可解此毒。"

韩立也不敢在此多待，急忙把药瓶收起，驾着法器匆匆飞离而去。他知道，过不了多久此女就会清醒过来，再不离开的话，可就要惹出大麻烦了。

这一次他顶着夜色，一直飞行了大半夜，到离黄枫谷只有数个时辰的路程后，才稍微歇息了片刻，等天色大亮起来，就大模大样地进入谷内，并返回了百药园。

一进园内，韩立马上闭起关来，三天三夜后，他终于将丹田处的异物驱除了绝大部分，剩下的一点已对他造不成妨碍，会在以后的日子里慢慢被真元自动炼化掉。

尽管如此，这次大战还是让韩立元气大伤，估计不歇个个把月，是不会恢复到原来的巅峰状态，可韩立还是觉得这一切非常地值。

此时，他正坐在桌前，欣赏着此次外出的最大战利品——两颗蚕豆般大小的蓝色筑基丹。他足足端详了一个时辰之后，才把筑基丹换了个容器，装进了那个辅助法器——黄铜瓶之内，这样一来，其灵气就不会流失掉了。

至于原来的那个青瓶和木盒，自然要毁掉，以防今后因此露出什么马脚。

说起来，他在数日前的那场争斗中损失的还真不少，不但飞剑、符宝报废了，就连那个上品法器精钢环也粉身碎骨了，韩立为此有些惋惜。

不过，收获同样也不少，除了那杆青蛟旗外，韩立还从陆师兄的储物袋内找到了其他两件不错的法器，一件就是当时偷袭过他的那个青色绳索，另一件则是个银色白钩，看起来都是上品的法器，这足以弥补他法器上的损失了。

更别说，他还找到了数十张属性各异的低级中阶符箓和二十多块低阶灵石。

但可惜的是，初级高阶符箓一张没有，唯一的那张高阶的风墙术符箓，也在争斗中灵力耗尽，早成了废纸。

韩立趁此机会把所有的战利品都整理了一遍，除非自己用得到的和非常珍贵的物品外，其他的一律都毁掉了，以免除后患。

然后，他就开始迫不及待地考虑筑基丹之事了。

说起来，韩立对筑基丹的服用方法，还真是一无所知。

是很简单地将筑基丹吞下即可，还是需先服用药引之类的其他东西作为辅助？甚至是否还要借助什么外力？按常理来说，这么珍稀的丹药，应该有些讲究之处。

韩立因为以前没有筑基丹，所以对此事没怎么留心，本想等血禁试炼之后再去打听的，毕竟若试炼失败了，其他的一切都将毫无意义，可没想到现在就弄到了筑基丹，而且还是两颗！

这就成了迫在眉睫的事了。

半日之后，韩立从传功阁回来了。

他一回住处，就呆呆地趴在桌子前，好一阵出神，数个时辰后，才猛然一拳砸在了桌角边，把拳头砸得通红一片，却视若无睹，似乎痛觉已丧失了。

就在刚才，韩立借口学习新的法术，从吴风那里旁敲侧击了大半天，终于套出了筑基丹的服用方法，可是结果对他来说，实在不是什么好消息。

原来服用筑基丹进行筑基的冲关，既不需要吃什么药引，也不需要借助外力，竟是直接吞食就可生效。按理说，这对韩立来说是再好不过了，但是吴风后面的话，给了韩立当头一棒，服用之后会出现的新问题给韩立带来了极大的困扰，让他再次处于两难的境地。

建州的北部，越国与元武国交界的某座荒山上，站着数十个高高矮矮的身着黄衫之人，年纪各不相同。大些的白发苍苍，一脸的皱纹，小的细皮嫩肉，唇红齿白，稚气尚未褪尽，但全都默然无语，有秩序地站立着。

最前面的是一名不怒自威的老者，此老倒背着双手，悠然地望着天空一动不动，正在出神。在他后面是四男一女几个神态肃然之人，而其中一人，就是引韩立入门的那个王师叔，此刻他也一脸郑重之色。

在五人的后面，是两排站立整齐的黄衫弟子，这些人神情各异，有的神色紧张、局促不安，有的满不在乎、左顾右盼，还有的微笑不语、不露声色。

而在最后一排的边缘处，有一个面目黝黑、相貌普通的青年眼睑低垂着，始终看着自己的脚尖，目光不敢斜视分毫，似乎非常腼腆。

可任何人都不知道，这个看起来像个黄毛小子的家伙，正在腹诽不已，一肚子的怨气。

此青年不是旁人，正是韩立，而这一行黄衫人，就是参加血禁试炼的黄枫谷众弟子。

韩立最终还是加入到了这次的送死之旅中，而且还是在拥有了两颗筑基丹后，这不能不说是一件可笑且无奈的事。

一个多月前，韩立从吴风那里得知了筑基丹的服用方法后，被打击得不轻。

原来服下筑基丹后，必须闭关三个月，把药力化尽才可出关，否则就会药力大散，功效大打折扣。所以筑基能否成功，最起码也要等数月后才可知晓。

可真要等这么长的时间，对韩立来说，却是大大的不妙。

他原先的想法是，先服下这两颗丹药，看看能否筑基成功，再决定是否还参加试炼。若是能侥幸筑基成功，则禁地这么危险的地方他肯定不会去了，毕竟四分之一的生存概率实在太吓人了。若服下后未能奏效，则试炼还是势在必行的。一颗两颗筑基丹不行，那他就炼出三颗四颗，甚至更多，他相信就算自己资质再差，服用足够多的筑基丹后，还是能进入筑基期的。

但服药后闭关三个月的限制则把韩立的计划给打乱了，让他面临了鱼与熊掌不可兼得的尴尬局面。

如今要么就此服下筑基丹，彻底放弃禁地之行，要么把筑基丹暂时收起，等试炼过后，再行服用，不会再有两者兼顾的美事了。

经过近半个月的左思右想，韩立觉得，凭他这样糟糕的资质，即使一连服下两颗筑基丹，筑基成功的希望还是很渺茫，血禁试炼绝不能放弃。

其实，韩立也不是没想过，等下个五年再来参加血禁试炼，那时想必他即使筑基未成，但长春功绝对会练至顶层，这样，他自保的能力会大上许多。

但是就在韩立的这个想法刚冒出来不久，黄枫谷的上层就宣布了一件震惊整个越国修仙界的大事，让他彻底打消了这个念头。

这件大事就是：血禁试炼的禁地，将于五年之后暂时封闭六十年，在此期间，由七大门派共同派人监督，任何人都不准进去采药。

这种临时圈封禁地的做法并不稀奇，几乎每隔三四百年，七大门派都会做上这么一回。

因为禁地频繁地开启，会让其内的灵气大量流失，灵药的产生和生长的速度都会减缓。这种临时的封闭举措，就是为了让灵气恢复到正常的水准。

但是七大门派即使采取了这样的措施，禁地的灵药还是逐年减少，越发难寻起来，特别是符合炼丹要求的成品灵药，更是少之又少。

按照七大门派的某些有识之士的推断，若想真正恢复禁地内灵药的正常数量，必须把圈封的时间延长到足足千年之久才行，否则这种临时封闭，也只不过是延缓了禁地灵药的枯竭时间而已，毕竟灵药的产生和生长都不是一天两天的事。

尽管这种说法结合了禁地内的实际情形，任谁都无法否认其正确性，但七大门派的掌权之人还是无法痛下此决心。

筑基丹的数量，可是与他们七大门派的兴亡息息相关的。

若是五六十年内缺少些筑基丹，七大门派还只是损失些皮毛，没有伤到筋骨。但若真的成百上千年都没有了筑基丹，那么不要说七大门派了，恐怕整个越国修仙界都面临着生死存亡的巨大考验。

毕竟一个再也无法让修仙者筑基的地方，那还能叫修仙界吗？恐怕到时所有的修仙家族和散修们，都会离开越国，另去其他地方寻求生存。七大门派也不会例外。

所以，明知这种频繁开启禁地的做法是在干杀鸡取卵的蠢事，但七大门派还是得硬着头皮去做。

他们只希望在禁地灵药真正灭绝之前，能找到其他出产灵药的替代之地。

这也让各大门派的那些结丹期，甚至元婴期的老怪物，在最近的数百年里，开始一反常态地频频外出，为的就是寻觅其他灵药的产地，或给本门另找其他的出路，绝不能让本门的道统就此衰落下去。

韩立对这些事情自然无法知道得如此清楚。但这个消息一出，韩立打死也不敢考虑五年后的那一次血禁试炼。即使是再迟钝的人也会明白，五年后的禁地开启，绝对会极度血雨腥风，各大门派定会精英弟子全出，以求在圈封前，最后再大捞一笔灵药。加入这样的试炼，那不是自寻死路吗！

虽然这个消息公布后，此次的禁地之行同样也会难度倍增，厮杀更为惨烈，但不管怎么说，都肯定比下一次的要好上许多。

韩立就是抱着这种心态，报名参加了此次的试炼。而负责报名的，竟然就是那个王师叔，这让韩立大感意外，也有些后悔。

而王师叔见到韩立更是愕然。

他一方面是对韩立这种新人来参加血禁试炼大为惊讶，另一方面则对韩立修为的突飞猛进有些不敢置信。以韩立这种资质，能在这么短的时间内功法如此精进，从第九层一下进入十一层，这太令人惊奇了。

如果说韩立是天资过人的弟子，倒也不稀奇，功法精进比他还快的也不是没有。但韩立的伪灵根身份可是他亲自测试过的，怎么会修炼得如此迅速？

对伪灵根拥有者来说，韩立刚进门时的九层功法，就已高得出奇了。这通常还是长辈们灌输过法力，或者自己经常服食一些灵药，再加上勤奋苦修，才能有此成就。可如今十一层功法的韩立就活生生地站在他面前，这让他惊讶无比！

王师叔既然心中疑惑，也就毫不客气地把韩立拉到一边，又测试了一番韩立的灵根属性。结果，还是和以前的结论一样，并没有产生他所猜测中的灵根变异。

这让王师叔更摸不着头脑了。